転生聖女のサバイバル

水属性の亜人陛下に目ざとく命を狙われています

猪谷かなめ

23451

角川ビーンズ文庫

CONTENTS

CHARACTERS
グラシカ・シノン
簒奪で玉座を手に
入れた新王。フェニシアを
敵視している。
フェニシア・
シュライエル
サザナ封鎖国の聖女。
浄化の力と前世の知識で
人々を豊かにしようと奮闘する。
転生聖女のサバイバル
水属性の亜人陛下に
目ざとく命を狙われています

アメリア

フェニシアの侍女。
恋愛小説を愛読している。

アルベルト・ランバート

近衛騎士。
フェニシアの幼馴染で
元婚約者。

ミハエル・ブランシュ

帝国神殿に仕える神官。

カササギ

グラシカの側近。
口から発せられる言葉が
すべて物騒。

アガナ

サザナ封鎖国の先王。
グラシカによって弑された。

本文イラスト／山下ナナオ

プロローグ

当時八歳の少年にとって、彼女の第一印象は『天使』であった。

白樺《しらかば》に囲まれた冬の湖畔《こはん》。彼女の幼さゆえの繊細《せんさい》な髪《かみ》に、白い粉雪がふんわりと降り積もっていく様は、初めて雪を見たわけでもないのに思わず見守ってしまうほどの儚《はかな》さだった。なだらかな耳はちいさく、水色の瞳《ひとみ》は宝石のように澄《す》んでいる。

目を細めた彼に「まだみえにくい？」と少女は顔を寄せてきた。気遣《きづか》ってくれるのは嬉《うれ》しいが、湖岸の際《きわ》にしゃがむ幼い彼女が、こちらへ落ちやしないかと少年は気が気でない。

瞳のきらめく彼女は、まだ五歳かそこらのちいさな体である。冬の湖に落ちたが最後、神に縋《すが》る暇《ひま》もなく、あっという間に凍え死んでしまうだろう。

――こんなところにいてはいけないよ、はやく暖かい所へおかえり、僕に会ったことは誰《だれ》にも内緒《ないしょ》だよ。

そうやってすぐにでも追い返さなければいけないのに、そのときの少年もまだ幼くて。

まるで人類が初めて音楽に出会った時のように。

一枚の絵画に見惚《みと》れてしまったように。

もっと彼女を見ていたい、声を聴《き》いていたいと水底へ隠《かく》れねばならない事実に蓋《ふた》をした。

やがて家の者が迎《むか》えに来る気配がして、彼女は立ち上がる。

「じゃあね、人魚さん、かぜひかないでね」

素直《すなお》な気遣いの言葉に、少年の心もほっこりと温かくなる。慈愛《じあい》を浮《う》かべた幼い少女は、まさに天使の子かと思うほど愛らしい。

――と言っていられるのも束《つか》の間のこと。

「免疫《めんえき》にはきのこがいいわ。そしてささみ！　たんぱくしつを忘れずに！　筋肉には！　筋肉には！　小魚だけじゃだめなの！　水草だけじゃだめなの！」

「……ぼくはきみがしんぱいだなぁ」

人とは違《ちが》う知識があるらしい彼女は、傍《はた》から見れば危険人物だ。彼女が誰にも理解されなかったらどうしよう。うっかり獣《けもの》と間違われて狩《か》られでもしたらどうしよう。

「将来ひとりぼっちになったら、ぼくと一緒《いっしょ》に結婚《けっこん》する？」

「ううん、大丈夫《だいじょうぶ》。婚約者がいるもの」

「……ふられちゃった」

おどけた言い方に、少女も笑う。

じゃあね、と今度こそ手を振《ふ》って、互《たが》いにさよならを告げる。走っていく彼女の足音が聞こえなくなったところで――彼は真冬の水面へと背中から沈《しず》み込《こ》んだ。

第一章　湖に落ちかける

フェニシアは十六歳にして、サザナ封鎖国《ふうさこく》の聖女であった。

しかも前世がある、という点でも、随分《ずいぶん》と珍《めずら》しい人生を送っていた。

前世では生まれつき心臓が悪かったフェニシアは、病室に無人島サバイバル本を積み上げては唸《うな》っていた。『来世では絶対、絶っっ対、健康な骨太の男に生まれ変わって筋肉を鍛《きた》えて、どんな土地でも生き抜《ぬ》けるくらいしぶとくなる。ムキムキの警察官か消防士になって人の役に立つ！』

どこまでも逞《たくま》しさを熱望していた。しかし大学二年生の春、心臓発作であえなく死ぬ。

生まれ変わった第二の人生は、地球ではない世界が舞台《ぶたい》らしく、ムキムキ消防士への道は、さらに来世へと託《たく》された。人生とはわからないものである。

「……聖女様？　なにをぼんやりなさっているんです」

コツン、と硬質《こうしつ》な音がしてフェニシアの意識は机へ戻《もど》る。王との盤上遊戯《ばんじょうゆうぎ》の途中《とちゅう》だった。

「女神《めがみ》との交信でもしていましたか？　それとも昼寝《ひるね》？」

揶揄《やゆ》するように見つめてくるのは若き王、グラシカ・シノン様。十九歳である。

顔が麗《うるわ》しく愛想もいい。白銀の髪はさらりと柔《やわ》らかそうで、影《かげ》が落ちると薄《うす》く青みを帯びるのがより一層、冬の木陰《こかげ》の雪のようで美しい。金色の瞳は端整《たんせい》でありながら優《やさ》しげで、世が世なら甘い視線ひとつで舞踏会《ぶとうかい》の貴婦人を根こそぎ恋《こい》の病に伏《ふ》せさせただろう。

……が、実際は誰も恋焦《こいこ》がれたりしない。

たった一ヶ月前、先王を殺した簒奪王《さんだつおう》だ。

後ろ盾《だて》は亜人《あじん》の人狼族《じんろう》と水棲族《すいせい》だけ。大臣と聖職者に何を言われても素知らぬ顔で玉座に座りつづける怖《こわ》いお人で、今日もフェニシアに精神的圧力をかけに来ているだけであって、決してお友達になるために聖塔《せいとう》まで足を運んでいるわけではない。

(……王様って忙《いそが》しいはずなのに、よくもまあ、二日おきに嫌《いや》がらせに来られるなぁ)

聖女とは国宝である。フェニシアは何故《なぜ》か前世の地球知識を持って生まれたが、前世があるとは申告《しんこく》していない。他にそういう人がいるとは聞かないので、黙《だま》っておいた方が変な目で見られずに済むだろう。そもそも知識の有無に拘《かかわ》らず、フェニシアはこの国で独自に継承《けいしょう》している『聖女』という存在であるため、世界中から注目され、重宝されていた。

——なので、本来この簒奪王からいびられたり、城から追い出されそうになったりするはずはないのだが……実際のところ、フェニシアは彼に圧力をかけられている。

ただの嫌がらせなら構わないが、彼が何らかの目的を持ってそのような態度を取っているのは明白だ。聖女としてこの国を守るためには、早いところ彼の『突然《とつぜん》の王位簒奪・即《そく》位《い》』の目的を摑《つか》んで、外敵の手先ならば追い出さなくてはならないのだが――。

（むしろ私が追い出されそうなんだよね……！）

日々嫌がらせに来る彼から情報を探《さぐ》りたいのに、のらりくらりとかわされて、結局フェニシアだけが負けている。駒《こま》遊びですら負けている。

盤上を睨《にら》むフェニシアに、「駒遊びはお嫌《きら》いですか」とグラシカは平然と首を傾《かし》げてみせる。本当はチェスっぽい遊びよりすごろくが好きです、とは言えない。しかし心を読んだように彼は溜息《ためいき》をついた。

「こういった遊びには先を読む力が必要ですからね。何手も何十手も先回りして準備しておくようなやり方、貴女《あなた》は苦手でしょう」

さりげなく貶《けな》されている。

「……ねぇ、陛下。聖女に駒遊びの技術って必要？」

「いいえ全く。けれど貴女には後先考えてから行動するようになっていただきたいので。頭だって手足と同じで、日頃《ひごろ》から鍛えておかないといざという時使えないでしょう？」

現在の頭を使えないもの呼ばわりしているように聞こえるのはフェニシアの思い過ごしではないだろう。ちらりと置時計を見る。あと数分でこのお茶会は終わるはずだ。

「まだ来ませんね、貴女の婚約者」と心を見透《みす》かしたように彼が言った。

「元、ですけどね―」

フェニシアに婚約者がいたのは、この国の六代目聖女に選ばれる五歳の春までだ。聖女は純潔を守らなければいけないので、婚約は白紙になり、生涯《しょうがい》未婚が決定している。

駒をひとつ動かしてから王は書類を眺《なが》めたまま、「彼には冷たい飲み物を」と呟《つぶや》いた。

なにか見えたのだろうかとフェニシアは窓を見るが、ここはそもそも王城敷地《しきち》内の隅《すみ》に建てられた、聖女を住まわせて守るためだけの聖塔の五階だ。窓も覗《のぞ》かずに地上を走ってくる者が見えるはずもない。しかし侍女《じじょ》のアメリアは無言で礼をして下がっていった。

（私の侍女なのに……また勝手に命令して……）

しかも『二人の喧嘩《けんか》』に巻き込まれるべきでない侍女が退場したことで、今日もグラシカ陛下の嫌がらせタイムが始まってしまう。

「さて聖女様、いいお天気ですね。引退するにはふさわしい日です。もう十一年も城に住んでいらっしゃるのでしょう？　俗世《ぞくせ》の暮らしが恋しくありませんか？」

「またそれですか！　何度言われても辞《や》めませんし、聖女は死ぬまで現役なんです。おあいにくさま？　……というか天気まったく関係ないし！」

目に見えて敵愾心《てきがいしん》を宿したフェニシアを、グラシカは愉快《ゆかい》そうに――いや、嘲笑《あざわら》うように「死ぬまで、ですか」と頬杖《ほおづえ》をついて見上げてくる。

「本当にご立派な心がけですね、聖女様？」

そして甘ったるく微笑《ほほえ》んでみせる顔と言ったら、舞台俳優になれば爆発《ばくはつ》的人気が出そうな麗しさで——ただし配役は、夜の窓辺に降り立つ暗殺者しか似合わない。

（このパワハラ陛下め！）

彼は明らかにフェニシアを城から追い出したがっている。なにせ彼は正当な即位ではない。この国では王と聖女は対等である。だからこそ、自分の言うことに食ってかからない子どもを聖女の座に据《す》えたいのだろう。彼は親切めかして囁《ささや》いてくる。

「国の命運を託されて、塔に厳重に隠《かく》されて、自由に旅もできない身では不便でしょう？」

「旅行は、まあ、したいですけど。……ちなみに陛下のおすすめ観光地は？」

「そうですね。聞いた話では、天国というところは痛みも空腹もなくて、すべて善人で、お花も綺麗《きれい》な素晴らしい世界らしいですね。まさに貴女にぴったりです」

「ひぇ……」

遠回しに「天国逝《い》くか？」と訊《き》かれている。——このように、簒奪王の彼から日々生死を問わず引退を狙《ねら》われているのだ。しかしフェニシアも負ける気はない。

「何を言われたって絶対やめませんから！」

「僕としては、そうですね……『女神以外に身を捧《ささ》げれば能力を失う』などと非現実的な言い伝えで歴代聖女達は貞淑《ていしゅく》を守ってきたそうですから、貴女にはどこぞの誰《だれ》かと恋にでも落ちて、『結婚したいから普通《ふつう》の女性に戻ります』と自ら還俗《げんぞく》していただくのが一番平和的な解決方法だと思うのですが、いかがです？」

「話を聞いちゃいない！」

抗議《こうぎ》すべくコツコツとちいさな駒で盤を小突《こづ》くと「行儀《ぎょうぎ》が悪いですよ」とすげなく注意される。フェニシアから駒を取り上げようと彼が手を伸《の》ばすと、途端《とたん》に聖兵《せいへい》が槍《やり》を構えた。

「……」

彼の動きが止まり、黒い手袋《てぶくろ》をはめた長い指が、静かに膝《ひざ》の上に戻る。

（あ、悪いことしちゃったかな……）

ふいに訪れる、気まずさ。

——侍女アメリアが退出した程度では、王と二人きりにはならない。国の生きた至宝・聖女の命と純潔を守るため、聖兵と呼ばれる衛士が二人、フェニシアの背後に立っている。別にやましい気持ちも悪意もないのに、接触《せっしょく》を警戒《けいかい》されるのは誰だって良い気持ちはしないだろう。申し訳ない気持ちでフェニシアは聖兵に槍を下ろすよう、手の仕草で命じた。

こほん、と空咳《からせき》をして「真面目《まじめ》なお仕事の話をしましょう」と王が話を切り替《か》える。

「今回行っていただくのはキュライ地方の湖です。二日前から瘴気《しょうき》による変異が確認されています」

もともと彼が今日ここへ来たのはその話をするためだった。金色の瞳《ひとみ》でフェニシアの水色の瞳を見つめてくる。

「その水をまるごと浄化《じょうか》してきてください。聖水を輸送するより護衛つきで聖女様を送った方が手っ取り早く対応できますし、民《たみ》たちも喜びます」

「湖まるごとって……そこの生態系はどうなってるの？」

思わず敬語を忘れたフェニシアに、彼はさらりと告げる。

「水中の生き物ですか？　すでに死滅《しめつ》していますね。悪性の変異だったようです」

「……そう」

瘴気は、世界のあらゆる場所に突然現れる。特にこの国は、そういう土地だ。

「ちなみに推定詠唱《えいしょう》時間は三時間です」

「え、なにか計算間違《まちが》ってない!?　私が三秒で五リットルの聖水を作れるってわかってて言ってます!?」

「頑張《がんば》ってください聖女様。蜂蜜《はちみつ》持ってっていいですよ」

「……花梨《かりん》と金柑《きんかん》も付けてください」

「今は五月ですよ。収穫《しゅうかく》時期は秋と冬です」

「はい……」

かつてない難題の予感にフェニシアは遠い目をした。

詠唱自体は囁き程度でかまわないから、喉《のど》を完全に潰《つぶ》すことにはならないだろうが――なかなかハードな仕事を吹《ふ》っ掛《か》けてくれる。国民が困っているならいつでも駆《か》けつけるが、それを伝えてくる王として少しは労《いた》わってくれたらどうなのだ。

「まぁいいや。そろそろ出発ですか？　陛下も行くんですよね。大事な挨拶《あいさつ》回りのために」

「ええ、ですがもう少々お待ちください。貴女の元婚約者《こんやくしゃ》がまだいらしていない」

「いや近衛騎士《このえきし》を聖塔《せいとう》の五階まで上がらせる必要ないですよね？　聖女以外にも嫌《いや》がらせするのやめてもらえません⁉」

「──ああ、来ましたね」

彼が顔をあげた直後、開かれたままだった部屋の扉《とびら》の前に、赤鳶色《あかとびいろ》の髪《かみ》の青年が現れた。

フェニシアの元婚約者、アルベルト・ランバート。近衛騎士の規定である青鈍色《あおにびいろ》の軍服に身を包み、きりりと意欲《いよく》に溢《あふ》れた青い瞳を即座に伏《ふ》せて、彼は勢いよく謝罪した。

「遅《おく》れて本ッッ当に申し訳ありません、陛下！」

「声がうるさい」

露骨《ろこつ》に顔を顰《しか》めてグラシカが立ち上がると、遅れてしゃらりと《耳隠し》が揺《ゆ》れた。

──耳隠し。それは、耳を隠すためだけの装身具。

彼の場合は、白銀の髪に映《は》える藍色《あいいろ》の布地で耳全体をすっぽり覆《おお》った上に、こめかみ辺りからバレッタのような彫《ほ》りのある太めの髪留めで布を押さえ、その下に垂らすような銀細工が珊々《さんさん》と添《そ》えられている。王の装飾品《そうしょくひん》として相応の品質だ。

（でもそこまで厳重に隠されると、逆に見たくなるような……？）

布製にせよ金属製にせよ《耳隠し》自体は珍《めずら》しくないが、二重で隠す人は珍しい。よほど耳の形状を知られたくないとみえる。

一方の騎士アルベルトは人間的な丸みのある耳を隠していない。この五階まで休まず駆け上がってきたのだろう、息を切らす彼に、侍女のアメリアがお茶を差し出した。

「ああ、かたじけない」

彼が喉を鳴らしてぐびぐびと飲み干したのを見届けたところで、「さあ行きましょうか」と表情の見えない顔で、肩越《かたご》しにグラシカが振《ふ》り返った。

この世界に魔法《まほう》はない。地球と違うのは、亜人が存在すること。そして瘴気が世界を大きく変え続けていることだ。

霧《きり》のように空中をさまよい、確実に変容をもたらすものを《瘴気》と呼ぶ。

世界各地で太古の昔から現れては、作物を枯《か》らして水を腐《くさ》らせる。かと思えば池を蜂蜜色に変えたり、獣《けもの》の性質を持つ新人類《亜人》を生み出したりと、まるで地球で『菌《きん》による変化』を有害か有益かで腐敗《ふはい》・発酵《はっこう》と呼び分けていたように、瘴気変異の結果も様々だ。

だが大抵《たいてい》は生き物を不調にし、作物を枯らす悪性瘴気に見舞われて、ときに人々は故郷を捨てて移り住まねばならなかった。土地を蝕《むしば》まれる前であれば、わずかな悪性瘴気は聖水を撒《ま》くだけで消滅し、聖職者の詠唱でもある程度の濃度《のうど》ならば追い払《はら》うことができた。

実際、聖女という存在が生まれるまでは、水場や富農の土地には常に聖詩を唱えて瘴気を寄せつけない役目の者が居《お》り、のちに聖職者と呼ばれる彼らは、清浄な水に針葉樹の葉を浸《ひた》して祈《いの》りを込《こ》めることで稀少《きしょう》な聖水を細々と生み出していたという。


しかし三百年前、この国に初代聖女が誕生してから情勢は大きく変わる。

本来時間をかけてようやく一握《ひとにぎ》り得られる聖水を、聖女は一瞬《いっしゅん》で溢れるほど生み出すことができたのだ。

現在、それは六代目聖女フェニシアの役目であり、この国の大きな収入源となっている。


五月の日差しが眩《まぶ》しい。青葉が瑞々《みずみず》しくて、フェニシアが特に好きな季節だ。

フェニシアたちは当初の予定通り、浄化および王の挨拶回りのために城を発《た》ち、時折馬を休ませるために休憩《きゅうけい》を挟《はさ》んでは景色を眺《なが》めていた。

少し歩いてみれば谷底から川の音がする。年季の入った橋が架《か》かっているのをみつけたところで、警護の聖兵が「あまり近づかれませぬように」と後ろから囁《ささや》いた。聖女の力は死後でもきちんと次代に引き継がれるので、いつうっかり死んでも問題はないが、夭逝《ようせい》は縁起《えんぎ》でもないので、危ないものには近寄らないよう日頃《ひごろ》から言い含《ふく》められている。

「おや聖女様、なにかお気に召《め》しましたか？」

隣《となり》にやってきたグラシカが、フェニシアの視線の先に気づいてやわらかく微笑《ほほえ》んだ。

「なるほど、趣《おもむき》があって素敵《すてき》な橋ですね。最後にこの世で最も尊い方のおみあしに触《ふ》れて役目を終えるならあの橋も本望《ほんもう》でしょう。ぜひあの橋の中ほどで振り返ってこちらに微笑んでいただけませんか？」

またしても遠回しに聖女たるフェニシアを崖下《がけした》へ、もといあの世へと追い払おうとする。

（この……デスハラ陛下め……！　そんなに聖女が邪魔《じゃま》なんですか！）

目の前にはおんぼろの、今にも落ちそうな藁縄《わらなわ》と古い板で架けられた橋がある。川底まで三十メートルはあるだろう。水はそれなりにごうごうと流れているが、岩も随所《ずいしょ》に見られ、その上に落ちたら間違いなく頭がカチ割れるであろうことは容易に想像できる。

フェニシアとて言われっぱなしで黙《だま》ってはいない。兵の目もあるので聖女らしい口調に気を付けつつ「あら、陛下」と言い返した。

「あれは足を掛けるものでしたの？　わたくしてっきり祭儀用の縄飾《なわかざ》りかと思いましたわ。綱渡《つなわた》りがお好きだなんて陛下も存外わんぱくでいらっしゃいますのね。陛下がお通りになられるのでしたら、わたくしはここでご多幸を祈らせていただきますわ」

「おや、貴女《あなた》こそ関心があるようにお見受けしましたが、僕のエスコートが必要ですか？」

「うふふ、ご冗談《じょうだん》を」

にこやかに「お前が行け」「いやお前が」を繰《く》り広げる最高権力者たちを前にして、可哀想《かわいそう》な兵が震《ふる》えあがった。

「お、おそれながら！　対岸に御用《ごよう》でしたらもう少し先に新しい橋がございます！」

冗談ですよ、と二人して微笑んで、周囲を安心させる。

王に平然と口が利《き》けるのはこの国では聖女だけだ。その逆もまた然《しか》り。

（この旅で、どうにか陛下の企《たくら》みを暴《あば》いてみせる！）

フェニシアは国を背負う聖女として決意していた。

旅の日程は三日間。おそらく二人で旅する最初で最後の機会になるだろう。

この旅の一番の目的は変異した湖の浄化《じょうか》であるが、ついでに新王の『挨拶回り』も含まれている。本来ならば立太子の儀《ぎ》を兼《か》ねて王子時代に回っておくものだが、グラシカは王子ではなく、先王を殺して即位《そくい》した簒奪者《さんだつしゃ》だ。これ以上伝統を無視したままではさらなる火種になりかねない。即位から一ヶ月経《た》ち、新政権が回り始めた今、各所に挨拶に行って正式に王として就任するための承認印をもらう予定らしい。

この一ヶ月、彼は真面目《まじめ》に統治しているようだが、詐欺師《さぎし》は優《やさ》しい顔で近づいてくるものだ。簒奪までしたからには裏の目的があるのだろう。——北の宗主たる帝国《ていこく》側か、南の人狼国家・青狼国《せいろうこく》の手先か、あるいは個人的な権力目当てか。それを見極《みきわ》めねばならない。

目的の湖に着いた。本来なら美しい湖が光を浴びてキラキラと輝《かがや》くのだろうが——。

「……陛下、ひとつよろしい？」

にっこりと上品な笑みで圧力をかけてみると、王もまた麗《うるわ》しいご尊顔でさらに甘く微笑んでみせた。どう見ても彼の方が絵画のように美しい。審査員《しんさいん》を用意したなら誰《だれ》もが彼に票を入れるだろう。——少しめげそうになりながらも、フェニシアは口を開く。

「推定詠唱《えいしょう》時間は三時間だとおっしゃいましたよね、陛下？」

「はい」

「どう見ても、五分で済みます」

「そうですか」

よかったですね、と悪びれもせず、のたまった。

「てっきり対岸が見えないくらい巨大《きょだい》な湖が、地獄《じごく》の光景になったかと思いましたよ！」

実際は民家十軒分ほどの湖が、黒に近い深緑色になって、おどろおどろしい黒や白の斑《まだら》な靄《もや》を発しているだけだ。それも十分な変異であるが、彼が脅《おど》したほどではない。そう文句を言えば、先ほどの優しげな笑みはすぐに消え失せ、「そんな規模の湖、うちの狭《せま》い国内にあるわけないでしょう？」と鼻で笑われた。

「意味もなく人をおちょくるの、悪趣味《あくしゅみ》で不真面目だと思うんです！　誠意に欠けます！」

「僕が嫌《いや》なら逃《に》げてもいいんですよ？」

（これだ、言いたいことは結局これ！）

フェニシアに聖女をやめさせること。それが彼の目的なのだ。

「……前から気になってるんですけど、陛下ってどうして王様になったんですか？」

そう問えば、金色の瞳《ひとみ》がすっと細められ――次の瞬間には、妖艶《ようえん》な笑みに変わる。微笑んでいる時ばかり、威嚇《いかく》のように見えるのはなぜだろう。

「何故《なぜ》そのようなことをお訊《き》きになるのですか？」

「だって陛下が何をしたいのか知らないと、止めたり助けたりできないじゃないですか」

「……助ける？」

もし決定的に「この人は敵だ」と確証を得たら、聖女の職権を乱用してでも彼を退位に追い込まねばならない。勝てる気はしないし、罪もない先王を殺した時点で一発退場にしたかったところだが。その一方で、たとえ善良な王のふりだとしても良い政策なら歓迎《かんげい》するし、必要なことがあれば協力するつもりだ。使えるものは遠慮《えんりょ》なく使いたいので。

彼は、フェニシアの返答が意外だったのか、瞳を瞬《またた》かせたあと、ふふ、とどこか牙《きば》を見せる獣のような気配をにじませた。

「死んでも、命を賭《と》してでも叶《かな》えたい野望が、一つ、ありましてね」

「え、意外と野心家……」

「『貴女に聖女をやめさせること』は、おまけで二つ目に数えられなくもないです」

「私への嫌がらせにまで命賭《か》けなくていいですよ！」

彼はなぜか、微《かす》かな疲弊《ひへい》と寂寥《せきりょう》をにじませた。


湖畔《こはん》に臨時に張られた天幕の中にて、フェニシアと聖兵たちは浄化のための準備を始めた。グラシカは天幕の入口から外の黒い靄を眺めつつ、よく連れている側近や、私兵団の長《おさ》に何かの指示を出していた。やがて振《ふ》り返ってフェニシアに言う。

「湖に近い方の警備には僕の私兵を使います。近衛騎士《このえきし》たちには荷が重いでしょうから」

近衛騎士と聖兵は非亜人なので瘴気《しょうき》の種類によっては大きく体調を崩《くず》しかねない。一方、グラシカの私兵たちは、王位簒奪時に連れてきた亜人兵団で、人狼族と水棲族で構成されているらしい。大半が耳隠《みみかく》しをしているため、誰がどの種族かは特定できないが、亜人ならば体調は崩さないだろう。亜人は先祖が瘴気を受けて変容した人類であるため、瘴気の気配に聡《さと》く、悪性の瘴気にも強い耐性《たいせい》があるという。

フェニシアは天幕の隙間《すきま》からこっそり兵たちの様子を窺《うかが》った。

旅についてきたのは聖兵、騎士団、そして王の私兵。聖女を守る役目の聖兵は六名ばかりで、あとは騎士団が主な聖女の護衛となっている。なにせ簒奪王のグラシカは私兵ばかりをそばに置くので、本来王を守るべき近衛騎士団は手持ち無沙汰《ぶさた》なのだ。

とはいえ、今のところ亜人私兵と近衛騎士たちの仲はそう悪くはない。国民の一割にあたる人狼族は、規則や自分より弱い者に従うのが嫌《きら》いで、城勤めに志願する者はまったくいないが、非亜人——ときに祖人《そじん》とも呼ばれる——との交流が断絶しているわけではなく、市井《しせい》では交じって暮らすことも多い。

先王のために編成されていた騎士団にとっては、簒奪王が連れ込《こ》んだ私兵など警戒《けいかい》の対象だろうが、騎士団の若きリーダー格でもあるアルベルトが率先《そっせん》して話しかけているおかげか、表立った諍《いさか》いは起きていない。今も、人狼らしき尻尾《しっぽ》を隠さない少年たちが荷箱を運んでくると、「おお、ありがとうな！」とアルベルトは朗《ほが》らかに声を掛《か》けていた。

グラシカは、冷たい視線をそちらに向ける。

「……彼、どこまでお人よしなんですかね。せっかく人望と家柄《いえがら》に恵《めぐ》まれた将来有望な騎士なのだから、力仕事なんて亜人に任せて聖女様を見ていればいいのに。ねえ、そう思いません聖女様？　適材適所ってあるでしょう？」

「陛下って……」

私が邪魔なのはわかりますけど、と前置きして、

「アルベルトにも辛辣《しんらつ》なのはどうしてですか？　快活な男に恨《うら》みでも？　それとも嫉妬《しっと》？」

彼は「おや」と麗しい眉《まゆ》を上げる。

「僕が、彼の、何を羨《うらや》むと？」

「だってアルベルトって騎士団で慕《した》われてるし、いつも明るいし裏表がないし。あ、あと嫌味《いやみ》も言わない！　そして頭脳労働より肉体派。ご自分と真逆だから嫌いなんですか？」

「あはは、聖女様の晩御飯《ばんごはん》、抜《ぬ》きでいいですか？」

「ぐっ……冗談ですよぉ」

なぜこの人に食事の有無《うむ》まで決められてしまうのか。しかし嫌味が過ぎた自覚もあったので「ごめんなさい」と謝っておく。

本来この国では王と聖女は対等で、よき相談相手になるはずで、王に「食事抜きにします」と脅される今の状況《じょうきょう》は少し違《ちが》う。彼の方はフェニシアに『よき友人』になってほしいなどと、毛ほども望んでいないだろうが。

「あれが理想ならさっさと駆《か》け落ちしていただけませんかね？　僕としても大歓迎《だいかんげい》ですよ」

「え？　アルベルトと？　恋愛《れんあい》的な好きじゃありませんし、聖女やめませんよ！」

「ふうん」

あまり信じていないのかどうでもいいのか、しらけた顔をしている。

「フェニシア様、お髪《ぐし》が風で乱れておいでですわ」

二人の会話を楽しげに聞いていた侍女《じじょ》のアメリアに髪《かみ》を整えられて、そろそろ聖女の仕事の時間が近いのだと気付く。

彼女は唯一《ゆいいつ》の専属侍女だ。「身の回りのことは自分でできるし、護衛は聖兵がいるから」と数日休んでいても構わないと言ったのだが、「わたくしはフェニシア様のおそばを離《はな》れませんわ！」と一つ年上ながら可愛《かわい》いことを言ってくれるので付いてきてもらった。

アメリアは燃えるような赤髪を後ろで高く結《ゆ》った、可愛らしさと大人びた雰囲気《ふんいき》が併存《へいぞん》した女性である。二年ほど前からフェニシアに仕えてくれていた。

（さてそろそろ、お仕事だ）

天幕の外へ踏《ふ》み出せば、左手に持った銀鈴《ぎんれい》付きの聖杖《せいじょう》がしゃらんと鳴る。

今の衣装《いしょう》は、純白の聖衣。袖《そで》や裾《すそ》に金糸の刺繍《ししゅう》を丹念《たんねん》にあしらった上等な品で、腰《こし》まで伸《の》ばした白茶色の髪と相まって、綺麗《きれい》なお人形めいている。

民衆の前に進み出て、慈愛《じあい》に満ちた聖女らしく静かに微笑《ほほえ》んだ。

「――それでは、皆様の憂《うれ》いを取り除いてまいります」

靄に覆《おお》われた暗い緑色の湖を、一艘《いっそう》の小舟《こぶね》が進んでいく。

中央へ進むほど靄は白さを増して、朝霧《あさぎり》のようだった。水面は本来の薄《うす》い青に黒ずんだ緑が混ざり、その上を微細《びさい》な黒と白の瘴気が彷徨《さまよ》っていく。夜空を星雲が行き交《か》う様が見えたなら、こんな光景だろうとフェニシアは思った。「意外と綺麗ですね」と先に呟《つぶや》いたのはグラシカだ。浄化《じょうか》をそばで見たいと言い出し、聖女の舟に同乗していた。

「そうですね。完全な悪性でなくて良かった」

魚は被害《ひがい》を受けただろうが、湖の周囲の草木までは腐蝕《ふしょく》を受けていない。この変種の瘴気を浄化し、水の色を元《もと》に戻せば解決する。

「では私は詠唱に集中するので……話しかけないでくださいね、中断されるので」

櫂《かい》を持つ聖兵二人と王が頷《うなず》くのを見てから、フェニシアは水面に親しみかけるように身を屈《かが》めて両手を組んだ。囁《ささや》くのは太古から伝わる聖なる詩。その声に応じるように周囲を白い光が蛍《ほたる》のように漂《ただよ》い、重苦しい淀《よど》みが帯をひるがえすように次々と浄化されていく。

――瘴気がすべて取り除かれますように。

霧が晴れるように、湖面に光が広がっていった。

数分後、すべてが清められた気配を感じて、フェニシアは顔を上げる。
美しい透明《とうめい》の湖が広がっていた。湖畔で見守っていた人々から、わっと歓声《かんせい》が届く。
(よかった、無事終わった)
聖女抜きに聖水だけで対抗《たいこう》しようとしたら何百リットル必要だったかわからない。
住民から飛び交う感謝の言葉に、湖の真ん中、手を振り返すために立ちあがろうとして
――思うように足が動かず、うっかりバランスを崩して体が宙に浮《う》かんだ。

「――っ！」

　息が止まる瞬間《しゅんかん》。まるで自分が世界の流れから放り出されたような感覚。

「……聖女様」

　気がつけば彼に――グラシカに背を支えてもらっていた。

「あ……」と目を丸くしながら、フェニシアはぼんやりと、近い、と思った。静かで、どこか不機嫌《ふきげん》さのある彼が、すぐ目の前にいる。

「……え、あ、ありがとう、ございます……？　とっ、咄嗟《とっさ》の動きが素晴《すば》らしいですね！」

　混乱して、妙《みょう》なことを口走った。案の定、彼は「はぁ」と気のない相槌《あいづち》だけを返す。

　櫂《かい》を漕《こ》いでいた聖兵二人も駆け寄ろうとしていたが、彼らでは間に合わなかっただろう。おかげで助かった。民衆の前で湖に落ちるわけにはいかない。

　フェニシアの姿勢が戻ると、彼はすっと手を放して聖兵を見た。審判《しんぱん》待ちのようだ。

「だ、大丈夫《だいじょうぶ》ですよ、助けてもらっておいて問題にはしません！」

　聖女は純潔を求められる。自国の王だろうが男であれば、下手をすると聖女の背に触《ふ》れただけで不敬罪だ。目が合わない彼は、ふいに上空を見て「準備を」と短く言った。

「え？」

「なにか来ます」

　ぶわり、と寒気が押し寄せるような気配がして、巨大《きょだい》な影《かげ》が森を覆いながら迫《せま》っていた。

「なにあれ!? 鳥!?」

人の家屋すら抱《だ》き潰《つぶ》せそうな両翼《りょうよく》を持った鴉《からす》だった。一瞬で訪れた異変に気を引き締《し》め直す。湖の浄化は済んだはずだが、あの禍々《まがまが》しい気配は悪性瘴気《しょうき》だ。

闇《やみ》の色を纏《まと》う『敵』を見上げながら、グラシカが腰の剣《けん》を抜いて呟く。

「報告には無かったはずですが……南の《森》から来たのかもしれませんね。あそこの瘴気でたまに魔物《まもの》が生まれますから」

「《さわらずの森》から!? なんでこんな時に——いや、むしろ私がいる時で良かった!」

獣《けもの》が変異したものが魔物だ。肉体が完全に変異した生き物は元に戻せない。亜人が《祖人》にならないように。そして魔物は亜人と違って人間に敵意を持っている。

殺すしかない、と彼は言う。

「私の浄化でもなんとかなりますけど……でも」

浄化を始めれば魔鳥《まちょう》の狙《ねら》いがこちらに向くのは間違いないが、浄化には数分かかる。その間突進《とっしん》されれば、こんな小さな舟は転覆《てんぷく》しかねない。溺《おぼ》れて詠唱《えいしょう》を途切《とぎ》れさせないためには足場が必要だ。だが岸に戻るまでに民衆の方を襲《おそ》われてはもっと困る。

「民《たみ》が——まずい」

魔鳥は湖畔《こはん》の民衆に襲い掛かろうとする。逃《に》げ惑《まど》う人々を守りながらグラシカの亜人私兵たちが応戦した。——聖女がここにいるのに、手が届かないなんて。

溺れてもいいから助けたい。けれど、焦《あせ》って仕損じればもっと被害は深刻になる。

息が詰《つ》まりそうな焦燥《しょうそう》と迷い。それを見透《みす》かしたように、彼がはっきりと言った。

「こちらへ呼んでください。あれは僕が引き受けます。貴女《あなた》は詠唱に専念してください」

「で、でも、こんな足場じゃ陛下だって危なくて――」

「民の命には代えられないでしょう」

まっすぐな金色の瞳《ひとみ》を向けられて、一瞬で心に風が吹《ふ》き抜けた気がした。すぐさま詠唱に入り、魔鳥の悪意を引き寄せる。この身に受ける攻撃《こうげき》などもう考える必要はなかった。

聖なる詩の詠唱に、巨大な魔鳥が悶《もだ》えながら突進してくる。上空を覆われて夜が訪れたように影が掛《か》かった。浄化を中断させようと耳を塞《ふさ》ぎたくなるような咆哮《ほうこう》と暴風が降り注ぎ続ける。それでもフェニシアは全てを捧《ささ》げるつもりで詠唱に集中した。――何も案じずにいられるのは、庇《かば》うように立つ彼の背が見えているから。

魔鳥に向かって一心に祈《いの》り続けた。

やがてその黒い肉体は逃げるように湖岸に落ち、青い空を取り戻す。波が押し寄せ小舟は大きく揺《ゆ》れたが、衝撃《しょうげき》に備えて身を低くしていたので今度は倒《たお》れかけることもなかった。

――今度こそ、すべて終わった。

ほっと胸を撫《な》でおろす。民を安心させるように、フェニシアは岸へと笑顔で手を振《ふ》った。

次《つ》いで隣《となり》のグラシカを見上げて、「ご助力感謝します！」と告げた。

「おかげさまで無事浄化できました！　ありがとうございます！　……でもちょっと意外でした。さっき転びかけたのといい、私が失敗するのを見過ごせば聖女失脚《しっきゃく》を狙えるのに」

どうして、と見つめてもグラシカは答えない。だから確かめるように問いを重ねる。

「陛下は、私が邪魔《じゃま》なんですよね？　陛下のなにかの計画のために」

彼は誤魔化《ごまか》すように微笑んで、「僕も訊《き》きたいことがあるのですが」と話を逸《そ》らした。

「貴女、浄化のあとにふらつきませんか？　以前から気になっていました」

「〝以前から〟？　陛下の前で浄化したのって今日が初めてですよね？」

彼が城に来たのは一ヶ月前だ。普段《ふだん》は聖水を作る姿すら見ていないはずだ。

「……民としてです。こうして城の外で浄化することも年に数回はあるでしょう」

「なるほど？」

聖水で対応できそうにないときは直接浄化に赴《おもむ》くことはあるし、民衆がそれを見守ることは禁じていないので、どこかで見かけたのかもしれない。

「もしかして陛下が暮らしていた近くですか？　いつの浄化ですか？　どの地域ですか？」

生《お》い立ちを知れば彼が何を考えているかわかるかもしれない――つい期待しながら問い掛けるが、「別に、近くはありませんでしたよ」とにべもなく返されるだけだった。

「で、お身体《からだ》は？　貴女は可憐《かれん》ですからね。どこか不調でも？」

「あ、大丈夫です。浄化の直後って体が硬直《こうちょく》しているというか、感覚がないし眠《ねむ》いんですけど、今日はそんなに難しくなかったのですぐ治りますよ！　もし陛下の嘘《うそ》どおりに三時間も詠唱してたら一週間は寝込《ねこ》んだかもしれませんけどね！」

あはは、と冗談《じょうだん》めかして言えば、「……寝込んだことがあるんですか」と真顔を返される。

「え、あ、ええっと……やっぱり嘘です」

「誤魔化さないでください」

聖女の情報を漏《も》らすわけには――と顔を逸らせば「聖女様？」と笑顔《えがお》で圧をかけられる。

「倒れられたら困るんですよ」

「……いや、その、いつだったか大陸で……帝国《ていこく》で瘴気が大発生した時には聖水の注文が増えて、大量出荷したあと、一ヶ月くらい寝台《しんだい》から下りられなくなりましたけど」

あとやたら吐《は》きました、と言えば、彼の瞳が見開かれ――そして責めるような顔をする。

「……そんなに命が惜《お》しくないのなら、今この綺麗《きれい》な湖の中で終わらせて差し上げることもできますが」

「怖《こわ》っ」

聖兵二人が睨《にら》んでいるというのに、よくもまあ聖女を脅《おど》せるものである。

「命には関わりませんよ！　先代だって七十歳まで生きましたよ！　いいじゃないですか、やりたくてやってるんですよ。しんどいのは嫌《いや》ですけど筋肉痛みたいなものです！」

「筋肉痛？」

　場に合わない単語に、きょとんとグラシカの目が丸くなる。

「前世で――じゃなかった、えっと、私、闘病《とうびょう》の苦しみを知ってまして。あれって自分が望んだわけでもないのに、なんで苦しまなきゃいけないんだっけ、ってわからなくなるんですよ。でも筋肉を鍛《きた》えたいとか、夢のために苦手な勉強をするとか、そういう価値のある苦しみなら頑張《がんば》れるんです。私は『聖女になる代償《だいしょう》』を全部説明されたうえで頷《うなず》きました。体がしんどいのは闘病で慣れてますし、人の役に立つヒーローになりたかった私に聖女って職は一石二鳥で――……ん？　使い方が違《ちが》うかな……需要《じゅよう》と供給の一致《いっち》？　こ、こういう時なんて言えば……？」

　とっさに喋《しゃべ》るのは苦手だ。焦って手を彷徨《さまよ》わせるフェニシアに、彼は静かな目を向けた。

「要点はまとまっていませんが、騙《だま》されて聖女になったわけでもなく、聖女をやめたいわけでもないことは理解しました」

「うっ、説明下手ですみません……わかっていただけてなによりです……」

「……やりたいから、本当に？」

「はい」

　彼はじっと観察するような目をしたあとに、綺麗な笑顔でこう言った。

「まあ、僕には関係のない話ですから、絶対聖女をやめさせますけどね」

「ひどい！　なんていい笑顔なんですか！」

明らかに好意と真逆の、フェニシアの意思など関係ないと言わんばかりの笑みだった。

(陛下はぶれないなぁ……そこまで聖女を排除《はいじょ》して、都合のいい玉座が欲しいのかなぁ)

フェニシアはまだ彼に問いたいことが山ほどあったが、彼は話す気はないようだった。

そしてフェニシアの体幹が——もしくは体調が——よほど信用ならなかったのか、小舟《こぶね》が桟橋《さんばし》に戻《もど》る時に、彼は先に下りて手を差し出してくれた。

「え？」

「お手をどうぞ、聖女様」

思わぬ気遣《きづか》いに反応が遅《おく》れると、彼は目を逸らした。いや、目を逸らしたのではなく、また聖兵の方を窺《うかが》ったのだ。聖兵たちは無言で彼に警戒《けいかい》を向けてはいるが、割って入る様子もない。となればフェニシアの返事次第か。

そっと手を重ねれば、丁寧《ていねい》に引いてくれた。黒革《くろかわ》の手袋《てぶくろ》に覆《おお》われた彼の手は、フェニシアと同じ温度だった。民衆の視線を一身に浴びながら、彼にエスコートされて桟橋に下り立つ。ちょっとしたお姫様《ひめさま》気分だ。なにかの賄賂《わいろ》だろうかと思って小声で訊いてみる。

「陛下ってお礼は先に持ってくる派ですか？　後に持ってくる派ですか？」

「……言わんとすることはわかりますが、意味はありません。この程度」

言い方にいちいち険があるが、貸しにするほどでもない、ただの親切という意味だろう。

——聖女になってから、普通の淑女扱《しゅくじょあつか》いされるなんて、もう無いと思っていた。

湖畔《こはん》にて民《たみ》への挨拶《あいさつ》を済ませて、天幕へ戻っていくと、亜人の兵士たちが今までとは違う表情で遠巻きにフェニシアを見ていた。

「鳥肌《とりはだ》が立ったぞ……」

「陛下はあのように恐《おそ》ろしいヒトが好きなのか……」

と呟《つぶや》く声すら聞こえる。かと思えばグラシカがそちらに向かって小石を投げつけていた。

(ん？　怖いって……私のこと？　魔鳥《まちょう》のことじゃなくて？)

「……アメリア、今日の私、どこか変だった？」

侍女《じじょ》のアメリアに思わず訊けば、

「いいえ？　今日もフェニシア様は完璧《かんぺき》でいらっしゃいましたよ。それはもう食べちゃいたいくらいに。絵画に残したいくらいに可愛《かわい》かったですわ！」

と満面の笑みで答えてくれる。ほっとして「ありがとう」と返しかけたが——。

「はあ……心が潤《うるお》いますわ」

彼女がうっとりと頰《ほお》に手を添《そ》えるので言葉に詰《つ》まった。

紺地《こんじ》で白襟《しろえり》のお仕着せに身を包んだ、見るからに清楚《せいそ》な彼女だが、情熱を示すかのように、その指先の爪《つめ》だけは髪色《かみいろ》と同じように激しく赤い。

「わたくし、フェニシア様が陛下と禁断の愛を育《はぐく》まれたらいいのに、とよく想像しておりますの」

「き、禁断の……」

「ええ」と彼女は楽しげに頷く。

「だって聖女をなさる方は歴代純潔でいらっしゃるでしょう？　殿方《とのがた》からすれば、もどかしいことですわ。触《ふ》れたいのに、触れられない。きっと愛のささやきと手紙と贈《おく》り物でたくさん想《おも》いを伝えてくださいますわね。……ああ、叶《かな》うなら目の前で陛下に熱烈《ねつれつ》に愛されるフェニシア様を拝見したいですわ……」

アメリアの愛読書は恋愛《れんあい》小説全般《ぜんぱん》。たまに自分でも書いて売っているらしい。どこで流通しているのか謎《なぞ》の上に、フェニシアには絶対に読ませてくれないが。

「……アメリアの妄想《もうそう》――いや、日々の楽しみを否定したいわけじゃないけど、私と陛下はさすがに無理があると思うなぁ……」

むしろいずれ殺人者と被害者《ひがいしゃ》の関係になりそうではある。

というよりも、アメリアが推《お》すほど彼に魅力《みりょく》はあるだろうか、とフェニシアは首を傾《かし》げた。玉座の似合う顔と若さと頭の良さと、王位簒奪《さんだつ》が成功するくらいの兵力と統率《とうそつ》力とその後平然と玉座に座り続ける心臓の強さ以外に――うん、並べてみると、結構あった。

（でも、内面が嫌味すぎるので、すべて帳消し！　恋人《こいびと》は心がまともなのが一番だと思う！）

罪のない先王を殺して無理やり即位《そくい》した人だ。先代のアガナ王はまだ三十二歳だった。その年齢《ねんれい》と顔立ちゆえに、「新王はアガナ様の早すぎる隠し子《かく》」だの「隠し甥《おい》」だのと噂《うわさ》があるが、グラシカ本人はすべて否定しているようだ。腹に何を隠しているのやら。

「アメリア、悪いことは言わないから、付き合うなら陛下以外にしてね」

「うふふ、わたくしと陛下だなんて、フェニシア様ったら。妬《や》かなくてもよろしいのに」

「妬《や》く？……まあ急にアメリアが結婚《けっこん》とかで辞めちゃったらちょっと寂《さび》しいけど」

あら、とアメリアは目を丸くした後に、「おそばを離《はな》れたりしませんわ」と軽く小突《こづ》くようにフェニシアの肩《かた》にもたれてみせた。


同時刻、騎士《きし》アルベルトは村人たちの、王を見る目に込められたものに気付いていた。壮年《そうねん》の者たちが抱《いだ》いているのは簒奪者への警戒だけではない。息を呑《の》むような驚愕《きょうがく》と畏《い》怖《ふ》。老人の中には、「……ああ、似ておられる」と手を合わせる者までいた。

（――この方は、やはり）

城内でも大臣たちの間で噂になっている。先王アガナの隠し子か、その兄王子の子ではないだろうかと。面差《おもざ》しが、瞳《ひとみ》の色が、先々代の王とその第一王子に似ているのだと。

(確かに、先王陛下にはあまり似ていないな。目の色はほとんど同じだが)

アルベルトは先々代の王と先王アガナを見たことはあっても、アガナの兄だったという夭折《ようせつ》した第一王子の顔は知らない。

(その人の忘れ形見なのだろうか。……だから王位が欲しかったのだろうか)

アルベルトは元々、王の身辺ではなく城内を警護する第二騎士団に属していた。

簒奪の当日、王宮に攻《せ》め入ろうとするグラシカの私兵と戦ったが、彼らは誰《だれ》も殺さぬように徹底《てってい》していた。ならば大義があるというのだろうか——王の考えはわからない。

けれど近衛《このえ》騎士に任じられた以上、王のそばに在り、王を守るのが仕事である。たとえ王が聖女に会いに行くたび、警護に呼ばれる理由が『聖女の幼馴染《おさななじみ》だから』であろうとも。

「聖女様、本当にありがとうございました」

魔鳥の処理も終わり、そろそろ発《た》とうかと最後に顔を見せに出れば、わいわいと住民に囲まれる。「当然のことをしたまでです」と猫《ねこ》を被《かぶ》って慈愛《じあい》の笑《え》みを浮《う》かべてみせた。

村長だという老人は「この村は何度も聖女様に救っていただいております。八年前も聖女様のおかげで事なきを得ました」と感謝を述べた。

(ん？　この辺りに浄化《じょうか》しに来たのって私が就任してからは初めてなんじゃ——あれ？　これ覚えてなかったらまずい……？　八年前って何があったっけ!?)

こんなにも親愛を寄せてくれる民を「覚えていません」と傷つけるのは心が痛む。

(いや瘴気《しょうき》ではなかった気がする……じゃあどれだろう!?　農業、衛生、教育……)

聖女の後継《こうけい》に選ばれて十年余り。「無人島でも世紀末でも異世界でも！　生き残れるマッチョに私はなるぞ！」と前世でサバイバルの日々を妄想した成果をいかんなく発揮してきた。長雨のあとには芋畑《いもばたけ》に希釈《きしやく》した酢《す》を撒《ま》き、手洗いと歯磨《はみが》き指導者を派遣《はけん》し、五大食中毒菌《きん》の対策パンフレット、非常時の避難《ひなん》訓練、算術教室——各地に知識をばらまいて回ったせいで心当たりが絞《しぼ》れない。

どうか助け船を出してくれないか、と前方で荷物を運んでいたアルベルトに視線を送るが「俺が知るわけない」とばかりに無情に首を横に振《ふ》られる。唯一《ゆいいつ》の救援《きゅうえん》を諦《あきら》めた時——。

「八年前というと、この辺りは、藁《わら》ですか？」

涼《すず》やかなグラシカの声がした。兵たちの荷造りを監督《かんとく》していた彼が歩いてくる。

(少し遠いところにいたのに……地獄耳《じごくみみ》かな？)

村長は噂の簒奪王に話しかけられて一瞬《いっしゅん》萎縮《いしゅく》したが、さすがは年の功。すぐに穏《おだ》やかな顔で「ええ、ええ、そうです」と頷《うなず》いてみせる。

「北の地域をはじめ、我々の村にもお知恵《ちえ》を授《さず》けてくださったおかげで、稀《まれ》に見る厳冬にも拘《かかわ》らず繊細《せんさい》な作物も冬を越《こ》すことができました。聖女様には本当に感謝しております」

（あ、やっぱりここに来たのは初めてだった。そっか藁か）

心から「お役に立ててよかったです」と微笑《ほほえ》むことができた。


村長が去ると「藁？」とアメリアが小声で訊《き》いてきた。先に答えたのはグラシカだった。

「貴女《あなた》が聖女職を継《つ》いだ年でしたね。他の作物を寒さから守るためだけに小麦を育てると言い出すとは」

懐《なつ》かしい話に、フェニシアは「あはは」と苦笑《くしょう》する。

「あれはこの国で小麦を育てられるかっていう実験でもあったんです。藁は良いですよー、編めば笠《かさ》や蓑《みの》や雪靴《ゆきぐつ》にと防寒具として優秀《ゆうしゅう》ですし、牛や馬の飼料にもなりますし、燃えやすいから火種《ひだね》にも使えるし、余れば肥料にすればいい。適切に扱《あつか》えば何年も保存できます」

前世で『生き残る力』に憧《あこが》れて得た知識の一つが藁。

この土地は高地で冷涼《れいりょう》だ。基本は小麦より低温と乾燥《かんそう》に強い黒麦を育てて食べている。だからこの土地でも小麦が育てられるか試すためにも、『藁にしたいだけだから！』という理由で育てさせてもらったのだ。未成熟な麦も牛や馬はおいしく食べてくれる。残った茎《くき》を乾燥させれば藁になって、他の作物を厳冬から守ってくれる。聖女の作る聖水が高く買ってもらえるので小麦の輸入もできているのだが、なるべく国内自給率を優先したい。

少しでもたくましい国にするぞ、と無意識に拳《こぶし》を握《にぎ》るフェニシアを見ながら、アメリアは「フェニシア様は昔から知識が豊富で頼《たの》もしいですわ」と嬉《うれ》しそうに言った。その笑顔を見て、頼もしいと言ってもらえて、「聖女になってよかったなぁ」とフェニシアは思う。

何の役職もない子どもであったら、地球知識に基づく提案のうち、一体どれほどが受け入れられただろうか。今の何倍の時間をかければ、ただの名も無い人間が、国を変え、国外まで知識を届かせ、抱《かか》える必要のない苦しみを取り除ける世界にできただろうか。

実際、幼い頃《ころ》は前世と現在の記憶《きおく》があまり区別できず、妙《みょう》な知識を披露《ひろう》しつづけて、この世界の家族を大いに困らせた。真面目《まじめ》に聞いてくれたのは幼馴染のアルベルトだけだ。彼が騎士になってからも、なんとなく寂しくなるので敬語はやめてもらっている。

(あ、でも昔会った人魚の男の子も、変な顔せず話を聞いてくれたな)

冬の森、白樺《しらかば》に囲まれた湖で出会った少年を思い出しかけていると――。

「聖女様、先月の祭事のことですが――」

近隣《きんりん》の帝国神殿《ていこくしんでん》に勤める顔見知りの女性神官たちに声を掛《か》けられた。彼女たちに促《うなが》されてフェニシアとアメリアは王たちから離れる。事務的な相談が終わると、「あの、新しい陛下はどのような方でしょう……？」と声を潜《ひそ》めて訊かれた。

「どのような、とは？」

「いきなり亜人兵を率いて城を占拠《せんきょ》した方でしょう？　一時は国が滅《ほろ》ぶのかと思いました」

（やっぱり陛下怯《おび》えられてるし……鬼《おに》の所業だもんね）

別の女性が「でも、なんだか思っていたよりも優《やさ》しい表情の方ですね」と言う。

「先ほどは自ら魔鳥《まちょう》と戦ってくださいましたし、税率の見直しをされたり、医師や薬師育成の補助も先王陛下の代より手厚くなさっていて……我々としても助かっています。身寄りのない子や老人のことも気遣《きづか》ってくださるようで……悪い方ではないのでしょうか？」

その期待するような瞳は、返答に困る。笑みを作って、聖女としての中立を選んだ。

「……今のところ、理不尽《りふじん》に民《たみ》を虐《しいた》げる方ではなさそうですよ」

グラシカを庇《かば》うわけではないが、不要な先入観を植え付けてもいけない。実際、彼は玉座に就いてから悪い政策は一つも出していない。殺したのも前王だけだ。

神官たちも同じ気持ちなのか、「……このまま悪いことが起きなければいいのに」と呟《つぶや》く。

そして、沈《しず》んだ空気を明るくするためか、「そういえば」ともう一人の女性神官が言った。

「先ほど小舟《こぶね》から下りられる聖女様の手を、陛下が優しく引いていらっしゃったでしょう？　まるでおとぎ話の王子様とお姫様《ひめさま》のようでしたわ」

聖女を気遣う王の様子が好印象だったらしい。隣《となり》でアメリアが激しく頷いているのがわかる。彼女の好きな『ときめき』に該当《がいとう》したようだった。そこでふと思う。

（……もしかして、手を差し伸《の》べてくれたのはパフォーマンス？）

急に思いついて、胸の底から羞恥《しゅうち》が押し寄せる。おかしいとは思っていたのだ。当初は重篤《じゅうとく》でもなかったはずの湖の瘴気被害《ひがい》について「推定詠唱《えいしょう》時間は三時間です」と過大報告をして聖女を連れ出したのだから、彼に利があって然《しか》るべきだった。

(うわぁ私なに勘違《かんちが》いしてたんだろう！　ちょっとお姫様扱いみたいだなんて思ってる場合じゃない！　詐欺師《さぎし》は優しい顔をしてるって思ったのは自分なのに！)

純粋《じゅんすい》な親切心の可能性も残ってはいるが、聖女に触《ふ》れて処刑《しょけい》される口実を作るのは簒奪《さんだつ》王《おう》の彼にはリスクが高すぎる。民への好感度アップ策として有効だったのは間違いない。

——気を引き締《し》めよう、と心に言い聞かせる。彼の手中で踊《おど》るわけにはいかない。彼が何を考えて先王から命と玉座を奪《うば》ったのか、きちんと見極《みきわ》めなければ最悪、王に振り回されて大勢の民が死んでしまう。

神官たちと別れてからアメリアを連れて一人問答をしていると、いつの間にかグラシカがそばに戻《もど》ってきていた。「用は済みましたか？」と彼が訊く。

「はい、お待たせしました」

「では早く次に向かいましょう。貴女の偽善《ぎぜん》者っぷりが見えて、むず痒《がゆ》くて仕方がない」

はははは、こやつ、と、肘鉄《ひじてつ》を食らわすのは聖女らしくないので、静かに微笑んでおく。

「偽善だろうと何だろうと、民が恩恵《おんけい》を受けられるのなら為《な》すべきことでしょう？　……陛下も同じお気持ちですよね？」

「それには同感ですが」

彼は目を細めてフェニシアをじっと見たかと思うと、小声でも届くよう距離《きょり》を詰《つ》めた。

「貴女自身の安全は考えましたか？」

「？　私自身？」

首を傾《かし》げると、これ見よがしに溜息《ためいき》をつかれる。

「貴女はただでさえ、一度に大量の聖水を作れるこの世で一人きりの聖女様なのだから。僕は貴女を目立たないようにしたいんですよ。裏でひっそり……追放」

「やだ物騒《ぶっそう》～」と茶化して笑ってみせれば、「この……」と眉《まゆ》を顰《ひそ》められた。

「貴女という人は本当に――……僕は貴女を閉じ込《こ》めたいわけではないんですよ？」

「今『本当に……』の後に絶対罵倒《ばとう》入りましたよね？　『本当に馬鹿《ばか》ですよね』みたいな」

「いいえ、まさか。この国で最も、いえこの世で最も尊い方に向かって『本当に脳味噌《のうみそ》お花畑の大馬鹿野郎《やろう》が』なんて罵倒、思い浮《う》かぶわけないでしょう？」

「うへぇ、私の想定より強めに怒《おこ》ってらっしゃる……」

なんでだろう、と控《ひか》えめに顔を窺《うかが》ってみると、なぜか彼もすこし困り顔で見つめてきた。

「貴女は一度痛い目を見たほうがいいですよ」

なんだか悪役みたいな台詞《せりふ》だなぁ、とフェニシアは思った。

第二章　聖女様、泣く

この国の成り立ちは少し特殊《とくしゅ》だ。

旧ゾラン帝国領・サザナ封鎖国《ふうさこく》。人口はおよそ二万人。

かつては北のゾラン帝国が南の人狼国家《じんろう》・青狼国《せいろう》を警戒《けいかい》するために関門と城砦《じょうさい》を築いた辺境地域の一つだったが、三百年前の《大瘴禍《だいしょうか》》の際に放棄《ほうき》された。青狼国との境にある巨大《きょだい》な《さわらずの森》が、未曾有《みぞう》の瘴気災害を起こしたのだ。

――穢《きたな》いものには蓋《ふた》を。見たくないものには蓋を。

北や東西から帝国へ逃《に》げ込もうとする者は、帝国軍によって射殺され、弓で牽制《けんせい》しながら帝国は周辺の家屋から剝《は》ぎ取った木材、煉瓦《れんが》、石を積み上げ、長大な障壁《しょうへき》でサザナ地区を瘴気ごと封《ふう》じ込めた。瘴気には物理的な遮蔽《しゃへい》が効く。サザナ地区は『存在しなかったもの』とされ、これで死に絶えるのだと誰《だれ》もが思っていた。

しかし《大瘴禍》から半年後、瘴気を浄化《じょうか》し、聖水を一瞬《いっしゅん》で生み出す少女が誕生した。水も土壌《どじょう》も清められ、サザナ地区は息を吹《ふ》き返し、少女はのちに初代聖女と呼ばれる。

以後、その力を継承《けいしょう》し続けてフェニシア・シュライエルで六代目。

今では北の関門も交易のために毎日開かれ、サザナ封鎖国は大量の聖水を輸出し、自国では生産できない物資を帝国から買っている。

王と聖女は次の目的地へ向かった。王の用事、すなわち正式即位《そくい》のための挨拶《あいさつ》回りで、まずは近くの《帝国神殿》を目指す。浄化が終わったのでフェニシアは城に帰ってもいいのだが、王を見極めるには城で嫌味《いやみ》の応酬《おうしゅう》を繰《く》り返すだけでは見えないこともあるはずだ。

王の即位承認は三権からもらう。

先代にあたる王か当代聖女――この場合はフェニシア――と、三賢老《さんけんろう》と、帝国神殿。三賢老は重臣の中でも特別な三人で、聖女と聖水に関する政務を担《にな》い、普段《ふだん》は初代聖女を祀《まつ》る大聖堂にいる。

一方の帝国神殿は、帝国領時代に建てられたもので、大陸で最も信仰《しんこう》される女神教《めがみきょう》を布教しつつ、現在はこの国と帝国の橋渡《はしわた》しをする大使館のような存在だ。とはいえ、他にも多くの属国を持ち、瘴気に関わりたくない帝国としては、サザナ封鎖国をただの自家聖水工場とみなしているようで、聖水の輸出が滞《とどこお》りでもしない限り干渉《かんしょう》せず、むしろ「話しかけてくるな」と言いたげだ。大抵《たいてい》の判断は神殿の司祭に一任されている。

（でも、帝国《ていこく》も神殿《しんでん》の人も、どっちみち亜人嫌《あじんぎら》いだからなぁ……）

絶対に承認が揃《そろ》わない気がするのは、フェニシアだけだろうか。


「お帰りください」

神殿の司祭から見事な門前払《もんぜんばら》いを食らった。緑の神官服に身を包んだ四十歳ほどの男性で、信仰心は篤《あつ》いが少々視野の狭《せま》い人物だった。彼は「亜人の王など、女神様はお認めになりません」と眼前の新王を見据《みす》えて辛辣《しんらつ》に告げる。主君への無礼に私兵たちがざわめき、特に側近——黒髪《くろかみ》の青年が剣《けん》の鞘《さや》に手を掛《か》けた。グラシカはそれを静かに手で制す。

差別は放っておけない、とフェニシアは前へ進み出た。

「司祭様、今の発言はいかがなものかと。女神様は決して人間を区別したりは——」

「なんと！　聖女様は簒奪者に肩入《かたい》れなさるのですか？」

「か、肩入れ？」

予想外の言葉に焦《あせ》ってしまう。聖女は中立を保たねばならない。極端《きょくたん》な例を出せば、聖女が「この簒奪王は国に仇《あだ》なす敵です！　助けて！」と言えば、民は信仰心と義勇心から武器を取って内乱になるだろう。それくらい発言に気をつける必要があるのだ。

（ま、まずい、『聖女』の立場で、あくまでも差別への訂正《ていせい》を願うにはなんて喋《しゃべ》れば⁉）

高度な頭脳戦はとても苦手だ。そうでなければ駒《こま》遊びでグラシカに一度くらいは勝てただろう。焦っていると近衛騎士《このえきし》服に身を包んだアルベルトが前に進み出た。

（え、なんで⁉）

司祭も怪訝《けげん》そうな顔をしたが、すぐに彼の素性《すじょう》に気づいて「アルベルト殿《どの》」と言った。貴族は信心深い者も多い。年に何度かある祭事を支援《しえん》してもらえるとあっては、帝国大使館としても顔を覚えるのだろう。司祭はアルベルトにすり寄るような視線を向ける。

「由緒《ゆいしょ》正しい城に亜人の兵が増えてお困りでは？」

今まで国軍に亜人はいなかった。国内の主な亜人である人狼族は規則に縛《しば》られるのが嫌いで志願せず、もう一種の水棲《すいせい》族の方も同胞《どうほう》以外との関わりを避《さ》ける性質なのだ。

しかしアルベルトは明るく言った。

「ぜひ手合わせを願いたいと思っております。陛下にお許しをいただければですが」

司祭も、王も、きょとんと、その見当違いな発言に虚《きょ》を突《つ》かれた。その小さな混乱の隙《すき》間《ま》に踏《ふ》み込むように、アルベルトはまっすぐに主張する。

「この国の安寧《あんねい》を日々深慮《しんりょ》なさっている方々からすれば、強靱《きょうじん》な力を持つ彼らが兵であることに恐《おそ》ろしさもありましょう。しかし武力はいつだって恐ろしいものです。そこに種族は関係ございません。我々騎士団の方が弱いことは恥《は》ずべきことですが。彼らが生まれ持った才能を生かすことに何の問題がありましょうか」

ほう、と周囲の若い神官たちが息を吐《は》くのが聞こえた。アメリアもときめく乙女《おとめ》の顔で何かを書き留めていた。

「……聖女様も同意見ですかな？」

さきほど出鼻をくじかれたフェニシアにもお鉢《はち》が回ってきた。

先代聖女と先々代の老王からは「聖女は口数が少ない方がいい」と言い含《ふく》められていた。聖女とは偶像《ぐうぞう》であり、年端《としは》のいかない少女が話せば話すほど凡人《ぼんじん》であるとわかる――というのは先代聖女からの愛の鞭《むち》だが、つまりフェニシアは喋るほど俗《ぞく》っぽさが露呈《ろてい》する。

（言いたい。言いたいけど、どうしよう、大使館みたいなものだし！）

司祭と対立すれば、今後の帝国とのやりとりに支障が出るかもしれない。とりあえずこの場の天秤《てんびん》を水平に戻《もど》そう、とフェニシアは口を開いた。

「わたくしは、種族よりも、王としての才気をお持ちなのかを気にすべきかと存じます」

（実際、この人を王として認めていいのかまだわからないし）

中立の立場として論点を亜人ではなく政治手腕《しゅわん》に移し替《か》えたつもりだが、司祭は満足したように「さすが聖女様！」と声を弾《はず》ませる。

「正統な王を殺《あや》めるような蛮族《ばんぞく》を聖女様はお認めにならないと信じておりました！　――さあ、お引き取り願えますか」

フェニシアに歓喜《かんき》の目を向けたかと思うと、その勢いで王に向かって啖呵《たんか》を切った。

（あ、しまった、結局陛下が追い返されちゃう）

三権から承認をもらわねばならないのに、一ヶ所目から邪魔《じゃま》してしまう。

「ええと、わたくしに随従《ずいじゅう》せず、あくまで帝国のご意思として司祭様にご判断いただいて、その結果、適切だとお思いになったら、わたくしに構わず承認していただいても……」

「いいえ、帝国神殿はこの者を王と認めません。聖女様にも認められていない者をわたくしどもが認めることもございません。慈悲《じひ》深き女神様はこの地に初代聖女イレーネ様を遣《つか》わしてくださった。その才能を引き継《つ》いでいらっしゃるフェニシア様もまた神に愛された奇跡《きせき》の子です。貴女《あなた》様の御意向《ごいこう》を我々は尊重いたします」

（うーん。私が陛下を認めるかどうか、やっぱり早めに答えを出さないと……それに認めないとしたら、この先どうすればいいんだろう。はっきり敵だとわかれば話は早いのに）

やはりこの旅は彼を理解するための旅になりそうだ。

「わかりました、ではわたくしがこの方を王としてふさわしいと思ったら、帝国に彼を承認するかどうか尋《たず》ねていただけますか？」

「帝国に直接ですか？　そんな、ご多忙《たぼう》な皇帝《こうてい》陛下の手をわずらわせるようなこと……」

「わたくし、久々にお手紙を書こうかと思っておりますの。近況《きんきょう》報告も兼《か》ねて。それも添《そ》えて送っていただけますか？」

「え？」

この国から帝国への人の出入りは許されていないが、唯一《ゆいいつ》聖女だけは、瘴気を纏《まと》わない清らかな存在であるとして許され、皇帝とも面識があった。顔を見せに来いと言われて十二歳のときに挨拶《あいさつ》に行き、前世の知識を山ほど伝えてからは気に入られて、たまに新しい知識をよこせとばかりに手紙が来る。

司祭はなにを言い出すのかとぎょっとしているが、フェニシアは構わず笑顔《えがお》で続けた。

「もちろん、わたくしが陛下を本当に推薦《すいせん》できる方だと思えてからですけれど……それに、貴方《あなた》のことも皇帝陛下にお伝えしなくては、司祭様」

「わ、わたくしを？」

「信心深く女神様の教えを伝えてくださっていますもの。先日の祭事も民《たみ》に好評だったと、信頼《しんらい》のおける神官から聞いておりますわ。素晴らしい方が民に寄り添い、この神殿を守ってくださっていて、わたくし、本当に感謝しておりますの」

「聖女様……！」

感涙《かんるい》、とばかりに司祭は目を輝《かがや》かせ、「お手紙を楽しみにしております」と頷《うなず》いた。

（よ、よし、なんとか切り抜《ぬ》けられた！）

交渉《こうしょう》は苦手だが、相手の望むものさえ明確なら場はおさめられる。……だからこそ簒奪《さんだつ》王《おう》の彼の望むものも知りたいところだ。

話が終わったと悟《さと》ったグラシカは「邪魔をしました。またいずれ」とおざなりな言葉を残して歩き出した。フェニシアが慌《あわ》てて追いかけると、前を見たまま静かに言う。

「聖女様はお優《やさ》しいですね。庇《かば》っていただいたお礼を言うべきでしょうか」

「庇ったってわけじゃなくて……帝国《ていこく》に手紙を書くのは、本当に陛下が素晴らしい王になりそうだったらですよ。本来は私に迎合《げいごう》する司祭様じゃなくて、帝国から承認をもらうのが筋ですからね。私の手紙を読んで帝国がどう判断するかはわかりませんけど」

「僕は訪問の事実さえ作れれば帝国も神殿もどうでもいいと思っています。本命は明日の三賢老《さんけんろう》です。国内の実権を握《にぎ》っているのはあそこですから」

「おお……帝国大使館と聖女なんてお飾《かざ》りだと言いたげですね」

彼は遠くを見て、「夜会まで時間がありますね。聖女様はどうなさいますか？」と言った。

「え？　あ、じゃあ散歩でも行こうかな」

今日は運動不足なので、と言いかけたところで、後ろから追ってきていた神官が「聖女様！」と声をかけてきた。その顔を見て、幼い頃《ころ》の知り合いだと気づく。

「もしかしてミハエル？」

「は、はい、お久しぶりです！　ミハエル・ブランシュです！」

聖女になる前、名家の子ども同士で、アルベルトも交《まじ》えて遊んだことがある人物だった。

フェニシアと同い年で、当時から礼儀《れいぎ》正しく、少し臆病《おくびょう》な少年だった。

フェニシアは聖女らしさを意識したまま優雅《ゆうが》に微笑《ほほえ》む。

「神官になっていたのね。背も伸《の》びて、立派になって」

「フェニシア様――いえ、聖女様こそ、お、お美しくなられて……」

アルベルトは何が面白《おもしろ》いのか笑っている。一方のミハエルは緊張《きんちょう》しているのか「こ、このあとどちらに……」とそわそわと王と聖女の一行を見渡《みわた》した。

「散策でもしようかと思っていたところなの。なかなか城の外を見る機会もないから」

「あ、それなら先ほど浄化《じょうか》していただいた湖が見下ろせる場所が――あっ、で、でも、十分ほど歩くことに……」

「まぁ、素敵」と猫《ねこ》を被《かぶ》りながら横を見れば、「それで構いませんよ」とグラシカが言う。どうやら彼も散策に付き合うようだった。

ミハエルに案内され、昔話で盛り上がりつつ、フェニシアは歩みを進めた。今日は馬車で移動していたので運動不足だ。いつもは塔《とう》の階段や外周をウォーキングと称《しょう》して歩き、聖女の行動に寛容《かんよう》な馴染《なじ》みの聖兵《せいへい》たちに見て見ぬふりをしてもらっている。

一方、普段《ふだん》の生活を知らない王は、上機嫌《じょうきげん》で歩くフェニシアをじっと観察してくる。

「見た目よりも体力がありますね。……貴女のことだから多少は鍛《きた》えているだろうとは思っていましたが」

後半の声は小さくてよく聞き取れなかった。

「いざという時頼《たよ》れるのは己の筋肉ですからね！　脚力《きゃくりょく》は特に、あればあるほど良いと思いませんが、お見せできないのが残念ですが、結構いい下腿三頭筋《かたいさんとうきん》が育ってるんですよ！」

ただし脚《あし》の筋肉を鍛えたところで体幹や運動センスまで向上するかといえば微妙《びみょう》なところだ。フェニシアが自信をもって得意と言えるのは、本当に歩き回ることと走り回ることだけである。脚はくるぶし丈《たけ》の聖衣に隠《かく》れるが、あまり筋肉隆々《りゅうりゅう》になっても清廉《せいれん》な聖女らしくないと先代聖女には注意されている。少し筋トレした程度で隆々になれるほど恵《めぐ》まれた体質でもないので杞憂《きゆう》であるが。

「それか、この世界でもプロテインが売っていれば……！」

「ぷろ？　また珍妙《ちんみょう》な単語を……」

拳《こぶし》を固めたフェニシアを胡乱《うろん》な顔で彼が見る。

「プロテインはタンパク質っていう筋肉に大切な栄養のことで、チーズを作る過程で本来廃棄《はいき》されるホエイにも入ってます。ご家庭でも見られますよ。牛乳に檸檬汁《レモンじる》を加えると凝固《ぎょうこ》するんですけど、残りの水分がホエイプロテインです。でも工業的な粉のやつの方が効率的に――あ、粉といえば陛下！　昆布《こんぶ》の計画書は読んでいただけました？」

「ああ、目は通しましたが」と彼は溜息《ためいき》まじりに言葉を続ける。

「うちは内陸国だとご存じないんですかね。酒樽《さかだる》二十個分の昆布？　勘弁《かんべん》してください」

却下《きゃっか》、と結論付けた。

フェニシアが作りたいと相談したのは日本の明治時代の発見、昆布などの旨味《うまみ》成分、グルタミン酸ナトリウム。最近は幼少時よりも前世の知識を大幅《おおはば》に思い出しつつあるので、手始めに旨味調味料を狙《ねら》った。しかし試作の数十グラムを得るためにも数十キログラムの昆布を刻む必要があると正直に申告《しんこく》したら却下された。

むくれたフェニシアの顔を見て、彼はこれ見よがしに溜息をついた後、にっこりと美しく微笑んでみせる。

「どうしてそう、貴女の発想は国内に無いものばかり必要なんでしょうね」

ちなみに先週は浄水装置の試作のための凝灰岩《ぎょうかいがん》と、コンクリート研究のために火山灰を南の青狼国から輸入してほしいと頼《たの》んだばかりだった。火山灰は青狼国でも壁《かべ》の材料として用いているのでそう奇抜《きばつ》なアイデアではないのだが、保守的な先王の時は許可されなかった。一方のグラシカは、「青狼国に伝手《つて》があるので」と少量であるが承諾《しょうだく》してくれた。彼は国のためになりそうなことであれば頭ごなしに否定する人ではないようだった。

「資源がないからこそ加工業で一発当てるんですよ陛下！　確かに我が国は聖水しか作れない海もない土地も足りない、おまけに国外に誰《だれ》も出られず、作物は『腐《くさ》ってそう』と帝国にいちゃもんつけられて買ってもらえない『帝国直属・聖水だけ作ってろや工場』ですけど！　原料が無いなら輸入すればいいんです！　昆布が無いなら買えばいい！」

「北から？　南から？」

「え？　ええっと……南！」

「あの《森》を越《こ》えろと？　瘴気《しょうき》で腐るでしょうに」

そもそも昆布はそのままで美味《お》しいでしょう、と結論づけて彼は道の先へ進んでいった。

「ぐ……また言い負かされた……」

しかし彼の言い分ももっともだ。南の青狼国との間には瘴気が濃く、初代聖女すら浄化を諦《あきら》めた《さわらずの森》がある。岩や灰なら平気だが、植物や家畜《かちく》などは瘴気の影響《えいきょう》を受けてしまう。だから食料は南から輸入できずに北の帝国に頼りきりだ。

「あ、あのっ、交易といえば……」

神官のミハエルがフェニシアにだけ聞こえるよう、小声で話しかけてきた。臆病な彼にとっては、勇気を振《ふ》り絞《しぼ》った上での一言だろう。フェニシアは耳を傾《かたむ》ける。

「先月、北の門が三日ほど封鎖《ふうさ》された件……聖女様は帝国からなにか聞いていらっしゃいますか……？　やはり花嫁《はなよめ》行きを断ったからみせしめに……？」

花嫁、という単語にフェニシアが苦い顔をして口を開こうとしたとき、

「ミハエル・ブランシュ」

冷え切った王の声が場を制した。丘《おか》の高い位置からこちらを見下ろし、ぞっと呼ばれた本人でなくとも死の覚悟《かくご》をさせる気迫《きはく》があった。森から騒《さわ》がしく鳥が逃《に》げていく。――だからこそ、これが彼にとって都合の悪い話なのだとわかった。

「ちょっと陛下、威嚇《いかく》しないでいただけます？　で、ミハエル、花嫁の話だけど」

「っ、あ、あの、でも」

ミハエルは戸惑《とまど》い、左右を見回し、王の不機嫌そうな顔を見てはまたびくついた。

「大丈夫《だいじょうぶ》。何か話したいことがあるんでしょう？　続けてくれる？」

ミハエルは緊張からか、焦《あせ》って舌をもつれさせながら言った。

「せ、聖女様が帝国《ていこく》から花嫁に所望《しょもう》されて断ったって噂《うわさ》、ほ、本当ですか？　そ、その件かわかりませんが、近々帝国から使者が来るそうで……」

「使者？」

うわぁ、とフェニシアとグラシカは揃《そろ》って嫌《いや》な顔をした。――実はこの国は今、二つの問題を抱《かか》えている。

一つは簒奪《さんだつおう》王グラシカが何者なのかということ。

二つ目は、先月帝国から「聖女を花嫁として迎《むか》えたい」と手紙が来たことだ。

聖女は世界唯一《ゆいいつ》の浄化者なので世界中どの国も欲しがっているが、初代と二代目聖女の『暴挙』のおかげで手出しされずにきた。今になって帝国が要求してくるのは異例なことだ。聖女は純潔を守らねばならないと誰もが知っているので、花嫁と称するのは口実である。無力な従属国から聖女強奪《ごうだつ》、では諸外国への外聞が悪いのだろう。

そして先王が断った結果、見せしめとばかりに唯一の貿易口である『北の門』が閉じられ、一方的に流通が止められた。その三日後にちょうどこの簒奪王グラシカが城に攻《せ》めてきて居座った結果、帝国に何を言ったわけでもないのに、北の門はまた開かれたのだ。

（たぶん、陛下の兵が予想外だったから、一旦《いったん》『無かったこと』にしたんだろうな）

なにせ彼は簒奪のために自国の亜人に加えて青狼国の軍まで借りて亜人兵団を築いていたのだ。帝国もむやみに青狼国と戦争をしたくはない。……というわけでグラシカは青狼国の工作員である可能性が一番高い、とフェニシアは考えている。本来サザナ封鎖国と青狼国に縁《えん》はないのだから。

「……一応、陛下に感謝しているところでもあるんですよ。陛下としては『国が混乱している隙《すき》に王位いただき！』って感じでしょうけど」

彼は肩《かた》をすくめて「ええ、利害の一致《いっち》ですね」と素っ気なく言う。

おかげで時間稼《かせ》ぎにはなった。この国では瘴気が出てもすぐ聖水を撒《ま》けるので飢《う》えるほどの畑や水場への被害《ひがい》は受けずに済んでいるが、今より国土を増やせない以上、自給自足できる農作物と家畜の量は限られている。貿易を盾《たて》に脅《おど》されたらいずれ聖女を差し出さねばならず、聖女がいなくなったこの国を帝国が助ける保証はない。なにせ三百年前に見捨てられた経験がある。聖女を取り上げられたら、この国は瘴気に侵《おか》され、飢えて死ぬ。

「……別に手元に置かなくても聖水作るのになぁ、今のままじゃだめなのかなぁ」

使者が来るならば、まだ『帝国が聖女を欲しがりはじめた問題』は躱《かわ》しきっていないということだ。グラシカは「そばに無くていいものまで欲しがるのが権力者というものです」と冷めた調子で言った。そして耳隠しをしゃらりと揺《ゆ》らしながら微笑《ほほえ》む。

「聖女様。貴女《あなた》の悩《なや》みを解決する名案が僕にはあります」

「……えーと、それ私の命が保証されるタイプのやつですか？」

「聖女を辞《や》めてください」

「またそれ！」

思わず叫《さけ》ぶ。隣《となり》のミハエルが驚いていたが、猫《ねこ》を被《かぶ》る余裕《よゆう》は無かった。

「もうこの際はっきり言ってください！　陛下も焦ってるんでしょう！　帝国が本格的にこの国に介入《かいにゅう》して来たら簒奪王の陛下は排除《はいじょ》されますもんね！　だから帝国の目的でもある私を排除して国を乗っ取ろうとしてるんでしょう！」

「おや、わかっているじゃありませんか。聖女なんているから帝国に狙われるんですよ」

彼は嘲笑《あざわら》うように口の端《はし》をあげてみせる。

「一つの存在に国の命運を預けるなど間違《まちが》っています。国の構造としてあまりに危《あや》うい。よくも三百年も保《も》ったものです。今こそ聖女への依存《いぞん》をやめてみては？」

「……そりゃ聖女なしで生きていける国が理想ですけど、《大瘴禍《だいしょうか》》のときに帝国に閉じ込《こ》められて見殺しにされそうになったんですよ？　他にどうやって生き残れと？」

彼はフェニシアの問いには答えず、勝手に話を進めようとする。

「貴女がさっさと引退なさって、次の聖女が十歳程度の子どもであれば、さすがの帝国も花嫁にするとは言えないでしょう。そういうわけで、貴女は事故死でもなんでも急死したことにしますから、一刻も早く城から去ってください。さあ、後はすべて僕に任せて」

　表面上は、まるでこの国を守りたいような口振りだ。フェニシアを追い出すことも、もっともらしい解決手段のように聞こえる。幼い肉体の方が変化に順応しやすいため、聖女の後継《こうけい》には十二歳以下が選ばれるのも本当のことだ。だが――。

（今までの言動からして帝国の手先ではなさそうだけど……青狼国側だとしてもなぁ）

　青狼国とは仲が良くも悪くもない。だからこそ目的が不明瞭《ふめいりょう》だ。彼が耳隠《みみかく》しをしているのも人狼らしい耳を隠したいからではないだろうか。素性《すじょう》も目的も隠す彼を信頼《しんらい》できない。

「言うことを聞かせやすい子どもを次の聖女にして操《あやつ》りたいだけじゃないんですか？　大体、聖女を盾にする以外に、どうやって帝国に手を引いてもらうのか、私にはさっぱりわかりません。隠し持っている手札でもあるなら知りたいですけど！」

　帝国にとって聖女の作る聖水こそ、この国の存在価値だ。初代聖女と二代目は、帝国に呼ばれるたびに、話が通じない・扱《あつか》いづらい・放置する方が楽、と思わせて帰ってきた。

初代は『母国を捨ててお前に従うくらいなら世界ごと心中してやる。二度と聖水なんか作るか』と世界中を人質にし、《死蠟《しろう》の聖女》と呼ばれた二代目は辺りを白く変異させる能力で城中の王侯《おうこう》貴族を威嚇して帰ってきた。それ以降、六代目のフェニシアまで放置されてきたのだ。聖女以外の、それもぽっと出の簒奪王の言葉に帝国が耳を貸すとは思えない。

「花嫁なんて口実なんだから、次代の子が何歳だって結局聖女なら狙《ねら》われるんです。今まで放っておかれたのは初代聖女様と二代目聖女様のおかげです。私の代でまた狙われるっていうなら、私も歴代聖女様のようにこの身を盾にして手を引いてもらうつもりです。使者が来るっていうなら私がきっちり説得します！」

「………」

彼はじっと見つめてくる。

「現状維持《いじ》がこの国の最善だと？　僕は嫌ですよ、聖女に依存した弱い国」

「……私だってこの国の危うさはわかってますよ。でも聖女抜《ぬ》きでこの国が生き残れる方法ってありますか？　帝国とは仲良くしましょうよ。花嫁にはなりませんけど、今までどおり聖水さえ納めれば有益だと思われて、聖女がこの国から動かないってわかってもらえれば滅《ほろ》ぼされはしません！」

これでもせっせと帝国に手紙を送っているのだ。地球知識でこの国の技術力を上げて、

「この国はすごいぞ」と思われれば潰《つぶ》されはしない。そう信じて十一年かけてきた。いきなり城に来た簒奪王に簡単に理想論だけ言われても頷《うなず》けない。フェニシアだって強くたくましい国であってほしいとは思っているのだ。だが無理なこともある。

（というかその口振りだと陛下、この国を強くするのが目的？　私と同じでサバイバルを愛する者？　富国強兵が趣味《しゅみ》の人？）

まだ質問し足りなかったが、前方の木立の先に光がちらつくのを見つけて、「そろそろ着きますよ」と彼が言うので、フェニシア達は歩みを速くした。

小さな山の頂上へと登りきった。下の景色を見ようと崖の縁《ふち》へ近づけば、「落ちないでくださいね」と彼に小声で釘《くぎ》を刺《さ》される。むしろ背後から狙って来やしないだろうかと思いつつ、フェニシアは首を伸《の》ばして崖下《がけした》を覗《のぞ》いた。

「綺麗……」

透明《とうめい》な湖が、太陽の光を反射してきらめいている。周囲は眩《まぶ》しい緑に囲まれ、湖のそばを子どもたちが走り回っているのがちいさく見えた。

「ふふ。いい光景だなぁ」

人々の喜びを仕事の手応《てごた》えとして感じてもいいだろう。太陽の眩《まばゆ》さに心のもやもやまで晴れるようだ。隣にいるグラシカも心なしか穏《おだ》やかな顔で「楽しげな声ですね」と言った。

「声？　陛下って耳がいいんですね」

こちらがどれだけ大声で叫んでも届きそうにない高低差だ。風に乗って彼には届いたのだろうかと耳を澄《す》ませてみるが、ただ周囲の木々がそよぐ爽《さわ》やかな音だけが聞こえた。

湖を見下ろしながら、彼は呟《つぶや》く。

「こういう景色を見ると、どうあってもこの国を守らねばと思います」

（……陛下って）

今の言葉は、ひどく耳に残った。本音をこぼしたように聞こえて、いつもの演技じみた台詞《せりふ》とは違う気がした。じとりと横顔を見つめると、なんですかと彼が視線を寄越《よこ》す。

「そういう良い王様っぽい台詞はもっと早く言わないと！　今言われても困ります！」

「……何の文句ですか」

「さっき湖でも言いましたけど、陛下が何のために王様になったのか教えてください。わからないと応援《おうえん》できないし、駄目《だめ》なことなら止めないといけないし」

「庇《かば》っていただかなくて結構です。──聖女様にも、騎士殿《きしどの》にもね」

視線が後方に控《ひか》えるアルベルトに向かった。「先ほどは出過ぎた真似《まね》をいたしました」と腰《こし》を折るアルベルトはまさに忠誠を誓《ちか》う騎士らしい姿だ。

（そういえば、陛下の私兵の人達ってあんまり喋《しゃべ》らないな）

ちらりと後方を見れば、彼らは今も十数人ほど付いてきていた。耳隠しをしている者も隠していない者もいるが、おそらくは人狼族《じんろう》と水棲族《すいせい》で構成されている亜人兵団。仲間同士で話す姿や、側近が王に指示を仰《あお》ぐ姿なら見るが、王より前に出る素振《そぶ》りは無い。

（なんか、陛下が群れの先頭って感じ……？）

「で、陛下。良い王様になるんですか？　正式な即位《そくい》には私の承認印も必要だってわかってますよね？」

「……さてそろそろ麓《ふもと》に戻《もど》りましょうか。女性は着替《きが》えに時間が必要でしょう。どちらが

先に下りられるか競争でもしますか?」

「えっ、話逸《そ》らして——あっ、早い! 負けませんけど!?」

思わずグラシカを追って駆《か》け出そうとすると、聖兵たちが「おやめください」と小声で囁《ささや》いてくる。ミハエルなど目がまんまるだ。幼馴染《おさななじみ》とはいえ、まさか聖女になってもフェニシアが淑《しと》やかさを会得《えとく》していないとは思わなかったのだろう。

(……アルベルトはいつもの呆《あき》れ顔だし)

確かに走る聖女に威厳《いげん》は無いし、「怪我《けが》をされたら困る」という空気も感じる。

それをグラシカも背中で読み取ったのか、少し先で振り返って、いわくありげに笑った。

「かけっこもできない職なんて不自由でしょう? 聖女やめません?」

「やめませんから!」

そもそも、かけっこで転職を決める人は、あまりいない。


夜は舞踏会《ぶとうかい》だ。

この国には原則として貴族階級はないのだが、この土地が帝国《ていこく》から放棄《ほうき》された際、砦《とりで》を守る騎士たちの中には帝国貴族の次男や三男がいて、初代国王となった人物も、元は帝国の侯爵《こうしゃく》家の息子《むすこ》であり、砦で最も階級の高い統率者《とうそつしゃ》だった。

彼らは《大瘴禍《だいしょうか》》の際、率先して剣《けん》や装飾品《そうしょくひん》などをありったけ持ち寄り、北の帝国との境で足元を見られながらも食料を買い、多くの民《たみ》を飢《う》えから救った。フェニシアやアルベルト、ミハエルの先祖もそれで、名誉《めいよ》貴族と呼ばれている。

今日招かれたのも、そんな名誉貴族の邸宅《ていたく》だ。「近くにお越《こ》しならぜひ我が邸《やしき》にお泊《と》まりください」と申し出てくれて、大広間での立食式パーティーが華々《はなばな》しく開催《かいさい》される予定だ。

聖女の滞在《たいざい》用にと貴賓室《きひんしつ》に通されたフェニシアに、屋敷《やしき》の侍女《じじょ》たちが香《かお》りのいいお茶を淹《い》れてくれた。人心地《ひとごこち》ついたところで、「お衣装《いしょう》はいかがなさいますか？」と屋敷の侍女たちが訊《たず》ねてくる。あと少しで始まる夜会のために仕度をしなければならない。

「持ってきたものに着替えます。――アメリア、箱から出してくれる？」

いま着ている聖衣とは違《ちが》うが、系統は同じ、純白の布地に金糸の装飾。腕《うで》や脚《あし》は一切露《ろ》出《しゅつ》せず、色白の顔と白茶の長髪《ちょうはつ》に合うよう仕立てた品を持参した。

しかし、屋敷の侍女たちは、「実は……」と長方形の衣装箱を運んできた。

「聖女様宛《あて》にお預かりした衣装がございまして」

「……私に？」

蓋《ふた》を開けてみれば、銀にも水色にも輝《かがや》く幻想《げんそう》的なドレスが目に入った。胸元は白に近く、銀糸の細やかな刺繍《ししゅう》とともに裾《すそ》に向けて青みが増している。それはまるで、銀の粉雪がまぶされながら水色に溶《と》けていくようだった。控えめなドレープも清楚《せいそ》で綺麗《きれい》だ。

「素敵……誰《だれ》がくれたの？」

「匿名《とくめい》で寄進、とのことです」

基本的に聖女宛の貢《みつ》ぎ物はできないことになっている。聖女と三賢老《さんけんろう》の属する大聖堂は身寄りのない子どもたちの養護施設も運営しているので、物資の寄付自体はありがたいが、聖女は誰とも繋《つな》がりを持ってはならないので賄賂《わいろ》などを禁止している。だが出張中に直接寄進を受けたら、聖女がこうして受け取る他ない。

(そもそもドレスなんて、今夜のために用意してくれたってことだよね)

賄賂なのだろうか、しかし匿名で意味はあるのだろうか、とフェニシアは頭を悩《なや》ませる。それともこの屋敷の主人が気を利《き》かせて用意してくれたのだろうか。

どちらにせよ、着ずに持ち帰ればこの衣装はお蔵入りだろう。高価なドレスは聖職者の手に余る。今後の浄化巡行《じょうかじゅんこう》や大聖堂での儀式《ぎしき》にもこのイブニングドレスは不適切だし、普段《ふだん》は聖女の神秘性を保つためにもこういった催《もよお》しには交《ま》ざらない。今回だけ特別に、『王が貴族と悪事の相談をしないか観察する』という目的のために、初めて夜会に参加することに決めたのだ。——そしてその目的を果たすための計画も、後ほど実行予定だ。

(でもなぁ、『聖女としての服装』にふさわしいかというと……)

悩んでいると、アメリアがそのドレスをフェニシアの体に当てた。

「お似合いですわ、フェニシア様」

そう優《やさ》しげに囁いてくる。

「いつもの聖衣もこの世の誰よりお似合いですけれど、今宵《こよい》は舞踏会ですから」

（たしかにドレスコードって大事だよね……）

日本でも僧侶《そうりょ》が仏前式でない友人の結婚式には法衣で行かないように、周囲に「お務めでいらしたのかな……？」と気を遣《つか》わせないことも、時には必要かもしれない。

「じゃあ、着てみようかな」

「！　では、こちらに合わせてご用意いたします！」

そわそわとフェニシアの判断を待っていた屋敷の侍女たちも、自国の若い聖女にたまには違う装《よそお》いを着せてみたかったらしい。嬉々《きき》として準備を始め、あれよあれよという間に髪《かみ》が結《ゆ》い上げられて――。

おめかしを終えて部屋を出ると、廊下《ろうか》には彼が待っていた。

彼はフェニシアをみとめると金色の目が真ん丸になり――いっそ悔《くや》しげに、「……可愛《かわい》い」と、舌打ちしそうな勢いで顔を逸らして呟いた。

（――おお！）

驚《おどろ》きと同時に喜びが湧《わ》き上がる。やった！　と思わず拳《こぶし》を上げそうになったのも無理ないだろう。なにせいつも勝負をしているわけでもないのに負けている。

にんまりしたくなるのをおさえて控えめな微笑《ほほえ》みを保つ。アメリアと屋敷の侍女たちのおかげで今のフェニシアは美しく仕上がっていた。いつもは腰まで伸《の》ばしていた白茶の髪を、今宵はゆるくまとめて白い首筋を存分にさらし、唇《くちびる》には淡《あわ》いオレンジ色を溶かして人形めいた印象に。細い手首には聖女らしい金色の腕輪《うでわ》が添《そ》えられ、他の令嬢《れいじょう》とは違う聖職者の風貌《ふうぼう》をそこだけ残す。

勝利の喜びに頬《ほお》のゆるみを抑《おさ》えきれないフェニシアを見て、余裕《よゆう》を取り戻したのか彼もくすりと肩《かた》をすくめる。

「一体どこのお姫様《ひめさま》かと思いましたよ。元々可愛らしい顔立ちだとは思っていましたが」

(す、すっごく、べた褒《ほ》めだ……!)

今日のメイクは彼の好みに嵌《は》まったのだろうか。よし傾向《けいこう》を覚えておこう、とフェニシアは思った。

「そんなに今日の私、可愛いですか?」

「ええ、可愛らしすぎて攫《さら》われかねない。今宵は部屋に隠《かく》れていた方がよろしいのでは?」

(こ、こやつ……!)

ていよく追い出そうとしている。やはりいつもの聖女いびりだった。

「んもー、上げて落とすのやめてくださいよー」

「そのドレスもお似合いですね」

「あ、匿名で寄進があって……ちなみに陛下、送り主知ってたりします?」

「誰がくれたかもわからないものを着てるんですか？」

無思慮《むしりょ》ですね、と言いたげだ。

（……ぐっ）

おかしい、さっきまで勝っていたはずなのに。


舞踏会場へ、二人で並んで入場した。

天井《てんじょう》にはシャンデリアがまばゆく輝き、どこまでも広く感じる白い天然石貼《は》りの床《ゆか》には百人ほどの紳士淑女《しんししゆくじょ》。それに臆《おく》せず、柔和《にゅうわ》な美形である彼はとろりと蜂蜜《はちみつ》でも垂らすような甘い微笑《びしょう》を。フェニシアは精巧《せいこう》すぎる陶器《とうき》人形のように、笑みはにじませる程度で、幻想めいた美しさを保つ。

ほう、と見惚《みと》れた周囲の熱い視線を感じながら最奥《さいおう》へと進み、扇形《おうぎがた》の階段を三段ほど上がる。周囲より高い壇《だん》の豪奢《ごうしゃ》な椅子《いす》の前で大衆を振《ふ》り返ると、彼が視線で合図した。

（あれ？　私が挨拶《あいさつ》するの？）

聖女を立てようとしているのだろうか。人目が無いところでは完全に逆なのに、と思いながらもフェニシアはゆっくりと周囲に視線を配り、慈愛《じあい》の笑みを浮《う》かべてみせた。

「本日も皆様《みなさま》の健《すこ》やかなるお顔を拝見できて嬉《うれ》しく思います。我らが誇《ほこ》り高きサザナの民の繁栄《はんえい》と、変わらぬ神のご加護を願って」

短い聖詩を一つ唱《とな》えて神に捧《ささ》げ、それから王と合わせて杯《さかずき》を掲《かか》げる。

「乾杯《かんぱい》」

わっと歓声《かんせい》と共に夜会が始まった。弦楽器《げんがっき》による音楽が奏《かな》でられ、紳士が淑女の手を取り、踊《おど》るために進み出る。用意されていた椅子に王と聖女が座っていれば、彼と話をするためだろうか、主催《しゅさい》や有力者らしい人々が集まってくる。それを見てフェニシアは――。

(よし、退場だ！)

潔《いさぎよ》く撤退《てったい》を決意した。

なにせ聖女としてはもうやることがない。民と聖女は個人的に付き合いを持ってはいけないと定められている上に、純潔を守る聖女にダンスを申し込《こ》んでその手に触《ふ》れるような紳士もいない。王の隣《となり》にいて当たり障《さわ》りのない挨拶を受けるべきかと思わないでもないのだが、そうして微笑みを浮かべて王の隣にいるのは王妃《おうひ》のポジションな気がするのだ。

(さあ、陛下、貴族と悪だくみをするなら今夜ですよ！　私がいなくなりますよ！)

だから早くただの令嬢の変装をして、聖女がいなくなったことに安堵《あんど》した彼が貴族と悪い相談をするのを盗《ぬす》み聞きしよう。聖女としても参加したのは、架空《かくう》の令嬢では屋敷に入れないからだ。もう義理は果たしたので退場できる。そう思ったのだが――。

「陛下はヤンセン家の土地を買い上げたそうですな」

(あ、ミハエルのお父さん)

名家の一人がグラシカに話しかけてきた。名前が出たヤンセン家も名誉《めいよ》貴族のひとつだろう。幾人《いくにん》か取り巻きを連れた中年の貴族たちに、王は穏《おだ》やかに対応した。

「ええ、一部ですが。あの辺りは瘴気《しょうき》が頻出《ひんしゅつ》するため使い道がないと小耳に挟《はさ》んだもので」

「亜人を働き手にした農園だと聞きましたが」

「正確には新しい種苗《しゅびょう》を試す農業試験場です」

グラシカの返答に、貴族たちは露骨《ろこつ》に嫌《いや》そうな顔をした。

この国の亜人は大半が人狼族と水棲族。それ以外のごく少数の種族については、宗主国から島流しのごとく送られてきた罪のある亜人も含《ふく》まれている。新設した王立農園では、彼らを働き手として、品種改良や瘴気に耐性《たいせい》をもつ作物の選定実験を行っているという。

（私は良策だと思ったけどなー）

むしろ先週知ったときには「その計画、私も交《ま》ぜて！」と言いたかったくらいだ。狭《せま》い国で土地を余らせておく理由はない。瘴気の発生頻度が高い土地ならば、耐性の強い亜人の働き手は適切だろう。むしろ「どうして私は今まで思いつかなかったんだ！」と膝《ひざ》を打ったくらいである。これぞ生き抜《ぬ》く力。敵ながら称賛を送りたい。

しかし名家からすれば、先祖が守ってきた土地に余所者《よそもの》が、と反感を覚えたのかもしれない。しかもぽっと出の若造が自分より上の王位に立つのだから素直《すなお》に従いづらいだろう。

だが土地の売買だって互《たが》いの同意があって成立したものだ。それを他家の人間が「亜人」と結び付けて文句を言うのは見過ごせない。

（このたくましい案を潰《つぶ》されるわけにはいかないし！）

フェニシアはなるべく穏やかに聞こえるように声を掛《か》けた。

「農園のお話ですか？」

貴族たちが背筋を正す。彼らが聖女の反応を窺《うかが》っていたのにも、フェニシアは気づいていた。指先まで聖なる気配を纏《まと》うつもりで、フェニシアは清らかに微笑む。

「瘴気に耐《た》える作物を探していらっしゃるのでしょう？　素敵なことですわ。そうすればまた大きな禍《わざわい》が訪れたときでも、民《たみ》が飢《う》えなくて済みますもの」

「聖女様、しかし……我々貴族の土地に亜人が多く滞在《たいざい》するというのは」

「そうですわね、ご先祖様から受け継《つ》いできた土地が他人の手に渡《わた》る瞬間《しゅんかん》は、いつだって、どうしても寂《さび》しいものですわ」

わずかに論点をずらした。

「その土地は、荒《あ》れ野だったと聞いております。瘴気に襲《おそ》われやすく畑にもできず、怖《こわ》くて家を建てることもできない、そんな土地の行く末をご先祖様も憂《うれ》えていたでしょう。野菜の花が咲《さ》けば、きっとお喜びになりますわ」

心に純真しか飼っていませんとばかりに感想を言えば、貴族たちは苦々しげに顔を逸《そ》らした。これで話は終わっただろうか、と思っていると、

「聖女様は世俗《せぞく》に疎《うと》くていらっしゃいますもの」

大輪の花のようなドレスで令嬢が現れた。淡い金髪《きんぱつ》にピンク色のドレスがよく似合う、十六歳ほどの彼女を先頭にして、幾人かの令嬢がフェニシアの前に来ていた。

「聖女様にご挨拶申し上げます。わたくし、ヤンセン家のイレーネと申します」

ヤンセン家というのはまさに土地を買われた家の名だ。しかしフェニシアはただ微笑《ほほえ》む。

「まあ、イレーネ様とおっしゃるの？　初代聖女様と同じお名前ですね」

「ええ、聖女になれるようにと両親が」

(……そこは『初代聖女様にあやかった』って言うんじゃ駄目《だめ》だったのかな)

確かにフェニシア達が生まれた頃《ころ》には先代聖女は高齢《こうれい》で、候補者選びも近いと言われていたが――どうしてだろう。こんなにも明るく話しかけてくれるのに肌寒《はださむ》く感じるのは。

「ねぇ聖女様、亜人を国政に関わらせるなんて帝国《ていこく》への叛意《はんい》ではございませんの？」

彼女は王を見て嗤《わら》った。グラシカは静かに、不条理に慣れているように目を伏《ふ》せる。

「……どういう意味でしょうか」

フェニシアがつい冷えた声で訊《き》けば、「お優《やさ》しい聖女様にはおわかりになりませんの？」と艶《つや》っぽく首を傾《かし》げてみせる。帝国が亜人を嫌《きら》うから追従せよ、と言いたいのだろう。

簒奪王《さんだつおう》である彼の改革に、フェニシアとて不安はあるが、それでも『変化』自体がすべて悪いとは思わない。フェニシアも衛生改革や公共事業の新設を山ほどやってきた。彼の農園案は歓迎《かんげい》したいし、潰されるなんてもったいない。

だが貴族たちはイレーネと同じ考えのようで、「よく言った」とばかりに彼女を見ている。

(……どうして?)

慣れ親しんだ土地を手放すのがつらいと言うならわかる。けれど自分たちですら邪魔《じゃま》に思っていた土地を、いざ他人が活用しようとすれば邪魔するなんて幼稚《ようち》な行為《こうい》だ。国の未来なんて見ていない。この先、多くの民を救うかもしれない政策なのに。そんなに足を引っ張りたいのか、とふつふつと怒《いか》りが湧《わ》いてくる。

(この国にはそんな貴族しかいないの? ……いや、違《ちが》う)

城の大臣たちはフェニシアの突拍子《とつびょうし》もない案も、簒奪王による改革も、きちんと叶《かな》えてくれたのだ。王のおかげで暮らし向きはますます良くなっている。「新王がどうか悪い人でありませんように」と今日話した民からも、微《かす》かな期待が感じられた。

一部の貴族だけでいいなら、今変えられる。フェニシアは凛《りん》と立ちあがった。

「良いものは良い!」

広い舞踏会場《ぶとうかい》に声が響《ひび》き渡る。

人々の驚《おどろ》いた視線が突《つ》き刺《さ》さった。だがフェニシアは怯《ひる》まなかった。

「私は良いと思います。適材適所! 新たな貿易や代替案《だいたいあん》と違って、使っていない土地の有効活用なら誰《だれ》も我慢《がまん》しなくていいし誰も損しない! 自給率向上や食べ物の新品種なんてみんなが嬉《うれ》しくなることなのに！　本当になんで私が先に思いつけなかったんだろうって、ついつい悔《くや》しくなっちゃうくらい陛下の案はこの国のためになって――」

フェニシアはふと、自分が淑やかでない方の喋《しゃべ》り方をしていると気づき、熱弁を止めた。

（……あれ？　え、嘘《うそ》、間違えてる⁉）

かっとなって、つい「負けられない！」という気持ちが強すぎて、王と口喧嘩《くちげんか》するときの口調になっていた。――当然、会場は静まり返っている。「いつもの清らかな聖女様はどこへ？」という啞然《あぜん》とした表情を痛いほど浴びる。なぜ簒奪王を庇《かば》うのか、という困惑《こんわく》も見てとれた。フェニシアは顔の横で無意識に拳《こぶし》を握《にぎ》りしめていたことに気づき、ゆっくりと下ろそうとして――やっぱり口元に添《そ》えることにし、「つい大きな声をお聞かせしてしまいましたわね。失礼いたしました」と清楚《せいそ》な笑みを今さら浮かべる。

（ああもう、最近陛下と口喧嘩しすぎて、つい喋りやすい方の口調になっちゃった！　天国の先代聖女様ごめんなさい。「おしゃべりな聖女は崇敬されないからね。特にあんたはなるべく喋るんじゃないよ」ってあんなに助言を頂いていたのに！　とうとう聖女の威厳《いげん》を失墜《しっつい》させました！）

せめて美しい言い回しができれば良かったのに、国の象徴《しょうちょう》でもある聖職者が拳を固めて「ついつい悔しくなっちゃう」はあまりに余計だった。自問自答しつつ、顔には出さないよう、正面の人々を澄《す》まし顔で見つめる。渦中《かちゅう》の王は――彼の金色の瞳《ひとみ》は、驚いたように丸くなり――綺麗《きれい》なそれが、なにかを受け止めたように揺《ゆ》らめいた。真っ暗な世界で一人、灯《ともしび》を見つけたような。

ああ、彼も完璧《かんぺき》ではない。人間なのだ、とぼんやり思った。

精巧《せいこう》な完成品のように見えていた。けれど、まだ足りないものがある普通《ふつう》の青年なのかもしれない。彼には味方が足りない。国を良くする政策すら吊《つ》るしあげられるくらいに。

(それこそ、賄賂《わいろ》とか旨《うま》みをあげれば懐柔《かいじゅう》することだってできたはずなのに)

思いつかない人ではないはずだ。だからきっと『選ばなかった』のだ。この国の中枢《ちゅうすう》に潜《もぐ》り込《こ》むだけなら、貴族に甘いことを言って騙《だま》す方が楽なのに。

誰かと悪だくみをするかもしれない――そう思って参加したはずの舞踏会で、真逆の結論を得ることになった。

(……良い政策をいっぱいやって、悪い人との癒着《ゆちゃく》も無いなら……それは、もう、ただの良い王様なのでは……？)

本当は薄々《うすうす》気づいていたのかもしれない。その、心の中で掴《つか》みかけたものを、今すぐ追いたいと思った。けれど、今はこの場の空気を戻《もど》すのが先だろう。

会場は緊張《きんちょう》に包まれたままだ。影響《えいきょう》力が大きいため絶対に中立を保たねばならないはずの聖女が、貴族たちの前で彼を庇った。「この人の政策はいいけど、まだ信用しきってないし、味方したわけでもない」で通してくれないのが社交界だ。

どうしたものか、と内心焦《あせ》っていると、グラシカが静かに口を開いた。

「――聖女様。きっと慣れない場でお疲《つか》れでしょう？　貴女《あなた》のような清浄《せいじょう》な方には賑《にぎ》やかな夜会は向きませんね。お酒でも召《め》し上がりましたか」

いや一滴《いってき》も飲んでないです、と首を横に振《ふ》りかけたが、もしかしたらこの状況《じょうきょう》を解決してくれるのかもしれない、と黙《だま》っておくと、彼はちいさく微笑《ほほえ》み、貴族たちに向き直った。

「農園の話はまたいずれ。今宵《こよい》はせっかく聖女様がお越《こ》しになられた稀有《けう》な機会です。野暮な話はよしましょう。有意義な一晩にいたしませんか？」

その言葉で貴族たちも、「そ、そうですな！」と先ほどの一件などなかったかのように賑やかさを取り戻した。とりあえずこの場で農園をだしに王を貶《おとし》めようとしても聖女が庇ってしまう――ということだけは伝わったようである。思い思いに散らばっていった。

（陛下への嫌《いや》がらせが今後止《や》むといいけど……意見があるなら正式に提出してほしいな）

椅子《いす》に座り、本来の雰囲気《ふんいき》を取り戻した舞踏会を眺《なが》めていると、まだ残っていた先ほどのイレーネ嬢《じょう》が、「そうですわね」と真意の見えない顔で微笑んだ。

「せっかく聖女様がお見えになったのですもの。わたくしも素敵《すてき》なお話がしたいですわ。聖女様はいつも大変麗《うるわ》しくて、気品がおありで、本当に誰も真似《まね》できませんわ」

（……ぞ、俗っぽい啖呵《たんか》を切ったところを見ているのに!?）

まだ何か用事があるんだろうか、と返答に悩《なや》んでいると、彼女は勝手に話を続ける。

「お召しになっているドレスも、帝国《ていこく》の最先端《さいせんたん》のものをお取り寄せになりましたの？」

「……いいえ？　この国のものですわ」

にっこりと微笑みを返しておく。匿名《とくめい》寄進なので本当はわからないが。

「あら、違いましたの？　聖女様は皇帝《こうてい》陛下と親しいのでしょう？　一度帝国をご覧になったこともあるとか」

「ええ、十二歳のときに皇帝陛下の戴冠式《たいかんしき》に呼ばれたきりですけれど」

「まあ羨《うらや》ましい！　帝国には洗練されたものがたくさん溢《あふ》れているのでしょう？　……わたくしも帝国に行ってみたいと常々夢に見ておりますのよ」

無理だとわかっていても、望んでしまうのだろう。この国は帝国に穢《けが》れた土地だと思われているため、そこに住まう国民も外には出られない。

「亜人は南の《森》を抜《ぬ》けられてずるいですわ。横へ迂回《うかい》すれば帝国に北上できますもの」

彼女の恨《うら》むような顔に、フェニシアはゆったりと首を横に振る。

「《さわらずの森》の瘴気《しょうき》は本当に高濃度《こうのうど》ですから、亜人でも通り抜けるのは命懸《いのちが》けだそうですよ。大抵《たいてい》は身体《からだ》や心を蝕《むしば》まれそうになって引き返すとか」

「わたくしは命を懸《か》けてでも通り抜けたいですわ」

すごい熱意だな、と感嘆《かんたん》する。王といいアメリアといい、意志の強そうな人は好きだ。少し好感を抱《いだ》く。

「帝国《ていこく》から頂いた本などは巡回《じゅんかい》で貸しているので、よろしければご覧になってくださいな」

「……何度も他人が触《ふ》れたものを借りるなんて、みすぼらしいことではございませんの？」

（え、公共の図書館があるってとても文化的なことなのに）

そうでなければ前世で今ほどの雑学知識を溜《た》め込むことはできなかっただろう。しかし本物のお嬢様はそういう思考になるのか、と高貴な聖女を演じる者として頭の片隅《かたすみ》に入れる。イレーネは疑うような顔で「聖女様は名誉《めいよ》貴族の出ですわよね？」と確かめてくる。

「ええ、わたくしは分家で、本家の当主は伯父《おじ》ですけど」

「……十一年前の聖女後継《こうけい》者の選定会、わたくしもいましたのよ。聖女様は聡明《そうめい》さゆえに選ばれたと聞きますけれど、本当にそれだけが理由ですの？　他に何をなさいましたの？」

「……いいえ。特別なことはなにもしておりません。気がつけば選ばれておりました。きっと神のみぞ知る――」

「〝なにもせず、気がつけば〟？　ご自分が特別だから選ばれるべくして選ばれたと？」

いやそんなことは、と否定する前にはもう相手の瞳には怒りが宿っていた。

「お話しできて光栄でしたわ！　失礼いたします」

彼女は肩《かた》を怒らせ去っていき、他の令嬢たちも慌《あわ》てて礼を執《と》ってから追いかけていった。

（お、怒《おこ》らせちゃった。移動図書館の素晴らしさを伝えきれなかった……たぶん聖女になりたかった子なんだろうけど……私がどう選ばれたかなんて言えないし）

選ばれた時のことはよく覚えている。家柄《いえがら》を問わず、非亜人の未婚《みこん》の少女を対象として、聖女候補の募集《ぼしゅう》があった。亜人が聖女になれないのは先祖が血に瘴気を受けているので浄化能力が持てないためだ。聖水を口に含《ふく》んでも体調を崩《くず》さないことを基準に非亜人であると証明し、フェニシアは幼すぎるとは言われたが、一応、城で行われる本試験に進んだ。

両親も伯父も大して期待せずに連れて行ってくれて、「もうこれほど偉《えら》い人たちに会える機会なんてないはず」と意気込んだフェニシアは、この日のためにと用意した分厚い手製の『衛生・農耕改革ブック』を面接官の三賢老《さんけんろう》の手に押しつけ、「ここに書いてあるので！すごく役に立つので！」と言いつつ口頭でも喋り倒《たお》し、ありとあらゆる知識を放出した。

特に当時のフェニシアは衛生改革を望んでいたため、目に見えない微細《びさい》なものの話が大半だった。次第に三賢老の面々は引き気味になっていったが、当時の聖女は「危なっかしい子だねぇ。うちで引き取ろう」と危険物扱《あつか》いで後継者に選んでくれたのだ。

（……うん、本当に喋れば喋るほど聖女らしくないってバレちゃうな。もう退場しないと）

先代聖女の教えはやはり正しい。雄弁《ゆうべん》は銀、沈黙《ちんもく》は金。久しぶりに城の聖塔《せいとう》から出て、今日だけで一年分ほど他人と喋った気がした。

「お先に退席させていただきますね」

隣《となり》のグラシカにそう告げて立ち上がると、彼も「途中《とちゅう》まで送りましょう」と腰《こし》を上げた。視線は前に向けたまま、隣を歩きながら囁《ささや》いてくる。

「先ほどはありがとうございました、聖女様」

「え？　農園の話ですか？　陛下の案、いいと思ってたので！　自給自足は大事ですもんね！　瘴気に強い作物の選定、最高じゃないですか！　私じゃできませんでしたよ！」

「貴女は本当に……打算も無しに肯定《こうてい》する人ですね。貴女が敵を作る必要はないんですよ」

「だって、あのまま流すほうが嫌だったので」

彼は何か言いたそうにし、「貴女は——」と言葉を選びながらフェニシアを見つめる。

「——貴女は、とても素晴らしい人ですね」

「!? きゅ、急に何ですか!?」

突然《とつぜん》褒《ほ》めるなんて何か裏があるのでは、と疑ってしまう。彼は弁明もせず、麗しい笑みを返すだけだ。いつもの口喧嘩《くちげんか》の延長だろうか。ならば聖女として負けるわけにはいかない。にっこり笑って「ありがとうございます！」と受けて立つ。

（いや、ちょっと元気良すぎたかな！）

彼は一瞬《いっしゅん》驚《おどろ》いたようだが、ちいさく笑って目を伏《ふ》せただけだった。

会場の端《はし》までたどり着き、「では私はここで——」とフェニシアが彼を見上げると、

「一曲踊《おど》りませんか」

まっすぐに見つめられて心臓が跳《は》ねた。固まったフェニシアに、彼は気まずそうにする。

「言い方を間違《まちが》えました。——僕と踊っていただけませんか、聖女様」

ちいさく願うような瞳《ひとみ》に、心が動きそうになる。

けれど聖女は男性と触れ合わない。ゆえにフェニシアは踊りを習得していない。

「ご、ごめんなさい。私、踊り方がわからないので」

「……聖女様が下手なダンスを披露《ひろう》するとまずいでしょうか」

「とってもまずいですね！」

国の至宝が、名家の方々の前ですっ転ぶ姿など披露しては大問題だ。

（ただでさえ今日はやらかしてるし！　こんなことなら、練習しておけば――）

フェニシアが、彼と踊れないことを何故か惜《お》しんでいると、

「では、おやすみなさい」

と優《やさ》しい顔で彼が今宵の別れを告げた。

しずしずと廊下《ろうか》を戻っていけば「よろしいのですか？」と後ろを歩くアメリアが言う。

「まあ聖女だし……」

「残念ですわ……フェニシア様と陛下のダンス、さぞ美しかったでしょうに……神のような光景をこの目に焼き付けられると一瞬期待してしまいました。ああ、我慢《がまん》できませんので今夜眠《ねむ》る前に想像のフェニシア様に頰《ほお》をゆるめる無礼をお許しください」

「そこまで見たかったんだ……」

日々のときめきを生きがいにしている彼女の期待に添えなくて申し訳ない。

（陛下もなんで誘《さそ》ってきたんだろう……）

一瞬思考が釣《つ》られかけたが、聖女としては「ダンスを習っているかどうか」以前に、どうあっても断るのが正解だった。男性とくっついて踊るなんて想像できない――と、そこまで考えたところで周りの目に自分たちがどう映るか考えた。――簒奪王《さんだつおう》と聖女が踊っていたら、まるで聖女が彼を信頼《しんらい》しているように見えるのでは？

（え、これも湖と一緒《いっしょ》で陛下の好感度上げ作戦⁉　聖女と仲がいいふりを⁉）

湖で手を差し伸《の》べてくれたように、周囲へのパフォーマンスに使うつもりだったのだろうか。ほだされちゃだめだ――と慌てて自分に言い聞かせるが、あの瞳が、踊ってほしいと告げたときの、まっすぐに心に届くようなまなざしが、演技だったとは思えない。

（陛下のこと、わかんなくなってきちゃったな）

先王殺害という衝撃《しょうげき》的な出来事を切り離《はな》して、現在の彼の言動だけを見れば、良い王様になりそうだと思える。けれど民《たみ》に彼を信頼できると示すことはまだできなくて――。

（そういうのは全部見極《みきわ》めた後じゃないと……とにかく何を計画してるのか探《さぐ》って、もし青狼国の工作員とかだったら、いっそ寝返《ねがえ》ってもらおうかな！　優秀《ゆうしゅう》そうだし！）

味方なら心強い人だ。彼が悪人にせよ善人にせよ、彼の望みを早く知りたい。

（やっぱり念のためやっておこう、変装作戦）

フェニシアの夜はまだ終わらない。城から持ってきたもう一着のドレスの出番だ。

「予定通り、変装しようと思うんだけど」

二人きりで部屋に戻《もど》ってからそう切り出せば、「かしこまりました！」とアメリアは嬉《うれ》しそうに手伝ってくれた。持参した荷物の中に、カツラが二つ入っている。道中で万が一襲撃《しゅうげき》を受けた際に、アメリアが聖女の身代わりを務めるための白茶色のものと、聖女が他人に化けるための焦《こ》げ茶色のカツラ。──今宵《こよい》はこの焦げ茶色の髪《かみ》になろうと思う。

そして「聖女としては聖衣でいいんだけど、変装して陛下を探りたくて」と事前に城に余っているドレスでもあれば借りたいと頼《たの》んでおいたところ、随分《ずいぶん》と美しいドレスを彼女は手配してくれたようだ。

──それは藍色《あいいろ》のドレス。あちこちにビーズがちりばめられ、夜空のようにキラキラと輝《かがや》く。袖《そで》はちいさく可愛《かわい》らしいパフスリーブで、とても素敵《すてき》だとフェニシアは一目で気に入った。メイクも先ほどより猫目《ねこ》がちにし、口紅も愛らしいピンクを塗《ぬ》って印象を変える。

会場へ戻れば、普通《ふつう》の令嬢《れいじょう》風のフェニシアをちらりと見る人はいるが、特に変な顔はされなかった。グラシカも遠くに背中が見えるだけで、誰《だれ》かと会話中のようだった。

(王様ってずっと椅子《いす》に座って、人が挨拶《あいさつ》しにくるのを待つものだと思ったけど)

聖女がいなくなったからか、まだ正式即位《そくい》前だからか、壇《だん》から降りて人ごみに交《ま》じっていた。王子様みたいなことをしてるなぁと眺《なが》めながら、会話が聞こえる距離《きより》までじわじわと近づいていく。先ほどとは違って彼はおとなしそうな貴族たちと話していた。相手は簒奪王を警戒《けいかい》しているようだが、グラシカが政策の経過を静かな声で訊《き》くので、相手も真面《まじ》目《め》な話だとわかったのか萎縮《いしゅく》せずに言葉を返している。

（あれ、意外といい感じ……？）

相手が最初から「王を貶《おとし》めてやろう」と思っていなければ、うまくいくのではないだろうか。じっと彼を見て止まっていると、同じ年頃《としごろ》の令嬢に話しかけられそうになったので、さりげなく気づかないふりをしながら端に逃《に》げる。家名を訊かれると困るのだ。

逃げた先で、ふと視界に入ったのはご馳走《ちそう》。彩《いろど》り豊かな料理たちがシャンデリアに照らされて宝石のように輝いている。目に喜ばしいのはもちろん、香《かお》りまで芳醇《ほうじゅん》だ。

（……す、少しだけ食べてもいいかな。いやでも聖職者が不必要な贅沢《ぜいたく》は……）

聖女の職務と葛藤《かっとう》しながら料理を眺めていると、ふと、突《つ》き刺《さ》さるような視線を感じた。

顔をあげてみれば、驚《おどろ》いた顔のグラシカと目が合った。

「……！」

だがここで脱兎《だっと》のごとく逃げ出したらやましいことをしていますと主張するようなものだ。顔を背《そむ》けたり無視をするのも、王に対する令嬢の立ち振《ふ》る舞《ま》いとして不合格である。にこりと社交的に微笑《ほほえ》んでから、ドレスの横をつまんで淑女《しゅくじょ》らしい礼を執《と》った。

彼は真顔で見つめていたが、別の人に話しかけられるとあっさりそちらに向き直った。

(バレてない……よね？)

念のためもう一度鏡を見てこよう、なんならもう少し化粧《けしょう》を濃《こ》くしようと会場から出る。

静かに廊下を進んでいると、曲がり角の向こうから男性二人の会話が聞こえてきた。

「――恋人《こいびと》になれたら役職はかなり上がるよな。いや、王にだってなれるかもしれないし」

「だが聖女様とどうやってお近づきになればいいんだ？」

聖女、という単語に、フェニシアは足を止める。

(ん？　聖女に気に入られて出世しようって話……？　ずるい思考だけど野心家だ……)

王がいきなり替わったことで「俺でもなれそう」と思う人が出たのだろう。

(陛下は別に野心で王になったんじゃなさそうだけど)

今のところ国のためになる施策《しさく》ばかりだ。権力や名声には興味が無さそうで、本当に先王を殺してまで王位につく必要があったのか疑問に思う。

(青狼国の工作員だとしても王様より参謀《さんぼう》のほうが向いてそうな人なのに……噂《うわさ》みたいに先王アガナ様の早すぎる隠《かく》し子なのかな？　それで恨《うら》みとか？　旗印《はたじるし》に担《かつ》ぎ上げられて？)

帝国《ていこく》に対抗《たいこう》するために聖女を追い出したいことは昼間に聞いたが、それ以外の目的も青狼国との繋《つな》がりもまだ不明瞭《ふめいりょう》だ。単に国内の亜人の反乱軍という可能性だって無くもない。

男二人の悪《わる》だくみは続いていた。

「今夜中にって言っても、聖兵がいて部屋にも入れてもらえないだろうな。窓からいくか？　俺たち貴族なら途中《とちゅう》でみつかっても大した罪にはならないだろ？」

「聖女様目当てだとわかったら死刑《しけい》になりそうだけどな」

「まあいざとなったらお優しい聖女様が庇《かば》ってくださるかもしれないし、そもそも俺たちはあの性悪に言われて――」

わずかに足をずらした音が届いたのか、彼らの会話が止まる。まずい、と息を殺して慌《あわ》てて引き返そうとするが、彼らが角を曲がって確認しにきてしまった。何も聞いていません今来たばかりですという顔をしてそっと横を通り抜《ぬ》けようとすれば、しっかり前方を塞《ふさ》がれる。光明を見つけたとばかりに、彼らは喜色に満ちていた。

「こんばんは、レディ。良い夜ですね」

「え、ええ。そうですわね」

「可愛らしいお嬢さん。どちらからいらしたのですか？」

実家と偽名《ぎめい》、どちらを捻《ひね》り出すか悩《なや》んでいると、まぁいいや、と彼らはあっさり追及《ついきゅう》を止《や》め、「遊びませんか」と下心を隠さない視線を向けてきた。萎縮するフェニシアの態度を見て身分の低い娘《むすめ》、もしくは後ろ暗いところのある、潜《もぐ》り込《こ》んだ人間だと思ったのだろう。

（それとも、聖女だってバレてる？　いやこの変装は完璧《かんぺき》のはず！）

こんなことならアメリアか聖兵がいれば、と後悔《こうかい》しても遅《おそ》い。聖女だとバレないようにアメリアには留守番をしてもらい、控室《ひかえしつ》の廊下《ろうか》で待機している聖兵には何も言わずに変装のまま抜け出してきた。ゆえに聖兵に気づかれない程度には別人に見えるはずなのだが。

「も、申し訳ありませんが、手洗い場を探しておりまして。失礼します」

腕《うで》を掴《つか》まれかけ、早歩きで逃げ出した。次第に気が逸《はや》って全力疾走《しっそう》になる。「待て！」と叫《さけ》ばれた気もするが振《ふ》り向かずに走った。廊下を曲がり、屋敷《やしき》の端《はし》の保管庫らしき部屋に逃げ込むが――入ってすぐに絶望した。扉《とびら》の外側からしか施錠《せじょう》できない造りだった。だがもう飛び出すことはできない。奥の木箱の陰《かげ》にしゃがんでじっと息を殺す。

（……だ、大丈夫《だいじょうぶ》、なにも向こうだって攫《さら》って売り飛ばそうなんて考えてないんだから）

少し探して見つからなければすぐに興味を失うだろう。鍵《かぎ》が掛《か》けられていないからこそ、ここには隠れていないと判断することを期待した。そうでなければ――室内で追い詰《つ》められたら、まさに絶体絶命だ。上方にある明かり取りの小窓は、掃除《そうじ》を忘れられているのか曇《くも》っていて、ほとんど光をもたらさない。誰も自分がここで怯《おび》えていることを知らないのだと思うと漠然《ばくぜん》とした恐怖《きょうふ》が湧《わ》き立つ。

――あの日、死ぬ直前に見たのも闇《やみ》だった。

前世で倒《たお》れたとき、意識はまだあるのに視界が真っ白にまばゆく染まり、やがて黄土色に、そして急速に黒へと覆《おお》われていくのを見て「あぁ、死んじゃうな」と理解した。

　生まれつき心臓が悪い、と言えばぼんやりと虚弱《きょじゃく》なイメージを持たれることが多かったが、端的《たんてき》に言えば先天性の臓器奇形《きけい》だ。手術をしても、薬を飲み続けても、もとは不備を持って生まれた動力炉《どうりょくろ》。ふとした時に壊《こわ》れて血の供給は滞《とどこお》る。人は、脳に血がいかなければ、物を正常に描《えが》き出すこともできないのだ。

(ああ……駄目《だめ》だ、見えない)

　親の反対を押し切って「私だって普通に暮らせる」と進学を機に一人暮らしを選んだ。いつまでも子どもじゃないと証明したくて。一番恐《おそ》れていたことが起きてしまった。視界を失い、スマホを探し、手は冷たい廊下だけを這《は》って、息すら苦しい喉《のど》ではどこにも声は届かない。助けを呼んだところで、助かったかどうかはわからないけれど、それでも、一人で死んでいくことは防げたかもしれない。

　この暗闇《くらやみ》の中、〝私〟が死んでいくことを、今この瞬間《しゅんかん》、この世界の誰も知らないのだ。たった一欠片《ひとかけら》の、「まだ死にたくない」という言葉すら、誰にも届かず終わるのだ。

(ああ、嫌《いや》だなぁ。さびしいなぁ)

勝手に流れてきた涙《なみだ》を拭《ぬぐ》い、しゃくりあげそうになるのを必死に抑《おさ》え込んで息をひそめていると、コツコツと硬質《こうしつ》な足音が耳に入ってきた。

軍靴《ぐんか》のような、間違《まちが》っても女性の靴《くつ》ではない音がする。その足音は扉の前で止まった。

「そこに誰かいますか？」

静かな、聞き覚えのある声がした。

「陛下……？」

こぼれおちた声を逃《のが》さず拾って、彼は扉を開けて駆《か》け寄ってきた。フェニシアの前で膝《ひざ》を折り、涙に気づくと焦《あせ》ったように顔を覗《のぞ》き込んでくる。

「どうして泣いて——まさか襲《おそ》われて。すぐに医者を呼んできます」

「だ、だいじょうぶ！　だいじょうぶですから！」

うまく言葉が出ず、ぎゅっとその腕にすがりついて、ぶんぶんと首を振る。

「なにも、ないの。ただ暗くて……怖《こわ》くて」

「……暗いのが怖いんですか？」

彼はぱちくりと瞬《まばた》きをし、考えるような素振りをしてから、「ならば明るい場所に行きましょう」とフェニシアの膝裏に腕を差し入れて横抱《よこだ》きにした。

「っ、あの、そんな、重いから」

「重くありませんよ。亜人は見た目よりずっと力が強いのでご心配なく」

静かな声でそう言って、彼はフェニシアを抱き上げたまま廊下を歩き、中庭へと出た。

三日月を少し過ぎた、細い銀色の月だ。

彼の歩みに合わせて揺《ゆ》られながら、ぼうっとそれを見上げる。

「……月夜に聖女様と男が二人きりなんて、見つかったら大変ですね。ああ、貴女《あなた》は変装をしているから、誰《だれ》かが見掛《みか》けても王が夜遊びをしているようにしか見えませんか」

どこか楽しそうに彼は、フェニシアの焦《こ》げ茶色になった毛先をしげしげと眺《なが》めた。

「僕も昔、髪《かみ》を染めたことがあるんですよ、何度か。どうしても一目、見たい人がいて」

こちらを落ち着かせようとしてくれているのだろう、返答を求めないひとりごとのようなそれが心地《ここち》いい。彼は聡明《そうめい》で美しい人だ。硬質な表情で黙《だま》り込まれたら相手が怖がるということを、十分にわかっているのだろう。

ベンチの前につくとフェニシアをそっと爪先《つまさき》から下ろして、ハンカチを敷《し》いて「どうぞ」と座るように促《うなが》した。紳士《しんし》だなと思ったものの、なにか気の利《き》いた台詞《せりふ》を考える元気もなく「ありがとう……」とちいさな声で素直《すなお》に従う。彼も間隔《かんかく》を空けて隣《となり》に座った。

「そういえば、そちらのドレスも着てくれたんですね」

「え？」

「僕が指定した生地《きじ》と作りだったので、もしやと思って見てました」

「……？　指定って、陛下が注文したドレスってこと？」

なぜ彼の注文品が自分の元に、と慌てていると「貴女用ですから合っていますよ」と苦《く》笑《しょう》された。変装用に城にあるものを借りてくれるようアメリアに頼《たの》んだはずが、まさか新品の、しかも彼が手配したものが来るとは思いもしなかった。


「でも、どうして……？　陛下がくれたんですか？　私、知らなかった」

「連れ出すからには衣装《いしょう》くらい用意します。まあ僕が用意したと知ったら着ないと思いましたので、事前には言いませんでしたが」

「……いや、それは、着ないなんてことは」

（ちょっと否定できない、けど……あれ？　アメリアは知ってたのかな。ドレスを受け取ったのはアメリアだし、寸法だってアメリアか聖衣の仕立人しか知らないし……）

しげしげと自分の藍色《あいいろ》のドレスを見下ろす。採寸を受けたわけでもないのに見事にぴったりだ。肌《はだ》ざわりもよい。けれど「聖衣以外を着てみては」と最初に屋敷の侍女《じじょ》に言われた時、アメリアが何故《なぜ》こちらを出さなかったのかはわかる。「この機に」とよそから贈《おく》られたものがあれば『身内』が用意した方は控《ひか》え、寄進された方を着るのが礼儀《れいぎ》だろう。

（陛下が身内扱《あつか》いって変だけど）

一応、二人で城から来たので礼節としては正しいはずだ。

「そっか。お気遣《きづか》いありがとうございます。とても素敵なドレスですよね。……でもこれといい、一着目の寄進のやつといい、寸法ぴったりなのは私の情報が漏《も》れまくり？」

もしくは服飾《ふくしょく》のプロは目測でサイズがわかるのだろうか、と悩んでいると、「ああ、一着目も僕からですけど」とさらりと彼が言った。

「あれ⁉」

一体どういうことだろう。最初に訊《き》いた時はすっとぼけていたのだろうか。

「どっちを選んでも陛下の手配したドレスってこと？　謎《なぞ》ですね？」

「選ばせているように見えて結果は同じ、という手法はそう奇抜《きばつ》なものではないと思いますが」

「そこに手間を掛ける意味ってあります？」

「僕は妥協《だきょう》しない男なので」

「なんですかー、それ」

あはは、とつい笑ってしまう。

「もちろん血税ではなく僕の懐《ふところ》から出しているのでお気になさらず。……それからこれも蛇足《だそく》ですが、先ほど気安く貴女に声を掛けた男二人、貴女を見つける前に追い出しておきましたよ。他のご令嬢《れいじょう》に無礼を働いても困るので」

「……あ」

そんなことまでお見通しなのか、とフェニシアは瞠目《どうもく》する。「落ち着いてきましたか？」と静かに問われ、随分《ずいぶん》と気を遣われていたのだと気づく。

「うん。おかげさまで。色々と……ありがとう、ございます……」

前半のドレスについても気になったが、本人が『何か問題でも？』という顔をしているので掘《ほ》り返しづらい。贈り物にあれこれと言うのも野暮なことであるし。

「しかし、暗闇が苦手とは存じませんでしたよ」

彼は夜空を仰《あお》ぎながら、先ほどのフェニシアについて言及《げんきゅう》した。

「暗いのがいつも怖いってわけじゃなくて――」

なにか理屈《りくつ》めいた言葉を選ぼうとして、しかし、口から出てきたのは短い言葉だった。

「私、死んだことがあるの」

「……」

彼はこちらの内心を推《お》し量《はか》るように見つめ返してくる。

「心臓が痛くなって、目の前が暗くなって――目が見えなくなると、できることがとっても減るんです。体も動かせなくて、苦しくて声も出ない。私は誰にも助けを呼べなかった」

「……だから、暗闇が怖い？」

「そうみたいです。今まで気にしたことなかったけど、ふいに怖くなっちゃって……最近知識以外も思い出してきたんです、前世の詳《くわ》しいこと。……あ、前世って言っても陛下にはわからないですよね。実は私、前世の記憶《きおく》があるんですよ。ここことは違う、科学の世界」

「……まあ、なにか類稀《たぐいまれ》なる人なのだろうとは思っていましたよ」

日頃《ひごろ》の言動から既《すで》に「他の人とは何かが違う」と思われていたのだろうか。彼からすれば眉唾物《まゆつばもの》の話だろうに、否定も嘲笑《ちょうしょう》もしなかった。今までだって、提案のよさを説明するためには地球の知識を隠《かく》さず披露《ひろう》していたが、彼はいつも平然と話を聞いてくれた。

「ねえ、死ぬのってつらいんですよ。どうして私を殺そうとするんですか？」

今なら聞ける気がした。二人きりになれる日も、もう来ないかもしれないし。

「……殺そうとしたことはありませんが」

「追い出そうとするでしょ、隙《すき》あらば。邪魔《じゃま》なんですよね、陛下のなにかの計画のために」

「……それは」

なにか長い言い訳をしようとして、しかし、やめたような間があった。何度も何度も、言葉を選ぶように口を開くのをためらって――やがて彼は、静かに頭を下げた。

「申し訳ありませんでした。僕も死を願われ続けるつらさを知っていたはずなのに、貴女にも同じ思いをさせてしまった」

その謝罪の言葉からは、いつものような揶揄《やゆ》や嫌味《いやみ》は感じなかった。

「僕が、他に手段を見つけられない無能なばかりに、貴女にも要《い》らぬ不快を与《あた》えてしまいました。詫《わ》びて済むことではありませんが、本当に申し訳ありませんでした」

「え、ええと……そうやって謝ってほしいわけじゃなくて……ずっと何のために私に嫌がらせをしてるんですか？」

「聖女やめませんか」

「またですか！　何度言われても絶対――」

反射的に言い返そうとしたが、彼の懇願《こんがん》するような顔に気づいて、言葉を止めた。

「……なんで？」

ぽつりと子どものように問うてしまうと、彼はただ静かに言った。

「……逃《に》げてください。帝国《ていこく》の目的は貴女です」

「それはもう聞きましたけど……逃げてもどうにもならないですよ？」

「ですが帝国に連れて行かれれば、貴女は一生飼い殺しか、もっとひどい目に遭《あ》うでしょう。……この国でも不自由でしょうが、貴女を傷つける者はいないはずです。だから城から出て、民《たみ》に紛《まぎ》れて穏《おだ》やかに生きてください。帝国のことは……僕がどうにかします」

「……」

思わず彼をまじまじと見つめてしまった。彼の瞳《ひとみ》には、寂《さび》しさすら見えた。

「貴女はもう十分聖女として貢献《こうけん》した。解放されてもいい頃です」

（……この人は）

ずっと本気で言っていたのだ。『守るべき民』に、聖女のフェニシアまで入れて、あまりに国を背負いすぎている。――この人は優《やさ》しすぎるのだ。

だからこそ、フェニシアも本気で否定しなければいけないのだろう。

「私ね、ずっと強くなりたかったんです」

まっすぐに彼を見据《みす》えて、告げた。

「誰《だれ》かに頼《たよ》ってもらえる人に、居てくれると安心するって言ってもらえる強い人になりたかった。前世では献血《けんけつ》もできなかったし、重い荷物も持ってあげられないし、些細《ささい》な手伝いにすら駆《か》けていけなかった。……ほら、魔王を倒《たお》す勇者は力がなくちゃいけないし、人助けって、ある程度余裕《よゆう》のある人じゃないとできません。だからって『よいことができないから私は悪い子なんだ』なんてお子様なことは言いませんけど……でもね、ずっと腹が立ってたんです。この世の理不尽《りふじん》に。不条理に」

「〝腹が立つ〟？」

「めぐりあわせというか、できる人がやってくれるから世界は回るというか、感謝して、感謝して……結局、施《ほどこ》される側のまま死んじゃった。前世は駄目《だめ》だったけど、今度は私、できますもん。だって聖女ですよ。『来世はたくさん人の役に立ちたい』って祈《いの》ってたのが叶《かな》ったのかな、って思いました。毎日すごく嬉《うれ》しいんです。だから、辞《や》めません」

前世ではよく言われた。

――お願いだからじっとしていて。あなたは普通《ふつう》の子とは違《ちが》うのよ。死んでしまったらどうするの。

物心ついてからずっと同級生と同じことができず、いつも中途半端《ちゅうとはんぱ》に切り離《はな》された。長く入院した時には、温度が保たれた病棟《びょうとう》の窓から、真っ白な雪道を急ぐ人を見て、「ああ、いま世界は寒いんだ」と気づかされた。時間の流れない分断された世界にいるようでいて、みるみるうちに同級生から取り残されて、世界の一番後ろにいると知っていた。永遠に追いつけない、その負債《ふさい》のような重さに、泣きたくなった夜もあった。

「私は、私がやりたいように生きられるなら、もう普通の子じゃなくていい」

「……」

「大体、普通の人生一回目の子どもが、親と離されて他人のために聖女の修行《しゅぎょう》なんてできますか？　私の突拍子《とっぴょうし》もない知識を受け入れてもらえるのも聖女だからですし……私、一番ぴったりだと思うんです。嬉しいんですよ、役目があるって。幸せなことです」

彼は静かに見つめ返してきた。

「……つらくはありませんか？　自由に外へも出られず、苦痛を隠して、完璧《かんぺき》な聖女を演じ続けるのは嫌になりませんか」

湖で話したような浄化《じょうか》後の体の不調を指しているのだろう。

「大量に浄化すると寝込《ねこ》むって話をしたから陛下はびっくりしちゃったんですよね。でも〝弱いから何もしないで〟って言われて立ち尽《つ》くしてる時よりずっといいんです。毎日楽しいですもん。体がちょっとままならないことには前世で慣れてますし、この苦しみに意味があるってのは前世と違ってお得ですよ！　まさに筋肉痛——ってこれは昼間にも言いましたね。動けなくても、吐《は》いても、浄化には為《な》すべき価値がある。だから浄化のあとに弱ってることは誰にも内緒《ないしょ》ですよ、聖女の幻想《げんそう》が崩《くず》れちゃいます」

「……貴女《あなた》は従来の聖女とはだいぶ違うと思いますけどね」

「すでに化けの皮が剝《は》がれてますか⁉」

それは困りますねー、と笑ってから、フェニシアは彼に一番伝えたかったことを言う。

「だから、聖女の職から解放、とか考えなくていいですよ。帝国には行きたくありませんけど、この国の聖女を務めることが私の幸せで、誇《ほこ》りなんです。都合が悪くなったからって他の人に投げたりしません。だから、帝国から使者が来るって言うなら歴代聖女のように暴れてでもきっちりお断りします。私の勇姿《ゆうし》を見ててくださいね！」

「………」

彼はなにか言いたげな顔をしていたが、しばらくの沈黙《ちんもく》の後、「……貴女の考えはわかりました」とだけ言った。

「陛下は？」

こちらのことを話したのだからそちらも、という気持ちが無いとは言えない。

「陛下はどうして王様になったんですか？」

前王アガナには二人の息子《むすこ》がいた。十四歳と、五歳の王子。今は外戚《がいせき》の——母方の邸《やしき》で軟禁《なんきん》生活中だという。そして目の前の彼は、噂《うわさ》ではその前王アガナの隠し子か甥《おい》と言われているのだ。顔が似ているとか、いないとか。

じっと観察すれば、彼は目を逸《そ》らしかけて、しかし見つめ返してきた。わざとらしく、綺麗《きれい》な笑顔《えがお》まで追加してくる。こういう時は目を逸らした方が負けだ。フェニシアも無言で見つめ続ける。一秒、十秒、三十秒——一分近く無言で耐《た》える。やがて観念したのか「そんなに知りたいんですか」と彼は言った。「ぜひ！」と答えれば、溜息《ためいき》が返ってくる。

「……王様なんて面倒《めんどう》なもの、僕もなりたくはなかったんですよ」

億劫《おっくう》そうな声で彼は話し始めた。

「一つ間違えば数万の民が死ぬ。国外にまで名前と年齢《ねんれい》と妻子の有無《うむ》を把握《はあく》されて、常に評価にさらされて、他の国に要求を突《つ》き付けられる。腹芸のできない愚図《ぐず》は死ぬ。この世で一番恐《おそ》ろしい職業です」

「じゃあ尚更《なおさら》どうして陛下は——グラシカ様は、王になったんですか？」

名前を呼ぶとぎょっとされた。

「何故《なぜ》急に僕を名前で呼ぶんですか」

「前はアガナ様のことも王様とか陛下とか呼んでたので、なんかごっちゃになっちゃうかなって……お名前で呼ばれるの、嫌でしたか？」

「いえ、嫌では——そうですね、二人きりの時なら……貴女がいいなら構いません」

それから彼は重苦しく黙《だま》り、「誰にも言わないでくださいね」と前置きした。

「前の王の兄が、多分僕の父で、僕はずっと、叔父《おじ》に刺客《しかく》を差し向けられていました」

物騒《ぶっそう》な言葉に、フェニシアの心臓が跳《は》ね、指先の温度が急激に下がる。

「僕の父は第一王子でしたが、体が弱かったので弟を王太子にするよう進言して十五歳で城を出て、死ぬまでの五年間、閑静《かんせい》な森で暮らしていたそうです。僕が生まれる少し前に死んだ人ですし、僕も王位なんて興味なかったんですが……叔父があまりに鬱陶《うっとう》しいし、馬鹿《ばか》だから、とりあえず玉座からどかしました。席が空いたので僕が座っています」

「馬鹿？　……ええと、アガナ様はそんなに悪い王様じゃありませんでしたよ。甥のグラシカ様を狙《ねら》ってたのは悪いことですし、私も今日初めて知ったくらいなのでちゃんと罪を明らかにしなきゃって思いますけど――在位中、帝国と青狼国に挟《はさ》まれて問題を起こさずにいてすごいって大臣たちに言われてました。革新的な政策とかはありませんでしたけど。あ、流刑者《るけいしゃ》の受け入れだけはちょっと大きな出来事でしたね」

数年前、帝国からの島流しの刑にこの国が使われたのだ。

「ああ、それなんて最たる愚策《ぐさく》じゃないですか」

「どうして？　そりゃあ罪人は怖《こわ》いですけど、働き手が増えるのはいいことでは？」

彼は怪訝《けげん》そうに「聖女様、前世は過疎地《かそち》で育ったんですか？」と訊《き》いた。そういえば前世の日本は少子化に悩《なや》んでいたが、世界規模では人口は増大し続けていたことを思い出す。

「あ、まずい。うちみたいに閉じた国だと、今は良くてもそのうち人口が溢《あふ》れちゃう……？」

「貴女は悪意なく叔父を肯定《こうてい》していたんですね。それならば仕方ありませんが……文字通り人が国土から溢れるより、飢《う》える方がずっと早い。耕作に向く土地にも限りがあります。この狭《せま》い国では土壌《どじょう》の質も気候も幅《はば》がないので、最悪の場合、一度の長雨で全滅《ぜんめつ》です」

「ど、どうしよう……！」

うろたえるフェニシアに、彼は静かに言う。

「僕の在位中は流刑者の受け入れを拒否《きょひ》します。他にいくらでも帝国《ていこく》の領土があるのに、わざわざ狭いこの国を選ぶのは、こちらの国力を削《そ》いで忠誠心を測りたいからでしょう」

「でも忠誠心をためされたら、応じなきゃ……」

「だからといって無制限に受け入れ続けるんですか？　流刑者の受け入れ要請《ようせい》は叔父の代が初めてのことです。だからこそ、拒《こば》まなければいけなかった」

「そっか……」

ようやく、彼が前王を責めている理由がわかった。

「それに殺したい甥に十九年も逃《に》げられたあげく返り討《う》ちにされているのだから世話ないですよ。僕ならやさしい義弟《ぎてい》の顔をして、母子ともに保護して確実に閉じ込めてから始末します。……ね、聖女様。聖女様はちゃんと頭を使って後先考えてくださいね。駒《こま》を動かすときに感情に任せたら駄目《だめ》ですよ」

「……私に頭鍛《きた》えろって駒遊びをさせるのは」

「定石は覚えなくても構いませんが、行動を起こす前に何手も先のことを考える癖《くせ》をつけていただきたくて」

そこで言葉を切って、彼はまた叔父についてぼやいた。

「あの人は僕が嫌《きら》いで殺したいから水棲族どころか人狼族にまで嫌《いや》がらせをしました。そのせいで亜人《あじん》にどれだけ恨《うら》まれていたか」

「どうしてそこまで……ええと、実の叔父に命を狙われてたんですか？」

「僕が僕として生まれたからですよ」

彼はいつものように、隠《かく》すような微笑《ほほえ》みを、柔和《にゅうわ》な言葉遣《ことばづか》いで差し出してくる。

「それは……」

つまり、どういう意味だろう。

「簒奪《さんだつ》のときに初めて顔を見たのですが、ああ合わないな、と思いました。向こうもきっとそうでしたよ。だから僕が王になったんです。……この話は、ここで終わりです」

「……」

真実なのだろうけれど、彼の本心の半分も聞けていない気がした。理解させる気もないのだろうとわかって、すこし寂《さび》しい。

でもそれは仕方のないことだ。知り合って一ヶ月。あまり無遠慮《ぶえんりょ》に踏《ふ》み込んでもいけない。これから仲を深めていけたら――と、少ししょんぼりと考えているフェニシアの前に、なにやら青い首飾《くびかざ》りが差し出された。

「あげます、聖女様」

「……？　なあに？　きれい」

月光を浴びてきらめく卵の形のちいさな石は、陽光の下でみれば深い海のような群青色《ぐんじょういろ》であろうことが予想できた。青い石を包みこむように銀細工の螺旋《らせん》が一筋、上へとのぼって、黒い革紐《かわひも》を通すための小さな環《わ》を形成している。シンプルだが品の良い首飾りだった。

「海の至宝とも呼ばれる楽器になりそこねた原石だそうですよ。小さくて規格外だとか」

「これを削《けず》って楽器に？　……素敵《すてき》」

どんな音がするのだろう。石の楽器――石琴《せっきん》や石笛などが思い浮《う》かんだ。

試しに、指でとん、とん、とつついてみると、そんなことしちゃだめですよと上機嫌《じょうきげん》に彼が笑った。へたくそ、とも。

（？　なにも音はしなかったのに、なにがおかしいんだろう）

彼はその石に指先を向け、フェニシアがつついた後のなにかを直すかのように、ちょんちょん、と小突いてから手を戻《もど》した。

「これは特殊《とくしゅ》な石で、助けを呼ぶのにちょうどいいんです。今日みたいに助けを呼びたいのに怖くて声が出せない時、これに口づけて思い切り吐息《といき》をふきかけてください。そうすると爆音《ばくおん》が鳴ります。具体的に言えばうちの城の東端《とうたん》から西端《せいたん》まで余裕《よゆう》で届くほどですね」

「そんなに爆音が!?　鼓膜《こまく》破れますよね、私の」

「ははっ」

「いや、ははっ、じゃなくて！」

笑って誤魔化《ごまか》された。鼓膜って破れたら全治二週間だっけなぁ、と思いながら石を観察する。「息を吹《ふ》くってこの隙間《すきま》に？」と石と銀細工の隙間を指差すと「いえ、石の表面に。なるべく真ん中に」と、つるつるした表面を指定される。

（どうやって鳴るんだろう……？）

試しに吹いてみようと口元に近づけていくと、がしっと手首を掴《つか》んで止められた。

「……今、ちょっと鳴らしてみようかなと思いましたね？」

「うん。防犯ブザーって一回は自宅で試さないと。いざという時、鳴らないと困りますし」

「……わかりました。絶対にここぞという時しか鳴らさないでください」

「いやいや、こんなつるつるしてるとこに息吹きかけたって鳴るはずないですもん。練習しとかなきゃ！」

「鳴るったら鳴るんですよ。瘴気《しょうき》の影響《えいきょう》を受けて稀《まれ》に生まれる石らしいので、ある意味魔《ま》石《せき》ですかね。海棲《かいせい》族のものらしいのでよく知りませんが」

とにかくお試しで吹くのはやめろ、と重ねて注意された。

ちなみに海棲族と水棲族の違《ちが》いは、海水と淡水《たんすい》のどちらで生きるかの違いだ。この国は海に面していないが、北の帝国や南の青狼国の端《はし》には海がある。海さえあれば海棲族は遠《えん》距離《きょり》移動ができるので、大陸での分布はそれなりに広範囲《こうはんい》らしい。一方の水棲族は、三百年前の《大瘴禍《だいしょうか》》の際に変種の瘴気で生まれたというこの国の固有種だ。

（――あ）

ふと、昔、冬の湖で見た人魚の男の子のことを思い出した。彼のように青みをおびた白銀の髪で、素直そうな金色の瞳《ひとみ》が可愛《かわい》い子だった。同族なら知っているかもしれない。

（多分、陛下も水棲族だよね、なんとなく）

先ほどもそれらしいことを言っていた。青狼国の人狼ではないようだ。けれど耳隠しをしているということは、種族を隠したいのだろうか。二人きりの今なら訊いてみてもいいだろうか。そう悩んでいる間に、建物の方から王の側近――背はかなり高いのに黒髪《くろかみ》と気配のなさが相まって忍者《にんじゃ》っぽい若い男性――がやってきた。

「我が君、用が済んだら戻ってきていただかねば困ります」

いつもの無表情と長い足でかつかつと寄ってくる側近に、フェニシアは慌《あわ》てて腰《こし》を浮かせかけたが、グラシカはそれを妨《さまた》げるように手で制し、隣《となり》から逃がさなかった。

「今は手が離《はな》せなくて。見てわかりませんか？」

揶揄《やゆ》するような王の言葉に、側近は平坦《へいたん》な声で「わかりません」と答えたが、ふとフェニシアを見て何かに気づいたのか、「聖――」と眉《まゆ》をわずかにひそめた。

しかし王がにっこりとわざとらしく微笑んだのでその先は言わなかった。静かに礼をして、「またのちほどお迎《むか》えにあがります」と去っていった。

「……あれは絶対に私が聖女だって気づいた反応ですよね」

暗闇《くらやみ》で王と聖女が密会してたのはまずいんじゃないかなぁ、と思って訊くが、「おしゃべりな男ではないので支障はありませんよ」と悠然《ゆうぜん》と返された。

「あの人って忍者っぽいですよね！　お名前、カササギさんでしたっけ。黒くて静かで」

「にんじゃ？」

「忍《しの》ぶのが得意な人のことです。……それにひきかえて私の変装、そんなに下手かなぁ」

会心の出来なのに、と焦《こ》げ茶色のかつらの毛先を指でつまんでみる。

「いいえ。聖女様のはずと確信して見なければ別人に見えますよ。彼は、僕が聖女様以外の女性と逢引《あいびき》などするはずがないと思って、疑って見たから気づいたわけで」

「逢引……しないんですか、他の女性とは。淡泊《たんぱく》ですね」

「貴女《あなた》以外にまったく興味が湧《わ》かないので」

「……それ、あれですよね、命を狙《ねら》う感じの関心ですよね」

「あはは」

「また笑ってごまかした！」

そのあとは、王様をいつまでも独り占《じ》めしたらまずいな、と思い、フェニシアは与《あた》えられている部屋に戻った。部屋を出た時と同じ見張りだったのですんなり入れるだろうと思ったが、事件があったらしく、かつらを取って聖女であることを打ち明けるはめになった。

「何があったんですか？」

「曲者《くせもの》が入り込《こ》みまして。聖女はどこだ、と押し込みが」


「アメリア！　無事!?」

勢いよく扉《とびら》を開けると、窓の割れた部屋の中央に、アメリアの手を握《にぎ》る男がいた。アメリアより少し黒みを帯びた鳶色《とびいろ》の髪と青い瞳──アルベルトだ。

「あ、あのフェニシア様、違うんですこれは！　しゅ、取材の一環《いっかん》でして！」

アメリアが珍《めずら》しく慌てている。対するアルベルトも顔が真っ赤だ。

「やだごめんなさい、お邪魔《じゃま》しちゃった」

「ち、違いますわ！　アルベルト様は一人で待機するわたくしを心配して付いていてくださっただけで決してやましいことは──」

(私が戻るまで話し相手になっててくれたってことかな)

「アルベルト、大事なアメリアを守ってくれてありがとう」

丁寧《ていねい》にお礼を言うと、彼は珍しく目を泳がせて、「ま、守ることが騎士《きし》の仕事だからな……ご、誤解はするな。彼女に失礼だ」と一度もフェニシアの目を見ずに出ていった。

閉まった扉を見届けると同時に、アメリアがきゅっと意志の強い瞳で振《ふ》り返った。

「フェニシア様……以後気をつけますわ。わたくしは恋愛《れんあい》する気はございませんから！」

「え、どうして？　アメリア、あんなに恋愛小説が好きなのに……」

「小説と自分の身は別物です。お仕えするフェニシア様が貞淑《ていしゅく》を守っていらっしゃるのに、自分の色ごとにうつつを抜《ぬ》かすなんて――」

「で、本音は？」

「……一度でいいから押し倒《たお》してみたいですわね」

「予想以上の肉食！」

さすがアメリア、と思わず拳《こぶし》を握った。

「アルベルトはちょっと直線的すぎるところもあるけど、誠実なのは保証する！」

自分の恋愛はさっぱりのフェニシアでも心は年頃《としごろ》。人の恋愛話には首を突《つ》っ込みたい。

「いえ、そんな……素敵な方だと思っておりますけれど、心にとどめて楽しむだけで……いえ、ちょっと本にしたためて楽しむだけで……」

「言い直した！」

苦笑《くしょう》しつつ、彼女のいきいきとした笑《え》みの眩《まぶ》しさに、体の芯《しん》まで温かくなるのを感じた。

(すごいなぁ。誰《だれ》かに惹《ひ》かれたり愛《いと》しく思えるのって素敵なことだなぁ)

「付き合ったら教えてね。私に遠慮《えんりょ》しないでいちゃついていいからね」

「まあ、フェニシア様ったら」

照れる姿はやはり可愛い。「恋《こい》っていいね」と呟《つぶや》くと彼女が途端《とたん》に謎《なぞ》のやる気を出した。

「これは布教の転機が……⁉　フェニシア様には陛下がいらっしゃいますわ！」

「いや、陛下は色んな意味で気になるけど、命の危機とか国の存亡の感じで……」

身を乗り出したことで、彼女はフェニシアが首からさげている石に気がついた。

「あら、フェニシア様、こちらは？」

「ええっと……とある人にもらって」

「！　陛下ですのね！」

ぱっと喜色が広がる。さすがは現役の恋する乙女《おとめ》。察しがよろしい。

一人で行動したあげく彼に助けられたことは言った方がいいのだろうかと悩《なや》むフェニシアをよそに、「変装なさったのは陛下との逢引のためでしたのね！　きゃあ！　いかがでしたか、口づけのお味は⁉」と、興奮気味に畳《たた》みかけてくる。

「へ？　し、してないし逢引でもないから！　なんでそんな話になるの⁉　色々飛ばしすぎでしょ！」

「あら？　うふふ、わたくしとしたことが、はしたのうございましたね」

気が逸《はや》ってしまって、とその場をくるくる回るアメリアに、変装したのは夜会での彼を観察するためだと訂正《ていせい》しかけて――。

「あ、しまった。結局ご馳走《ちそう》全然食べてない」

「まぁ。それでしたら、フェニシア様は何も召《め》し上がらずに退場されると思いましたので個別にご用意が」

「わぁ、ありがとう！　さっすがアメリア！」

窓の割れていない別室に移り、冷めていたがおいしいご馳走にありつくことができた。


一方、部屋に戻《もど》る聖女を見送ったグラシカは、ベンチに腰かけたまま月を眺《なが》めていた。

(随分《ずいぶん》と余計なことまで話してしまった)

叔父《おじ》の話どころか二人きりで何かを話すつもりも無かった。それなのに舞踏《ぶとう》会《かい》場で変装した彼女が気になって追いかけ、あげく『泣きながらしゃくりあげる音』が聞こえて助けに行ってしまったのだ。

(聖女であることが誇《ほこ》り……か)

——不自由であっても不幸ではない。毎日楽しい。と彼女は言っていた。

彼女の本心を知れたのは望ましいが、私的な感情はこれから為《な》すことのために心にしまっておくべきだろう。そろそろ会場に戻るか、と立ちあがれば、建物の影《かげ》、闇《やみ》に紛《まぎ》れるように側近の男——カササギが寄ってきた。

「もしかして何か用だったんですか？」

この側近が用件もないのに呼びにくるのは珍しいな、と先ほど追い返した後で気づいた。

「夜会は中止になりました。曲者が聖女様を狙って侵入《しんにゅう》したようで」

「……！　被害状況《ひがいじょうきょう》は？」

「肝心《かんじん》の聖女様が部屋に不在でしたのですぐに窓から出ていったと。被害は窓一枚。部屋にいた侍女《じじょ》は無傷です」

「先ほど呼びに来たときに何故《なぜ》言わないんです」

「お取込みのようでしたし、肝心の聖女様がそこにいるなら大丈夫《だいじょうぶ》そうだと」

「……それで犯人は？」

「双子《ふたご》が追いましたが、見失ったと」

グラシカは眉をひそめる。

「レオとロアが取り逃《に》がしたと？　人狼《じんろう》の鼻を欺《あざむ》くとなると……よほど下準備がいいのか。それとも別の匂《にお》いでごまかしたか」

側近に促《うなが》されるまま兵たちの集まる裏庭へ足を向けた。邸《やしき》周辺が厳戒《げんかい》態勢に入っている中、双子の人狼、レオとロアが駆《か》け寄ってきた。童顔で十歳程度に見えるが実際は十二歳。人狼の世界では成人として扱《あつか》われている。彼らは叱《しか》られるのを待つ子どものように、隠《かく》していない尾《お》を下げた。

「ごめんなさい、へーか。取り逃がしちゃった」

「ごめんなさい陛下、途中で匂いわからなくなっちゃいました」

しかし違和感《いわかん》があった。遊び盛《ざか》りの子犬のような彼らが曲者を取り逃がしたにしては、悔《くや》しさよりも『王の表情』を気にしているようだ。本来、投げられたボールを追いかけていってそれが沼《ぬま》にでも落ちれば、地団駄《じだんだ》を踏《ふ》んで悔しがるのがこの兄弟である。

もし彼らが何も追っていなかったのに騒《さわ》ぎが起きたというのなら――。

「……自作自演」

ボソッと呟くと目に見えて狼狽《うろた》えはじめた。

「ち、ちがうよ！　パーティーのどさくさにまぎれて聖女様をさらっちゃおうなんてそんないけないこと！」

「兄さん馬鹿《ばか》！　なんで言っちゃうの！　違《ちが》います陛下！　聖女様をさらって陛下を怒《おこ》らせてみようなんて天才的なこと兄さんが思い付くわけない！　天才の僕が考えました！」

「へーか！　天才的な弟がそんな悪いことを思い付くわけない！　言い出したのは俺！　わるいのは俺！」

双子は交互《こうご》にやかましく喋《しゃべ》った。

「……麗《うるわ》しい兄弟愛は置いておくとして、聖女様の部屋に入ったのは君たちなんですね？」

「うん……俺が顔を隠してナイフを持って入ったんだ。……聖女様いなかったけど」

「それで慌《あわ》てて兄さんを窓から逃がして、僕が最初に駆けつけたことにしました！」

グラシカは、はあ、と安堵《あんど》と疲弊《ひへい》の溜息《ためいき》を吐《つ》く。

「聖女様をさらってどうするつもりだったんですか？」

「へーか怒るかなって……必死に追いかけてくるかなって……」

「身体能力が見られるかなって……足の速さとか嗅覚《きゅうかく》とか聴力《ちょうりょく》とか夜間の視力とかいっぱい見たいなって……」

「……」

王の沈黙《ちんもく》をどう取ったのか、軽んじられては困るとばかりに彼らは叫《さけ》んだ。

「だって俺たちは人狼だ！　すごく強いやつが好きだ！　自分より弱いやつには従わない！　みんなが王様はすごいやつで、十二歳から魔獣《まじゅう》をぎったぎたに殲滅《せんめつ》して回ってたって言うから！　青狼国の王太子だって認めてるって言うから！　だから仕えることにしたんだ！　なのに王様は即位《そくい》したら書類仕事ばっかかで本当に強いか全然わかんねえ！」

「僕たちもう十二歳だし！　もしかしたら勝てるかなって！　力試しがしたいなって！」

「なるほど」

両手を同時に突き出し、ぶん殴《なぐ》った。双子は見事に吹《ふ》っ飛んで茂《しげ》みの奥へと転がる。騎《き》士《し》団の若者たちは「や、やりすぎでは」と戸《と》惑《まど》うが、亜人たちは涼《すず》しい顔だ。

「本気で怒ったときは蹴《け》りますからね」

それに振《ふ》りかぶっていない分、威力《いりょく》は弱い。双子はぴょこっと同時に起き上がると目を輝《かがや》かせて互《たが》いの顔を見る。「すごい！　同時に殴った！　よく飛んだ！」「すごかったね！　もう一回やってほしいね！」とご満悦《まんえつ》のようだ。

グラシカは呆《あき》れを通り越《こ》して疲弊をにじませながら茂みの奥へと迎《むか》えに行く。

「今度から要求は口で言いなさい。……自由に交流できる時間をとらない僕も悪かった」

「ごめんなさい、へーか」「もうしません、陛下」

さて今夜はこれで安心して眠《ねむ》れる、と王達が戻ろうとしたところで双子が言う。

「でもね、森に誰《だれ》かいたよ。多分隠れてずっとお屋敷《やしき》を見てた」「匂いがしたんです、兄さんとは違う匂い！　一時間くらい前の匂いだから追っても無駄《むだ》かなって追わなかったけど」

それを早く言え、と大人達は顔を顰《しか》めた。にわかに相談し合う声で騒がしくなるが、双子は事態をわかっていないのか首を傾《かし》げている。

敵の――帝国《ていこく》の気配が迫《せま》っているのだ。それも、使者などと行儀《ぎょうぎ》のいいものではなく。

（――ああ、やはり、こうなるのか）

先ほどの彼女の顔が浮《う》かんだ。人の役に立ちたい、と嬉《うれ》しそうな彼女。白い光のようなそれに手を伸《の》ばしたくなるならば、きっとこの身も世界も真っ暗だということだ。

何を勘違《かんちが》いしていたのだろう。遠ざけることでしか、彼女を守れやしないのに。

間章

グラシカの人生は暗闇《くらやみ》から始まる。

ちゃぷちゃぷと音がする、孵化《ふか》するよりも前、人で言えば胎児《たいじ》の頃《ころ》の記憶《きおく》だろう。振動《しんどう》に合わせて自分はなにかの入れ物のなかで漂《ただよ》っていた。

『——様はご無事だろうか』

『きっとご無事だ。我々はとにかくグラシカ様を守り抜《ぬ》かねば』

自分を運ぶ男二人の声がいつも聞こえていた。彼らの会話の中に交《ま》ざる女性の名は母だろうに、いつもどうしてか思い出せない。

『我々水棲《すいせい》族のよいところは赤子を水で運べるところだな。ヒトの子ではこうはいかん』

『グラシカ様はヒト寄りの血筋だろう？　てっきりヒトの姿で生まれるかと思ったが』

『先祖返りというやつだろう。……きっと強い子に育つ』

時折誰かと争うような音もした。やがて自分は孵化というものを経て、自分の目を開き、手足を動かして水中を泳ぎ回ることができるようになった。

ある日、必ず迎えに来るから、と彼らは山奥の池に自分を放し、身代わりにするためか、その池の肺魚の稚魚《ちぎょ》を一匹《いっぴき》、先ほどまで自分の乳母車《うばぐるま》だったそれに入れて持っていった。ニンゲンはどうせ水棲族の赤子など見たことはないだろうと。

待っていた。ずっと待っていた。冬が三度巡《めぐ》ってきても。

やがて自分より大きな池のぬしに、そろそろ邪魔《じゃま》だとばかりに追い回されて、池のほとりから顔を出した。

初めての肺呼吸は当然むせた。だが器官は揃《そろ》っている。できうるかぎり陸の空気を吸い、限界が近づけば水に潜《もぐ》り、また陸で肺を鍛《きた》え——それを何度も繰《く》り返し、さらに二回の冬を越した。やがて一時間に一度の鰓《えら》呼吸で済むようになった頃、通りかかった人狼に身振《みぶ》り手振りで『同族のところにいきたい』と伝え、最寄《もよ》りの水棲族の集落へ運んでもらった。

さいわいにして、皆《みな》にあたたかく迎えられ、これで自分は幸せになれるのだと思った。

一週間後、同じ水場にいたというだけで、十人の子どもが殺されかけるまでは。

「ねぇ、叔父上《おじうえ》。僕は王位なんてどうでもよかったんですよ」

玉座の間で、グラシカは剣《けん》を向けながら、数段高いところにいる王を見上げた。叔父は想像していたよりも若く、そして不幸と猜疑《さいぎ》心《しん》に覆《おお》われた風貌《ふうぼう》をしていた。

三十代であるのに、濃灰色《のうかいしょく》の髪《かみ》には白髪《しらが》がまじり、生まれ持ったまま育てば優《やさ》しげな美《び》丈夫《じょうぶ》であっただろうに、病的な内面が隈《くま》の多い顔と服の上からでもわかる痩軀《そうく》に表れていた。王の威光《いこう》を示すために必要な深紅《しんく》の豪奢《ごうしゃ》なマントも、彼の両肩《りょうかた》にはただ重そうという印象しかなく、なにかの拷問《ごうもん》で背負わされているのではないかと気の毒にもなる。

「似ていないな」

吐《は》き捨てるように男は玉座から見下ろす。「お前は兄上に、少しも似ていない」と。

それは『叔父』と呼んだ彼を拒絶《きょぜつ》する言葉だったが、グラシカは構わずに語りかける。

「貴方《あなた》の振る舞《ま》いは目に余る。幼体だった僕を殺すために水棲族の水場に毒を流し続け、僕が森に逃《に》げ込《こ》めば亜人《あじん》に金を握《にぎ》らせ武器をもたせ——国境沿いで人狼《じんろう》族まで巻き込んで、本当にいい迷惑《めいわく》ですよ。僕も一応、貴方の敵にはなりませんと何度も伝えようとはしたんですがね、刺客《しかく》に伝言を頼《たの》もうにも断られるし、一国の王まで手紙が届くには相応の手順が要《い》る。どうしたものかと森で魔獣退治に明け暮れていたら偶然《ぐうぜん》、境界を越えてきた青狼《せいろう》国の王太子と仲良くなりましてね、青狼国を通して正式な書簡《しょかん》を送らせてもらったんですけど読んでいただけました？　二年くらい前でしたかね」

顰められた表情で、覚えているのだと察しがつく。グラシカは零《こぼ》さずにはいられない。

「……民《たみ》を守るはずの王が、僕一人のために、馬鹿なことを」

真紅の絨毯《じゅうたん》を踏み続け、一歩、また一歩と階段を上る。

この玉座の間には、王とグラシカと、同胞《どうほう》であるカササギしかいない。外では賛同してくれた仲間たちが、ここへ国軍を入れぬようにと戦ってくれている。

それもこれも、大きな決断の前に、叔父と最後の対話をするためだ。

「――叔父上、このままではこの国は滅《ほろ》びてしまう。だから、退《しりぞ》いていただきます」

まっすぐな青年の瞳《ひとみ》を直視した王は、時が止まり――やがて、亡霊《ぼうれい》でも見たように、震《ふる》える手で口元を覆い、重苦しい息を吐いて現実を嘆《なげ》いた。

「ああ、おぞましい……本当におぞましい。兄上に似た顔を、それ以上私に向けるな」

「……先ほどは似ていないと言っていたのに」

王は緩慢《かんまん》に首を振り、嘆くように、呪《のろ》うように、息を吐く。その不安定な金色の瞳が、自分と似ているだろうと思えて嫌《いや》だった。

「お前が似たのは顔だけだ。……兄上は素晴《すば》らしい方だった。聡明《そうめい》で美しく、民に愛され、儚《はかな》いことすら芸術のように完璧《かんぺき》だった。幾《いく》ばくもない命、静かに過ごしてくだされば と私も願っていたのに……それなのに、死に瀕《ひん》して凡人《ぼんじん》になるなんて。あんなにも、あんなにも孤独《こどく》で完璧なお人だったのに。どうして最期《さいご》だけ間違《まちが》ってしまわれたのか」

「……誰も愛さず孤高《ここう》に死んでほしかったと？」

「そうだとも。兄上は私に王太子の座を譲《ゆず》るために城を出られたのだ。子どもなどいるはずがない。私がまた比較《ひかく》されると決まっているのに、聡明な兄上が気づかないはずがない。誰よりも優《すぐ》れているかわりに、誰よりも孤独に覆われたのがあの人だった。そうでなければ……そうでなければ私の苦しみは一体何だ？　……お前の母親が壊《こわ》したんだ。お前も、あの女も、存在自体が〝間違い〟だ」

「はは……」笑うしかなかった。「最低な人だ」と。

返す叔父の顔には、ただ自嘲《じちょう》だけが溢《あふ》れていた。

「お前こそ、今度こそ、どうか孤独に死んでくれ。兄上に似たその顔を、どうか残さず死んでくれ。お前だってどうせ私と同じで、兄上にはなれないのだから」

「ああ、やっぱりわかりあえませんね」

死んでやってもいいと思ったこともある。生きた身内がそんなにも望むならと。

けれど、なぜこの男に否定され、潰《つぶ》されねばならない。――僕を愛してもくれない人に。

玉座におさまる叔父の首に刃《は》をあてる。酷薄《こくはく》に見えるよう気だるげに見下して。

「さようなら、叔父上」

造形がわからないほど血塗《ちまみ》れになったそれを持ち、城の外に出ると、正門前で両軍が争っていた。決して殺しはするなと厳命してあったのだが、国軍も本気で対抗《たいこう》しているらしく、負傷者が出ていた。

「同じ国の民でしょう！　なにを争っているの！」

高い声がした。白い聖衣の少女が、剣を持った兵士相手に啖呵《たんか》を切っている。すぐにわかった。聖女――フェニシアだ。

「ちょっとそこ聖女を無視しないの！　さあ全員武器を下ろしましょう！　それが駄目《だめ》なら訓練だと思って打ち合うふりにして！　こういうときは時間を稼《かせ》ぐんです！　援軍がくれば！　数で諦《あきら》めさせれば無血で終わるから！　誰《だれ》も本気で傷つけようとしないで！」

――ああ、無茶苦茶を言っている。まちがいなく、自分が知る彼女だった。

踏《ふ》み出して闊歩《かっぽ》すれば、次第に両軍の兵がこちらに気づいていき――しんと静まり返る。

彼女が振《ふ》り返る。水色の瞳とかち合った。心が勝手に騒《さわ》ぎそうになる。抑《おさ》えねば。この、あたりちらしたくなるような、わけもわからず泣きついてしまいそうになる感情を。

本当は、遠くで、叔父の治世の安寧《あんねい》を願っていたかった、なんて。

本当は、顔を見たら、自分にも身内らしい情を向けてもらえるんじゃないか、なんて。

――もっと前に、捨てておくべきだった。

彼女の長い袖《そで》から覗《のぞ》く腕《うで》に、転んで擦《こす》ったのか血が滲《にじ》んでいる。大きな怪我《けが》ではなさそうだ。品定めするような視線を受けて、そしてこの手に持つ首を見て、彼女は硬直《こうちょく》した。

ああ、いやだな。嫌《きら》われたくないな。

「――これは死にました」

首を掲《かか》げて宣言する。

「今日から僕が王です。……どうぞよろしく」

第三章　崖から落ちる

翌日、フェニシアたちは大聖堂に向かい、グラシカはまたも門前払《もんぜんばら》いを受けていた。

「申し訳ございません。三賢老《さんけんろう》の皆様は集まっていないようで」

若い使いが頭を下げて謝った。この国独自の機関である大聖堂・三賢老は、さすがに帝《てい》国神殿《こくしんでん》よりも丁寧《ていねい》に応対してくれるかと思いきや、やはり簒奪王《さんだつおう》を認めないようだった。

「……これは困りましたね。お話ししたいことがあったのですが」

彼はしばらく何か考えていたようだったが、やがてフェニシアに向かって微笑《ほほえ》んだ。

「聖女様は入られたらいかがですか。第二の実家とまでは言わずとも、ここは歴代聖女のための場所です。存分にちやほやされていらっしゃるといい。僕は外で待っていますから」

「…………」

昨晩は打ち解けたと思ったのに、また彼の態度が戻《もど》っていた。むしろ以前より壁《かべ》があるように感じるのはなぜだろう。その困惑を見抜《みぬ》いたのか、彼は神妙《しんみょう》な顔で「昨日は手を抜きそうになりましたが、やはり貴女《あなた》を追い落とすことにします」と頷《うなず》く。

「なんで⁉」

「僕の最大の目的を達成するためにも、貴女は邪魔になりますから。……昨晩のことは気まぐれです。どうか忘れてください」

やはり彼なりにまだ隠《かく》している目的や計画があるのか、と思っていると、背後でアメリアが「夜……気まぐれ……これはつまり！」と熱心にメモを取っている気配を感じた。別にやましい一晩のあやまちがあったわけではない。想像を膨《ふく》らませないでほしい。

「陛下があやしい言い方するから——って何の話だっけ。そうだ、ちやほやされに来たんじゃないですよ！　ここへは陛下の付き添《そ》いみたいなものですし」

「三賢老の面々にはお世話になっているのでしょう？　顔を見せてきたらいかがです？　壮健《そうけん》そうに見えて高齢《こうれい》ですからね、またそのうちとか言ってるうちに全員くたばりますよ」

「ねぇ言い方！」

三賢老は確かに年齢層が高いが、そう簡単には天に召《め》されそうにない老獪《ろうかい》な方々である。

「陛下、一応、私の権限でなら中には入れると思います……王としては無理でも」

「いえ、お構いなく。形だけ足を踏み入れたところで僕に利はないので」

無闇《むやみ》に押し入って印象を下げる気はないらしい。

「じゃあ私は挨拶《あいさつ》だけしてきますね。三賢老の誰かに会えたら話を聞いてもらえるよう説得してきます！」

ごゆっくり、と彼はいつもどおりの笑みで手を振ったが、あまり外に立ち尽《つ》くしたまま待たせたくはなかったので、フェニシアは自然と足を速めた。


聖兵《せいへい》を連れて中へ入っていった彼女を見送ると、グラシカは適当な樹《き》にもたれかかった。

少し離《はな》れて見上げてみれば、大聖堂は荘厳《そうごん》で清廉《せいれん》で――亜人《あじん》には近寄りがたい気配を放つ。

「我が君、先程の者、殺してきましょうか」

「やめなさい」

黒髪《くろかみ》のカササギが膝《ひざ》を折って、王を見上げながら物騒《ぶっそう》なことを言う。いつものことだ。

「でっかいなー、あの鐘《かね》のところまで、壁よじのぼったら行けっかな」

「やめなさい」

人狼《じんろう》の若者がのんきに非常識なことを言った。だが聖女や聖兵の前で口を開かないだけ分別がある。世間からは二つの種族を従える冷酷《れいこく》な簒奪者として見られているが、実際は彼らが好き勝手についてきているだけだ。もしも理由を訊《き》いたなら、人狼族の大半は「面《おも》白《しろ》そうだから」と答えるだろうし、水棲《すいせい》族は基本何を考えているのか表に出したがらないくせに、口を開いた時には「ちょっとあれ殺してきましょうか」だ。どいつもこいつも自由人である。溜息《ためいき》混じりに、青い空を流れゆく雲を眺《なが》めていると、

「……エイミヤ殿下《でんか》」

ぽつりと落ちた『呼ばれるはずのない名』に、はっとして左方へ振り向いた。建物へと続く外廊下《そとろうか》の曲がり角、いくらか離れたところに、老齢の男が立っていた。

「……」

どうされました我が君、と呼ぶ側近を置いてそちらへ進む。目の前まで行けば、「おや、聞こえましたか。お耳がよろしくていらっしゃる」と朗《ほが》らかな老人は白い眉《まゆ》を片方上げた。

「ご機嫌麗《きげんうるわ》しゅう、エイミヤ殿下」

「……私の名はグラシカです」

「おや、失敬失敬。若い顔はみんな同じに見えましてなぁ」

「二十年も前に死んだ人間と間違《まちが》えます？」

強張《こわば》った表情のグラシカに、「時の流れは早いものですなぁ」と老人は笑う。

「……僕に何か用ですか」

「いいえ」

「……」

呼ばれたから来たのに、と言おうとして、しかしあれは父の名だった、と思い直す。

グラシカは苦い気持ちを抱《いだ》いた。この老人は苦手だ。こちらを一方的に知っているような目で見てくるから。

「……ルドー老、申し損ねましたが、三賢老の中で、貴方《あなた》だけは私の即位《そくい》を承認してくださったと聞きました。改めて礼を」

三賢老は三人の意見が揃《そろ》ってこそ彼らの総意として発布されるが、三人のうち一人からすでに賛同を得たことは心強かった。

「なぜ承認してくださったのでしょう。……貴方たちにとって、王は傀儡《かいらい》でもいいはずです。むしろ僕は扱《あつか》いにくく、煩《わずら》わしいでしょうに」

聖女さえいればこの国は成り立つ。聖水だけを輸出する特殊《とくしゅ》な封鎖国《ふうさこく》だ。細かな政策は優秀《ゆうしゅう》な大臣と文官たち——そしてその統制をおこなう三賢老がいれば回る。民《たみ》を導く王など要《い》らない。行く先も無いのだから。それがこの国の構造のはずだ。

ルドー老は「ほっほ」と笑ってから、自分より背の高い若王を静かに見上げた。

「……貴方様が現れたことで、宗主国にちょうど攻《せ》められずに済みました。この国は人の国と亜人の国の境。亜人の血を引く王が立ったとあれば、帝国もそう安易に手出しするわけにはいかなくなった。青狼《せいろう》国との付き合い方もまたこれから変わってくるでしょう。叶《かな》うならば、良い方へと期待しておりますぞ」

「ぽっと出の、どこの馬の骨とも知れぬ若造でも？」

「なにをおっしゃる。エイミヤ殿下と見まがうほどのお顔で」

「……先ほどは、若い顔はみんな同じに見えるとおっしゃっていましたが」

信憑性《しんぴょうせい》がない、と眉をひそめた青年を、まるで子どもでも見るように笑い飛ばす。

「ははっ、ばつが悪くてそう言ったまでのこと。老人の独り言がお耳に入るとは思わなんで。……目元や鼻はエイミヤ殿下にも、そのご尊父——貴方のお祖父様《じいさま》にもよく似ておられる。そのお髪《ぐし》の色はきっとご母堂から頂いたのでしょうなぁ。……貴方がいらしてから、まるであのお方が生き返ったような心地《ここち》がいたしまする。素晴《すば》らしいお方だった、エイミヤ様は。生きておられたなら、貴方をさぞ愛してくださったじゃろうに」

「…………もう行きます」

くるりと顔から背《そむ》けて歩き出したグラシカを、老人は追わなかった。


「お待たせしました陛下〜。あれ、そんなすみっこで皆《みな》さん何食べてるんですか？」

「よもぎパン。暇《ひま》をしていたら近隣《きんりん》の民が売りに来ました」

フェニシアが大聖堂から出ると、グラシカや側近以外の私兵たちは木陰《こかげ》で小さなパンを食べていた。簒奪王の集団に売りつけるとは、民が商魂《しょうこん》たくましいようでなによりである。

（春の味覚って感じだなぁ）

比較的冷涼《ひかくてきれいりょう》なこの国でも、五月の今が最後の摘《つ》み時だ。

結局フェニシアは最初に出くわしたルドー老に挨拶をしただけで、三賢老《さんけんろう》の他の二人は集まってすらいないようだった。話くらいは聞いてあげてほしいと彼らの部下に言伝《ことづて》を頼《たの》んだが、今日話し合うのは無理だろう。

「聖女様の分もありますよ」とグラシカが手のひらに載《の》るくらいのパンを一つくれたので、香《こう》ばしい匂《にお》いを吸い込《こ》んでから、ありがたく口にした。

「……貴女《あなた》、毒味とか置かないんですか」

「えー？　これ作ったの近所の人でしょう？」

「後から僕が手を加えた可能性もあります」

「どうせ効かないですもん」

聖女には毒が効かない。風邪《かぜ》も引かない。表向きには存在することになっている女神《めがみ》の加護のおかげ――ではなく、おそらく体の細部が組み替《か》わっているせいだろう。

王の側近がじっと見つめてくるので「食べたいのかな」とパンを持ち上げつつ窺《うかが》うと、無表情のまま目を逸《そ》らし、「……やはり斬殺《ざんさつ》が確実」と呟《つぶや》いていた。

事件が起きたのは休憩《きゅうけい》の時だった。

行程としてはすべての箇所《かしょ》を回ったのだが、グラシカは三賢老から承認を得られなかった。しかし昨晩の曲者《くせもの》を警戒《けいかい》して一度城に帰ることになり、フェニシアは馬車に揺《ゆ》られ、中間地点で休憩し、「行きの時は、もう少し先の川の音を聞きに行ったなぁ」なんて浸《ひた》りながら森を見ていた。その直後、次々と王の私軍、その人狼兵だけが倒《たお》れだしたのだ。

(え……?)

すでに馬から下りていたので大きな怪我《けが》にはならないはずだが、人狼だけがバタバタと地面に倒れ伏《ふ》す光景は異様だった。為《な》す術もなく、突然《とつぜん》の異常事態に身体《からだ》が硬直《こうちょく》する。

(急にどうして……!? 一体何が起きているの……!?)

「っ、聖女様、こちらへ」

切迫《せっぱく》した声がしたと思うと、グラシカに腕《うで》をとられ、彼の隣《となり》に抱《だ》き寄せられた。

強引さに対する文句よりも、「聖兵に刺《さ》されるのでは」という注意で彼を仰《あお》ぎ見たが、彼は真剣《しんけん》な顔で正面を——王と聖女に近づこうとする近衛騎士《このえきし》団と聖兵を牽制《けんせい》するように、わずかな動きすら見逃《みのが》さないとばかりに睨《にら》んでいる。

「あ、あの、陛下……」と離れようとすると、より一層強く腕を引かれた。

「亜人への攻撃《こうげき》を受けたら《祖人《そじん》》から遠ざかるのが定石です」

「攻撃!?」

その言葉に動揺《どうよう》したのは騎士団も同じだった。本来なら王の味方である騎士団は非亜人

——祖人しかおらず、倒れた者は一人もいない。聖兵は守護すべき聖女に近づこうにも、残った私兵の水棲族が王ごと守ろうと彼らを睨みつけるので全員に焦《あせ》りが満ちている。

（——まずい。国が割れる）

すぐ横にいる彼を見上げて、フェニシアは声を潜《ひそ》めながら必死に頼んだ。

「陛下、そんなことを言わないでください。あと私を聖兵から引き離《はな》さないでください！」

だが彼からは「今は誰《だれ》も信用しません」と同じく小声で返される。

「聖兵には陛下の私兵を攻撃する理由はないですよ⁉」

「では騎士団には？　僕は前王の仇《かたき》です。聖兵は騎士団と簒奪《さんだつ》王《おう》、どちらを味方しますか？」

（そんなこと——）

騎士たちに聞こえたらどうするつもりだ。そこまで信用していないのか、と言いかけたが、違《ちが》う、とすぐに彼の表情を見て気がついた。彼も、他の兵も、誰もこの状況《じょうきょう》の理由を知らない。だから最悪の場合を想定して、ここまで張り詰《つ》めた空気になっている。——それならば。

「どうか、みなさん、落ち着いてください」

聖女の自分が『信じられるもの』にならなくては。そう全員を見渡《みわた》し、強く張り上げたつもりの声は、想定よりもずっと細く震《ふる》えた。もっと強く、もっと威厳《いげん》を、と叱咤《しった》するほど不安に駆《か》られて心臓は速くなる。

「冷静に、なりましょう。状況を確認しましょう。私たちは誰も敵ではないのだから」

一人として動かない。灰色の煙《けむり》と、かすかに甘い匂いが周囲をゆっくりと満たしていく。林檎《りんご》の木を燻《いぶ》したような香《かお》りだった。

（……人狼だけに効く眠《ねむ》り薬みたいなものかもしれない）

グラシカや、側近のカササギをはじめとする一部の私兵はきちんと立っていて、煙をいくら吸っても影響《えいきょう》される様子はない。しかし彼らは王を守るべく臨戦態勢だ。

「陛下、申し上げてもよろしいでしょうか」

実直さの伝わる声で進み出たのは騎士団の筆頭、アルベルトだった。膝《ひざ》を折り、首を差し出すような姿勢は、王に意見する無礼から首を斬《き》られても構わないという表明である。

「君はいつも出しゃばりますね」

グラシカの苦言にも構わず、アルベルトはさらに頭を深く下げて言った。

「我々に私兵の方々を狙《ねら》う理由はありません。おそらく変種の瘴気《しょうき》の仕業《しわざ》でしょう。人狼の方々は起きている者たちで担《かつ》いで移動し、聖女様に関しては、陛下御自《おんみずか》ら守られるのではなく、どうか聖兵にお預けください。彼らは聖女様をお守りすることが使命です」

抜《ぬ》かりない正論だった。言及《げんきゅう》してもらえた聖兵たちも安堵《あんど》の息を吐《は》く。だが、王とその私兵は警戒を解かない。

「――半分、不正解です」

グラシカは冷たく言い放った。

「まずこれは瘴気ではありません。亜人であれば肌《はだ》で感じ取れるのですが――聖女様もおわかりになりますか？　これは浄化《じょうか》できそうですか？」

「え、あ、無理そう、です。瘴気じゃなくて、ただの煙なので」

「ええ、恐《おそ》らくは過去に瘴気によって変異した遺物。誰かが効能を知った上で焚《た》いたのでしょう。人狼にも水棲族にも気づかれずに成功するとあれば、相当遠くからこちらを狙っているか、事前に仕掛《しか》けておいたのでしょう」

騎士たちは騒然《そうぜん》とする。「帝国《ていこく》ですか？」「待ち受けますか。それとも急ぎ帰城を目指しますか」と王に指示を仰ぐ。グラシカの眼差《まなざ》しは鋭《するど》かった。

「……恐れるべきは、味方を案じて身動きがとれなくなること。倒れた兵を背負えば、人員、体力、精神力が削《けず》られます。いま戦えるのは騎士二十名と聖兵六名、水棲族八名。戦《せん》闘《とう》不能の人狼兵が十八名。気配のなさからして、敵との距離《きょり》はまだ十分にある」

「ではこの場合は――」

「アメリア」

彼は出し抜けにフェニシアの侍女《じじょ》の名を呼んだ。彼女は馬車の前で毅然《きぜん》と立っている。

「いざという時は囮《おとり》になれますね？」

「はい。今すぐにでも」

「……待って、何の話をしているの……?」

フェニシアが訊《き》いても二人は答えない。いつの間にか彼女の手には、『いざという時』のための、フェニシアと同じ髪色《かみいろ》のかつらと純白の外套《がいとう》があった。それはつまり、聖女のふりをするということだ。そしてその延長には、いざという時には聖女として自害せよという命令も含《ふく》まれていやしないだろうか――。戸惑《とまど》っているフェニシアに、グラシカが脱《ぬ》いだ外套を頭から被《かぶ》せて顔と髪色を隠《かく》させる。視界が狭《せま》いまま肩《かた》に担がれた。

「!?」

ぐんっと体に受ける浮遊感《ふゆうかん》で、彼が馬に飛び乗ったと知る。フェニシアの視界には馬の尾《お》と背後の兵。馬に乗った彼の、さらに肩に担がれた状態だ。あまりの地面からの高さに怖《こわ》がっていると、前方に回されて彼の前に座らせられる。

「聖女様はこちらが引き取ります。残りは任せました。囮の彼女を守るように」

「ちょっ――」

彼に文句を言おうとしたが、遠ざかりはじめて、それどころではないと叫《さけ》ぶ。

「やだ駄目《だめ》、アメリアは馬車に隠れていて!!」

痛切なフェニシアの叫びに、アメリアはつらそうな顔で頭を下げた。これから起こることへの恐怖《きょうふ》ではなく、仕える主人にそんな顔をさせた悔《く》いだけが浮《う》かんでいた。

グラシカと水棲族は馬を走らせ、道とも呼べぬ道を森の奥へと駆けていく。騎士団は聖女に扮《ふん》するアメリアと、眠ったままの人狼兵を守るべくあの場に残った。聖兵たちは最初フェニシアを追ってきていたが次第に引き離され、途中《とちゅう》からは意思を持って引き返していった。聖兵が『聖女役』のそばにいなければ囮の意味がないと気づいたのだろう。

(だけど、それじゃあアメリアが本当に——)

戻《もど》りたいと繰《く》り返すフェニシアに、彼は静かに告げる。

「一番避《さ》けるべきは貴女《あなた》が帝国に攫《さら》われることです。おとなしくしていてください」

「なんで相手が帝国だってわかるんですか！」

「……おめでたい人ですね」

「あ、昨日部屋に押し入ったとかいう曲者が帝国の手先だったとか⁉」

「……あれは、まあ、違いますが、曲者が様子を見ていたのは確かです」

「え、じゃあ昨日窓ガラスを割った犯人は？」

「舌噛《か》みたくなきゃ黙《だま》っててください」

雑な口調で封殺《ふうさつ》しようとする。

「心配せずとも彼女が死ぬことはありませんよ。命懸《いのちが》けで聖女のふりをしても、地毛の色ですぐばれる。そんな子ども騙《だま》しのために死ぬ理由はない。今少しの時間を稼《かせ》ぐだけです」

「でも、聖女じゃないってバレて腹いせに殺されたりは——」

「物騒《ぶっそう》なことを考えている暇《ひま》があったら――」

　ふいに彼の言葉が途切れる。しんと静まった森。グラシカたちが耳を澄《す》ませるのがわかった。彼らは後方を睨《にら》んでいる。

「安心してください聖女様。いいお知らせです。僕たちにとっては悪い展開ですが、敵の標的がこちらに確定しました。ゆえに彼女に危険が及《およ》ぶことはない」

「やった！」

　素直《すなお》に喜びを示すと、彼は呆《あき》れた顔で「そんなに嬉《うれ》しいですか」とぼやいた。

「そりゃアメリアが危険なのは嫌《いや》ですよ！　なんで陛下はアメリアに厳しいんですか？アルベルトと良い感じだからやつあたり!?　アルベルトのこと嫌《きら》いすぎません!?」

　あれでも王に仕えるための近衛騎士《このえきし》なのに、と文句を言うと、彼は違う言葉に反応した。

「え、そこくっついたんですか？　……彼には貴女をさらって逃《に》げてもらう予定だったのに、また別の男をあてがわねば」

「ちょっ……ハニートラップでも私の引退を狙ってるんですか!?　やだな怖いな！」

　彼は言葉の意味がわからなかったのか、どうでもいいのか、フェニシアの非難を無視して馬を走らせ続けた。やがてグラシカが舌打ちをする。

「……まずいですね。挟《はさ》み撃《う》ちにされます」

　前方と左右から凄《すさ》まじい勢いで馬に乗った軍勢が駆けてくる音がする。

あっという間にその正体は目の前に現れた。人狼らしい耳や太い尾を隠さない、剣《けん》を構えた武人たちの集団だ。二十名近い男たちの中から、金茶の髪の青年が進み出る。

「よう、待ってたぜ。そっちがいくら耳がよくても、止まってる敵には気づきにくいだろ」

「ああまったく面倒《めんどう》くさい。ほら聖女様、聖女やめたくなったでしょう？」

「やめませんって。今日は実際ご迷惑《めいわく》おかけして申し訳ないですけど！」

こそこそと、いつもの問答をしていると、グラシカとそう年の変わらない人狼の青年は、

「あんたがグラシカ？　最近この国の王様になったっていう」と不遜《ふそん》に確かめる。

「ええ、この国の王です。なにかご用件でも？」

愛想のいいグラシカを、人狼の青年は小馬鹿《こばか》にするように鼻で笑った。

「なんで王様なんかやってんだ？　あの王太子に負けねえ強さだって聞いてるぜ」

「青狼国の剣術《けんじゅつ》馬鹿のことですか？　時間内にどれだけ《森》の魔獣《まじゅう》を倒《たお》せるかという勝負ならしたことがありますが、獲物《えもの》の種類も範囲《はんい》もばらばらでしたのであまりあてにはなりませんよ。僕が勝ちましたけど」

青年は「ははっ」と楽しげに笑う。

「負《ま》けず嫌いなやつは嫌いじゃないぜ。他の種族にも強いやつがいるのは嬉しいもんだ」

「青狼国とは僕の代から不戦協定を結んでいるのですが、独断ですか？　それとも北の帝国に雇《やと》われてこちらに？　君の主《あるじ》はどこにいますか？」

「これでも仕事なんでね。雇い主が誰《だれ》かなんて口が裂《さ》けても言えねぇな」

「なるほど、傭兵《ようへい》で合っていましたか」

傭兵の彼は挑発《ちょうはつ》するように手を掲《かか》げる。

「さっさと聖女様をこっちに寄越《よこ》しな。それとも一応勝負してからの方がいいか？　ガキの頃《ころ》強かったかどうか知らねぇが、見たところ華奢《きゃしゃ》なお坊《ぼっ》ちゃんじゃねぇか」

「安い挑発ですね。君たちと真面目《まじめ》に戦う必要はないのですが。見知らぬ土地で僕たちを追い切れるとでも？」

「じゃあ後ろからぶっ刺《さ》してやるよ。てめぇら魚類の肉も斬《き》ってみてぇと思ってたんだ。切り身にしてそこらへんの魚と並べてやろうかな」

「……へえ、受けて立ちますよ、狗《いぬ》っころ。二度と口がきけないよう地面に沈《しず》めてやる」

（な、なんか辛辣《しんらつ》……！）

魚類と呼ばれたのが気に障《さわ》ったのか、グラシカをはじめとする水棲族全員が臨戦態勢に入ったのを感じる。王の側近――カササギが一息で踏《ふ》み込《こ》み、先頭の傭兵を蹴《け》り飛ばした。

（え、えげつな……！）

常識を超《こ》えた勢いで視界から消え、樹木さえ倒しかねない音を立てて地面に落ちた。

「おいおい、提《さ》げてる剣は飾《かざ》りかよ」

むくりと起きた彼は牙《きば》を見せながら笑う。――獣《けもの》が口角をあげるのは、威嚇《いかく》の動作である。火蓋《ひぶた》は切って落とされた。水棲族と人狼族の容赦《ようしゃ》のない力と力のぶつかり合いが起こり、脆弱《ぜいじゃく》な人間のものさしでは測り切れない膂力《りょりょく》がフェニシアの前で発揮されていく。

（か、怪獣《かいじゅう》……いや猛獣《もうじゅう》の大戦争だ……）

グラシカは、フェニシアが巻き込まれないよう後方に下がりつつも、飛び掛《か》かってくる人狼傭兵を剣であしらっていた。――しかし、さすがに多勢に無勢。数分も経つと劣勢《れっせい》になってくる。グラシカが合図すると、水棲族は王と聖女だけを逃がす陣形《じんけい》に入った。

「おい、お前逃げんのかよ！」

金茶の髪の人狼が叫んでいたが、グラシカは構わず馬を走らせ、水棲族の兵たちは後方を守り切った。フェニシアは彼と二人きりになる。

「ど、どこへ逃げますか⁉　隠れられる場所ってあるかな……」

フェニシアの問いに、グラシカは「一応、あてはあります」と答えた。

彼が向かったのは、川だった。いや、崖《がけ》と言えるだろう。行きの休憩《きゅうけい》時にも見た、おんぼろな、形骸《けいがい》という言葉そのもののような藁縄《わらなわ》の橋が架《か》かった場所だった。

「ま、まさかこれを渡《わた》るとか言わないですよね？」

嘘《うそ》でしょう、と彼を見上げれば、まさか、と彼も否定し、橋の手前で馬から下りた。フェニシアも彼に抱《だ》き留められる形で、地面に下り立つ。

彼はどこに隠《かく》し持っていたのか、投擲《とうてき》用の細い短剣を二本取り出し、なかなかのフォームで一本二本と向こう岸に投げつけた。橋を支えていた縄がぶつりと切れて、橋は落ちた。

（……は？）

突然《とつぜん》の奇行《きこう》に、フェニシアは目を丸くする。

「なんでご老体にとどめ刺してるんですか！　今の行為《こうい》に何の意味が!?」

「向こう側から橋が落ちていると、僕らが渡った後に落としたように見えるでしょう？」

「えっ、あっ、それは確かに……じゃあどこへ逃げるんですか？」

まさか崖下に飛び込むとか言わないだろうなと思っていると、彼は長い指をぴっと下に向けて、

「飛び降ります」

と、いさぎよく言った。

──聞き間違《まちが》いだろうか、とフェニシアは現実逃避《とうひ》に走りかけた後、冷静になって崖下の、三十メートルは高低差のありそうな川を覗《のぞ》き込む。九階や十階の建物から飛び降りるに等しいだろう。実際二秒、体感十秒くらい走馬灯《そうまとう》を見ることになりそうな高さである。

落ちたら、死ぬ。

「あはは、陛下、いつもの冗談《じょうだん》ですよね？」

「ここから飛び降りてしまえば水棲族でなければ追いつけません。いえ、この高さなら僕以外にはまず無理です」

「いや私だって無理ですけど⁉」

「貴女《あなた》には聞こえないでしょうが敵が迫《せま》っています。二分以内に覚悟《かくご》を決めてください」

「いやいやいや、よく映画とかで『下が水で助かった！』って展開ありますけどね⁉　ざっと見ても三十メートルありますよ⁉　時速何キロになると思ってるんですか！　水が相手でも骨折れて内臓破裂《ないぞうはれつ》してもう死にます！　こんな高さから落ちたら人は死にます！」

「ええ、大抵《たいてい》の人間は死にますね」と彼はあっさり肯定《こうてい》する。

「……陛下は平気なんですか？」

「ええ。貴女も、暴れさえしなければ無傷で下までお連れします」

これは、何か、試されているのだろうか。かつごうとしているのではないだろうか。いつもの悪趣味《あくしゅみ》な嫌がらせかもしれない。めまぐるしく思考が揺《ゆ》れる。

（でも、今は冗談言っている場合じゃ――）

即決《そっけつ》できないフェニシアを見て、彼は膝《ひざ》を折った。そして静かに見上げる。

「僕は、貴女を死なせません」

金色の瞳《ひとみ》が、フェニシアに向けられた。

まっすぐで、しかし萎縮《いしゅく》させるような強さではなく、透《す》けるような率直《そっちょく》さと、どこか懇《こん》願《がん》するようなひたむきな気配。だから、すとん、と腑《ふ》に落ちてしまった。

（この人は、私を守ってくれる）

フェニシアの沈黙《ちんもく》を逆の意味にとった彼は、立ち上がって後ろ髪《がみ》を掻《か》く。

「まあ、信じろというのも無理な話でしょうね。あと三十秒で覚悟が決まらなければ無理やり手足を縛《しば》ってでも——」

「よ、よろしく、おねがいします」

両腕《りょううで》を広げて、好きに抱っこしてくれのポーズを見せると、彼の目が真ん丸になった。

「……なぜ？」

「陛下は、こういう大事な時に嘘はつかない人だと思うので」

「……そうですか」

(湖でも暗闇《くらやみ》でも助けてくれたし、防犯ブザー代わりに稀少《きしょう》そうな石もくれたし)

存在を確かめるように服の上からあの石を手で押さえると、「ああ、それ良いですね、そうやって首や鎖骨《さこつ》を守っていてください。下手に手足をばたつかせたり僕にしがみついたりすると失敗しますから」と彼が言う。

「え、しがみついたら駄目《だめ》なんですか？」

「はい。僕が捕《つか》まえておくので安心して首を守っていてください」

彼が崖の縁《ふち》に立ち、フェニシアにも近づくように促《うなが》すので、すぐ隣《となり》まで身を寄せ、懇願するように彼を見上げる。

「は、はなさないでね……？」

彼はなぜか微笑《ほほえ》んだまま無言。悟《さと》りのような表情であった。

（え、待って、「はい」って言って⁉）

「では行きますよ。僕にしがみつかないでくださいね」

「は、はい……」

「……泣きそうな顔をしないでください」

慰《なぐさ》めるように眉《まゆ》を下げたあと、彼は崖に背を向けて立つ。対するフェニシアは迫る水面を見ることになりそうだ。言われたとおりに、自分の首やら肩口《かたぐち》をぎゅっと抱きしめるように庇《かば》った。彼はフェニシアの背にしっかりと腕を回したまま、

「三、二、一……」

数えながら、倒《たお》れるように、落ちていった。

「――……っ！」

びゅうっと吹《ふ》き付ける風。何も考えられずに息が止まる。

あっという間に死が迫る覚悟をした。

しかし彼は、急速に近づく水面との距離《きょり》を測るように背後を振《ふ》り返ったあと、フェニシアの腰《こし》を摑《つか》み、片膝を立てようとした。フェニシアは気づく。――これは世の大人が幼い子をヘリコプターだの飛行機だのと言って持ち上げる体勢に近いのでは、と。

（まさかまさかまさか⁉）

「ま――――」

言うよりも早く、細心の注意を払《はら》って、上へ放られた。

（――――!?）

落下途中《とちゅう》だった体は宙へ――そして一瞬《いっしゅん》、重力と運動エネルギーがつりあう。

時が止まる。無重力の瞬間。

そしてすべてが相殺《そうさい》されたフェニシアは、重力に従ってまた落下する。

フェニシアは理解した。崖下三十メートルへのダイブのはずが、衝突《しょうとつ》直前の放り投げによって落下スタート地点が変わり、水面から数十センチ程度の着水に変わったことを。

ざぱんとも、だぱんとも言いがたい音を立てて、

「ぶぎゃっ」

水面へと飛び込《こ》んだ。あっという間に視界の上、耳の上まで水が流れ込む。

ぷは、と先に顔を出したのはグラシカの方だった。――なお、彼はフェニシアを放った際の反動でターンを決め、飛込競技の選手よろしく頭から綺麗《きれい》に着水していた。

「僕が下敷《したじ》きになってもよかったんですが、万が一、爪先《つまさき》でもはみだして聖女様の華奢《きゃしゃ》な体が水面と衝突したら折れるだろうと思いまして、より確実な方法を――……聖女様？」

「あばぶぶば……っ」

「……泳げないんですか？」

きょとん、と意外そうに目を瞬《またた》かせる。

彼の肩口に手を置くよう導かれたので、遠慮《えんりょ》なくその首元に縋《すが》りつき、水面から顔を出した。前世では病弱ゆえに水泳禁止、今世では物心ついて以降、大人の隙《すき》をみて川や湖に飛び込もうとしては首根っこを掴まれた。五歳で聖女の後継者に選ばれてからはその隙すら無い。

「うう、着衣水泳、重い……浮《う》かない」

ぎゅっと縋りつく力を強めると、彼はなぜか機嫌《きげん》よさそうに「今度泳ぎを教えてあげますね」と眦《まなじり》をゆるめた。

「首は痛めていませんね？」

「大丈夫《だいじょうぶ》ですけど！　だからやたら首を守れって言ったんですね⁉　何やるか言っといてくださいよ！」

泣きそうな声とびしょ濡れな顔を見て、「涙《なみだ》なんだか川の水なんだかわかりませんね」とグラシカは真面目《まじめ》な顔をする。

「泣いてます！　心はすっごく泣いてます！」

「では現実として涙は出ていないんですね。よかった」

「よかないですよ！」

ぺちぺちと彼の濡《ぬ》れた肩を叩《たた》く。

「というか陛下こそ無事ですか⁉　石頭ですか⁉」

フェニシアは少し横にずれて投げられたので、彼の上に落ちずに済んだ。首も死守していたし、彼は初動から丁寧《ていねい》に放ってくれて、少なくともバンジージャンプの途中でワイヤーの限界が来て『ぎゅんっ』と真逆に引っ張られるよりはずっと優《やさ》しい衝撃《しょうげき》だっただろう。

けれど彼自身は、フェニシアを放った時の反動を利用してターンしたとはいえ、何の盾《たて》もなく頭から水面に飛び込んだ。飛込競技だって最高は十メートル。防具なしに三十メートルなど、負傷覚悟のギネスレベルだ。

はらはらと気が気でないフェニシアの視線を受けて、彼は苦笑《くしょう》する。

「さすがにこの高さから真面目に激突はしませんよ。少しズルをしました」

「ズル？」

彼が水面に手をかざすと、まるで微細《びさい》な衝撃を受けたかのように波紋《はもん》が広がった。しかも、なにかに押されたように円の中央がへこんでいる。かと思えば、彼が手を持ち上げるのにつられて、ちゃぷり、と生き物のように水が頭をもたげた。そしてまたへこんだ。

「……」

「貴女の落下にも少し使いましたよ。水に振動《しんどう》を起こすと面ではなく流体との衝突に変わり、着水の衝撃が軽減されます。さらに一部の水を上昇《じょうしょう》させて、落ちてきた僕たちを包み込んでおけば、人と水面との衝突ではなく水と水との衝突に変わり、人体への衝撃がまた緩和《かんわ》されます。それから——ああ、わからなくても大丈夫ですよ、無事だったので」

ちんぷんかんぷん、と顔に浮かべるフェニシアを見て、彼は説明を放棄《ほうき》した。

「わかりました、陛下は超能《ちょうのう》力者《りょく》ですね⁉ だってこの世界、瘴気《しょうき》があるだけで魔法《まほう》はないですもんね！ 大丈夫、地球にも多分いましたよ天然本物の超能力者！」

「なんですか？ それ」

「だって水を浮かせられたら念動力です！ それとも水棲族ならみんなできるんですか？」

「珍《めずら》しいことだとは聞いています。さて、無事を確認したところで岸に——と言いたいところですが、めげませんね」

「え？」

つられて上を見れば、遥《はる》か三十メートル上の崖《がけ》の縁から頭を出して覗《のぞ》く影《かげ》。と思えば、崖の断面を削《けず》るように剣《けん》を突《つ》き立て、人間離《ばな》れした腕力《わんりょく》で縋り付いて降りてくる。

「うおおおおおお」

そして、とうとう斜面《しやめん》から零《こぼ》れ落ち、ざっぱん、と水面に落ちてしまった。

先ほどグラシカを挑発《ちょうはつ》していた金茶の髪《かみ》の人狼傭兵だ。

（だ、大丈夫かな）

途中まで剣で失速させていたが、およそ十メートルからの着水だった。

「見惚《みと》れてる場合ですか」

　グラシカに腕を引かれて浅瀬《あさせ》へと追いやられた。「羽織っていてください」とびしょ濡れの彼の外套《がいとう》を渡《わた》される。そこで気づく。聖女の白い服は、濡れると透《す》ける。

「うぎゃっ」

　羞恥《しゅうち》で叫《さけ》びそうになりながら、慌《あわ》てて彼の外套を羽織って川岸に上がる。振り返れば、グラシカは腰に提《さ》げていた長剣を抜《ぬ》いてまた川へと入っていくところだった。

「しつこいですね」

「そっちこそ、逃《に》げられると思うなよ！」

　人狼の青年は、ぶるぶると頭を振って狼耳《おおかみみみ》や髪の水分を振り払った後、剣を構えて勇ましく飛びかかり――。

「!?」

　がくん、と足をもつれさせた。……まるで、誰《だれ》かが操《あやつ》った水に足をとられたかのように。

（うわ、やっぱり陛下、超能力者だ……）

　当然グラシカはその隙を逃《のが》さず、男の顎《あご》を高く蹴《け》り上げる。脳震盪《のうしんとう》狙《ねら》いだろう。ふらついた相手の剣を叩き落とし、返す刀を持ち替《か》え、柄《つか》の部分で鳩尾《みぞおち》を殴《なぐ》る。ゴッと痛そうな音がして、男は意識を手放した。

「よし。終わりました」

　彼はどこからか縄《なわ》を取り出し、手際よく両手両足を封《ふう》じて岸に転がした。

「王様なのに縄なんて持ち歩いてるんですね！　無血制圧、最高！」

「いつどこで聖女様を縛《しば》り上げることになるかわかりませんので」

嫌味《いやみ》は聞かなかったことにした。

しばらく川伝いに歩いていくと、昔誰かが掘《ほ》ったらしい小さな洞窟《どうくつ》をみつけた。

「迎《むか》えが来るまでここにいましょう。濡れたままでは風邪《かぜ》を引きますし」と彼が言う。

言われてみれば、川に落ちたせいで、とても体が冷えている。

岸にあがってから彼がほとんどフェニシアの方を見ないのにも気づいている。

（透けてる……私の服とても透けている……）

彼は背を向けたまま、鬱陶《うっとう》しそうにびしょ濡れになった髪を後ろにかき流し、しゃらりと飾《かざ》りごと《耳隠《みみかく》し》を引《ひ》き抜いた。——その隠されていた耳の披露《ひろう》に、思わずフェニシアは息を止めた。初めて彼の耳を見ることになる。……しかし。

現れたのは、特に変哲《へんてつ》もない、フェニシアと同じ人間の耳だった。

「どうかされましたか」

フェニシアの困惑《こんわく》を察して、彼は少し冷ややかな顔で「他人の耳を観賞《かんしょう》するご趣味《しゅみ》が？」と肩越《かたご》しに振《ふ》り返ってみせる。

「いえ、あの……いつも隠してるから、てっきり」

違《ちが》う形なんだと思った。と素直《すなお》に白状すると、彼もそう防御線《ぼうぎょせん》を張らなくてもいいのだと毒気が抜けたようで、気まずそうに答えてくれた。

「……癖《くせ》なんですよ。人前に出るときはしていないと落ち着かないんです」

彼はその耳隠しを振りながら、なにかを囁《ささや》きかけていた。水が地面に引き寄せられるように滑《なめ》らかに落ち、ぷにぷにしたスライムのような形状で雫《しずく》が転がりながら川へ戻《もど》っていくのを、フェニシアは固唾《かたず》を呑《の》んで見守ってしまった。

「やっぱり超能力者……本物の念動力だ……」

「振動で転がしているだけです。人間だって息を吹《ふ》けば水滴《すいてき》くらい転がせるでしょう？」

「かなりつるつるした面じゃないと無理なような……？」

グラシカは洞窟の中の安全を確かめると、フェニシアを中へ追いやり、おざなりな口調で「てきとうに脱《ぬ》いで、渡してください」と振り返らないまま言った。

（水を払《はら》ってくれるのかな……？）

さすがに下着は脱げないが、まず聖衣を渡し、それが戻ってきたら借りている彼の外套を乾《かわ》かしてもらい、交互《こうご》に羽織りなおした。共に若干《じゃっかん》のしっとり感はあるものの、手で絞《しぼ》るよりもずっと多く脱水《だっすい》できている。

「すごい……ありがとうございます、陛下！」

それから彼は乾いている流木や葉を拾ってきて、腰《こし》に提げていた小物入れから火打石を出して、火を起こし始めた。

「えっ、追われてるのに煙《けむり》を出すのは——」

「風邪を引かれても困りますし、水場の近くならば負ける気がしません。敵が来るならこの辺りで仕留める方が楽です」

「そ、そっかー」

　聖女は風邪を引かないんだけどな、と思いつつ、ありがたく火にあたることにする。ゆらゆらと赤い揺《ゆ》れが、岩壁《がんぺき》に二人の影を映す。彼は上着を脱いだシャツ一枚の姿で、襟《えり》の辺りに指を引っかけて、時折ぱたぱたと扇《あお》いでいた。

「陛下は男性なんだし上は脱いだら？　私は気にしませんよ？」

「……いえ、僕が気にするので」

「傷痕《きずあと》とかあるんですか？　なんだったら私、乾くまで横向いてますけど」

　フェニシアの素直な提案に、彼は目を逸《そ》らし、自分の腰、尾骨《びこつ》の辺りを手で押さえた。

「……尾《お》ひれ、といいますか、幼少期の名残《なご》りが」

「おお、人魚っぽい発言！　陛下ってやっぱり水棲族なんですね！　全然人間と見た目変わらないなって思ってたんですよ！」

　身を乗り出して声を弾《はず》ませると、グラシカにちいさく苦笑《くしよう》された。

「聖女様は水棲族に詳《くわ》しくないんですね。人間とはやはり違いますよ」

「たとえば？　他には？」

「そうですね……爪《つめ》は、頭髪《とうはつ》と近い色になります」

いつもは革手袋《かわてぶくろ》に隠されている手を、フェニシアの前に差し出した。真珠《しんじゅ》のように光沢《こうたく》のある白銀の爪。きらめいて、青にも黄色にも光彩《こうさい》を散らす。

「えっ、こんなに綺麗《きれい》なのに隠してたんですか!?」

「……綺麗ですかね」

「私だったら自慢《じまん》しちゃいますよ！　でもあんまり水棲生物って感じがしないような」

「僕は陸生活に体を慣らしているので他の器官はだいぶ退化していますよ。それに、母方の祖父だけが純粋《じゅんすい》な水棲族らしくて」

「クォーターってこと？　いや、ダブルやトリプルってやつですね！　かっこいい！」

彼は気恥《きは》ずかしそうに、「君は変わりませんね」と苦笑した。

「あれ、そういえばこのやりとり、小さい頃《ころ》にも……」

フェニシアの脳裏《のうり》に、白樺《しらかば》に囲まれた冬の湖畔《こはん》の風景が呼び起こされる。そして聞きそびれていたことも思い出す。

「そういえば陛下って弟います？」

「いないとは思いますが……なぜ弟の有無《うむ》を？」

「私、陛下にそっくりの水棲族の子に会ったことがあるんですよ」

彼の動きが止まり、どこか緊張《きんちょう》したような様子で、フェニシアの次の言葉を待った。

「十一年くらい前です。陛下みたいに綺麗な青みのある白銀の髪《かみ》と、金色の瞳《ひとみ》で、水棲族」

「それは──」

彼が息を呑む。二人の視線はしっかりと絡《から》み合っていた。心の内を確かめ合うような静かな時間。フェニシアは頷《うなず》いて、笑顔《えがお》で続ける。

「で、陛下より三つくらい年下の男の子。知りません？」

「…………は？」

ドスの利《き》いた低い声で、彼が聞き返す。「今なんて？」と。

「えっ、怖《こわ》っ。なんで急に怖い顔⁉ 私の人探しにご不満が⁉」

思わず身構えたフェニシアに、彼は依然《いぜん》として顰《しか》めた顔を向けてくる。

「……三つ年下、というのは？」

「陛下って十九歳ですよね？ つまり私と同じ十六歳くらいの男の子を探しているんです」

「……本人が貴女《あなた》と同い年だと言ったんですか？」

「いえ、違いますけど、小さい頃の年の差って大きいじゃないですか。私が五歳のときに同じくらいの背丈《せたけ》だったので、まあ一歳前後は違うかもしれないけど、二歳も三歳も離《はな》れてないかなって目測です。三年前にも似た人を見かけたことがあって、やっぱり私と同い年くらいに見えたんですよ。髪の色は違ったけど」

「ふうん」

急に興味を失った顔で、グラシカは枝を雑に折りながら、火の中に放り込《こ》む。

「年も名前も知らない相手をなぜ探しているんですか？　なにか言いたい文句でも？」

「なにも無くても知り合いが元気かどうか気になるじゃないですかー！　よく似た特徴《とくちょう》の陛下に会えたので、もしかしたらご親戚《しんせき》かもって思ったんです。心当たりありません？」

「僕と同じ髪と目の色で、水棲族で、僕より三つ年下ですか。はあ、探せば百人でも千人でもいるんじゃないですか？」

「いや、水棲族自体、千人もいないですよね？」

「僕のように複数の種族を跨《また》ぐ子孫も含めれば、そろそろ千人に届きそうですよ」

「そうなんですかー、将来のためにも今度ちゃんと統計取りたいな。水棲族のひとって近づくとすぐ逃《に》げるって聞きます」

「水棲族は他人の干渉《かんしょう》を嫌《きら》いますから」

確かにこの人も自分のことは言いたがらないしなぁ、とフェニシアはちいさく頷く。

「あ、でもあの子は人魚みたいな尾ひれがあって、指の間に水かきもあって、頭の左右に……あれ耳なのかな？　頭の横にぴらぴらした可愛《かわい》い羽みたいな珊瑚《さんご》色のものが……」

曖昧《あいまい》なフェニシアの説明でも、彼は言いたいことを読み取ってくれた。

「……外鰓《がいさい》のことでしょうか。あれは鰓《えら》ですよ。尾ひれも水かきも、幼体は皆《みな》ありますが、成体に近づいて陸での生活を選ぶと消えていきます」

「子どもの時はみんなあるの？」

「はい」と彼は頷く。それなら目の前のこの青年も幼いときは頭の横にピンクのぴらぴらふわふわしたものが生えていて、尾ひれや水かきがあったということだ。

「なんだかメルヘン……陸下の人魚時代の姿も見てみたかったなぁ」

「……はあ、そうですか」

なぜか呆《あき》れたような顔をして、「少し様子を見てきます」と洞窟《どうくつ》を出ていった。


「は？　失敗したって何？」

森の奥、天幕の中でまだ幼さの残る声が不機嫌《ふきげん》そうに発せられた。少年は目も覚めるような明るいオレンジ色の髪を持ち、革製の眼帯に隠《かく》されていない方の目はどろりと黒い。

人狼傭兵たちは無表情で俯《うつむ》いている。

「思っていたよりも水棲族が手強《てごわ》くて……」

「お前たち人狼族でしょ？　昔から陸で威張《いば》ってるくせにどうして魚に負けてるの」

少年の嫌味《いやみ》に噛《か》みつきたくなるのを、人狼たちは、ぐっと堪《こら》える。

「……途中《とちゅう》から向こうの人狼兵も起きて挟《はさ》み撃《う》ちにされそうになって……想定以上に《森》を越《こ》えられる仲間が少なくて、こっちの数が減ったのが敗因かと」

「だから念のため眠《ねむ》り香《こう》まで使って向こうの兵も減らしたんじゃない。それとも僕が用意した量が少なかったって言いたいの？　はーやだやだ。こっちは相場よりずっと多く払《はら》って稀少品まで買ったっていうのに。できないならできないって最初に言ってよね。せっかく聖女様が城の外に出てるっていうのにさぁ。今なら賊《ぞく》の仕業《しわざ》みたいにできるでしょう？」

　少年はまるで怖いことなどないとばかりに、人狼たちに背を向けて天幕の外へと出ようとする。その背に人狼は最も確実な方法を告げた。

「正面から帝国《ていこく》軍で城に攻《せ》め込めば早いのでは」

「それはできないって最初に言ったでしょ？　……まったく。次の指示まで待機ね」

　その背が見えなくなったところで男たちは「クソガキが」と吐《は》き捨てた。


「……迎《むか》え、来ませんねぇ」

　とうとう夕日も沈《しず》み、夜の時間になる。ぱちぱちと爆《は》ぜる焚火《たきび》だけが頼《たよ》りだ。

　洞窟の前の川原で、フェニシアたちは鮎《あゆ》の塩焼きを食べていた。水を操《あやつ》る彼には、魚を獲《と》るなど息をするようなものだった。なぜ塩や火打石を持ち歩いているのか訊《き》いたところ、「生き残れるように」とだけ返ってきた。さすが生まれてから命を狙《ねら》われ続けた男は違《ちが》う。

「しかし、本当におかしいですね。こうして火まで焚《た》いて、呼びもしたのに」

彼の視線がフェニシアの首から提《さ》げた石に注がれる。彼いわく、この石は常に弱い振動《しんどう》を起こしていて、衝撃《しょうげき》を加えると大きく増幅《ぞうふく》されるのだという。先ほど彼がつついていた。

(みんなもう戦ってはいないと思うけど……なにかあったのかな)

「とにかく夜はみんな動かないほうがいいですよねー。今日はこのまま野宿かな」

フェニシアが足を伸《の》ばしながら言うと、「ああ、なるほど」と彼が呟《つぶや》き、「要《い》らぬ気を回されたようです」と苦いものを飲むような顔をした。

「要らぬ気？」

「つまり、僕たちは今夜……朝まで二人きりです」

「…………」

思わず見つめあい、沈黙《ちんもく》。食べかけの鮎を手にしたままフェニシアは首をかしげる。

「なぜ陛下の私兵に気遣《きづか》われるとそんなことに？」

「……二人きりの時間を増やしてやろうと思ったのでしょう」

「ああ、和解するように、ってことですか？」

(夜会のときに結構話したけど、私兵の皆さんは知らないんだな)

フェニシアがもぐもぐと食事を再開すると、「……危機感がないんですか。先ほどからずっと二人きりなのですが」となぜか不機嫌になって、責めるような目を向けてきた。

「えー？　もっと早くに〝陛下に襲《おそ》われるかも〟って警戒《けいかい》しとけってことですか」

「そうですよ。普段《ふだん》あれだけ聖兵に守られているというのに、本人の注意力がこれでは彼らも浮《う》かばれません」

「死んだみたいな言い方！」

「聖女は純潔でなければ女神《めがみ》に嫌われて能力を失うのでしょう？　僕はですね、貴女にはさっさといい感じの男と密通して聖女をやめてその男をポイ捨てして旅に出るなりその男と温かい家庭を築くなり、楽しい第二の人生を歩んでほしいと思っているんですよ」

「すごい要求だな、と一瞬呑《いっしゅんの》まれてから、フェニシアは彼の勘違《かんちが》いに気付く。

「あ、そっか。陛下、仮の王様だから知らないんですね」

フェニシアの明るい声に、「なんのことです？」と彼は怪訝《けげん》そうにする。

「聖女が密通すると、男の人は死刑《しけい》ですけど、聖女はそのまま死ぬまで務めるんですよ」

彼は言葉を失った。

「なぜ……？　純潔を失えば能力は無くなるはずで――ならばお役御免《やくごめん》でしょう？」

「いやぁ、国家機密なのでまだ暫定《ざんてい》の陛下には言えませんけど、少しだけ内緒《ないしょ》でお教えすると、能力を受け継《つ》ぐための媒体《ばいたい》があって、それを体に取り込んで聖女になるんです。別に男の人と何をしたって能力は失われません。女神の寵愛《ちょうあい》とか関係ないです」

グラシカは信じられないとばかりに目を丸くして——そして恨《うら》むような口調で言う。

「……僕も本気で女神の寵愛を信じていたわけではありませんが……なぜそれを僕に話してしまうんですか」

「え？　だって聖女をやめさせたがってるから、何が有効か知りたいかなって。アルベルトとくっつけようとしてたみたいだし、密通しても意味ないですよって言っとこうかと」

「逆ですよ。純潔でなくても問題がないと言われると……こう……困るじゃないですか」

（なにが？）

彼は呻《うめ》きながら顔を覆《おお》っていたが、やがて顔を上げると、「ではなぜ聖女は純潔でなければいけないと言われているんですか」とほとんど投げやりな声で訊いてきた。

「国家機密なのでごめんなさい。正式な王様として承認されたら私か三賢老《さんけんろう》が教えるんですけど……そっかぁ、陛下でも知らないことがあるんですね。なんだか新鮮《しんせん》な気持ちです！」

「楽しそうにしていないで説明をしてください」

「秘密ですー。とにかく、純潔でなくなっても聖女をやめることにはなりませんから！」

彼は納得できないという表情を浮かべつつも苦しげに「……そうですか」と言った。

「だとしても僕と二人きりであることを警戒すべきですがね」

「えー？　別に無効だって説明しなくても陛下はそんな方法取らないってわかってました

よ？　手段を選ばず私を排除《はいじょ》したいなら、さっき崖《がけ》から突《つ》き落として終わりでしたもん。陛下はちゃんと手段を選んでくれる人です」

「……貴女《あなた》という人は本当に……いいですか、手段以前に、貴女は僕に力で勝てないのだから、もう少し警戒心というものをですね――」

神妙《しんみょう》な顔で年上らしく説教をしてくる彼に、フェニシアは安心させるように笑顔《えがお》で返す。

「そんな『僕オオカミですよ』アピールしなくても大丈夫《だいじょうぶ》ですよ。男性だって十人十色ですもん。陛下が女の子の前で服も脱《ぬ》げないピュアピュア恥《は》ずかしがりやさんなことはもうわかって――」

「……腹立ちますね、ひん剝《む》いていいですか？」

「みぎゃああ!!」

急に本気な顔で迫《せま》られて、思わず変な声と共に飛《と》び退《すさ》ってしまった。

「ちょっと陛下!?　いま目が据《す》わってましたよ!?」

「貴女があまりにも余裕《よゆう》なのでちょっとイラッとして」

「理不尽《りふじん》!」

しかしおちょくりすぎたかもしれない。「ごめんなさい」とフェニシアは謝罪した。

（一応信頼《しんらい》していますって伝えるつもりだったんだけど、失敗したかな？）

彼はまた距離《きょり》をとって、「知りませんからね」と拗《す》ねたように顔をそむけた。

すっかり夜になり、結局すやすやと無防備に寝《ね》た聖女を見て、グラシカは溜息《ためいき》をつく。

(男心をまったくわかっていない……)

十一年前に出会って、忘れられなくて、聖女が城の外へ出て浄化《じょうか》に赴《おもむ》くと聞くたびに何度も群衆に紛《まぎ》れて見に行った。自分を狙う刺客《しかく》に気付かれぬように髪《かみ》の色を染めて。

——あと、少しの間だけの享受《きょうじゅ》。

自分が為《な》すべきことを為す間。かりそめの王として居座る間、そのわずかな時を、彼女のそばで過ごすことができる。きっとこれが自分の人生の一番幸せなときなのだろう。

ためらいがちに、敷布《しきふ》に広がる彼女の髪の、肌《はだ》から遠いところに手を伸ばす。絹糸のようなその感触《かんしょく》。眠る顔を見つめ、絞《しぼ》り出すような深い息を吐いた。

「………愛しています」

たとえ、一生伝えられなくても。


幼い頃《ころ》、腹の底まで、冷えていた。幾度《いくど》となく向けられる銀色の刃《やいば》。存在を否定され、怨嗟《えんさ》の声を聞く日々。この世は過酷《かこく》で耐《た》えるだけのもの。——それが少し変わったのは、十一年前の雪の降る日からだろうか。

その日、グラシカは山奥の森閑《しんかん》とした湖で『留守番』をしていた。当時は、まだ肺が完全には育っておらず、丸一日の陸上生活はできなかった。だから大人たちが自然界では手に入らない品を町に買いに行くときや、刺客を撒《ま》くときは水中に潜《ひそ》んで待つことがあった。

雪の舞《ま》う昼下がり、白樺《しらかば》に囲まれた森の中から、急いで雪を踏《ふ》む音が聞こえた。

(誰《だれ》か来る。……獣《けもの》？　ううん、ちがう)

ちいさく、軽い、二足歩行の音。やがて現れたのは幼い少女だった。迷子だろうかと案じて水面から顔を出すと、こちらを見た彼女はくりくりした目をさらに大きくして、「かんちゅうすいえい！」と元気よく叫《さけ》んだ。

「すごいわ！　こんなにさむいのに、鍛錬《たんれん》なんて！　しゅぎょーそーみたい！」

同じ言語で話しているはずなのに難解だった。見た目は幼いが、滑舌《かつぜつ》の未発達さゆえの言い間違いでもなさそうだ。

(何歳だろう……五歳くらいかな)

水棲族と非亜人では成長速度が異なるので判断が難しかった。グラシカは八歳だが人間でいえば五歳程度と言われていた。ならばこの子もそれくらいだろうか。もっとよく観察しようとするが、水中と陸では視力差があり——水棲族の幼体は水中に特化しているため——わずかに目を細めてしまった。睨《にら》んでいると誤解されないか心配になったが、少女は

「めがわるいの?」とむしろ近づいてきて、顔を寄せるようにしゃがみ込《こ》んでくれた。

確かに目が合うのがわかると、彼女は嬉《うれ》しそうにふんわり微笑《ほほえ》む。

「こんにちは」

「……こんにちは」

「おさかなさんなの?」

少女はグラシカの頭の横にある外鰓《がいさい》を見ている。手を彼女の方に出して消えかけのみずかきも見せてみれば、「わぁ、みずかき」と嬉しそうにした。

「……水棲族って知らない? ぼくの場合は、全部のご先祖さまが、ってわけじゃないみたいだけど」

「! きいたことあるわ! はじめて会った! あなたは水棲族のハーフやクォーターなの? ううん、ダブルやトリプルね! かっこいい!」

(かっこいい? そんなこと初めて言われた)

知らない単語が並んでいたが、彼女の好意は伝わった。

「あ、手、けがしてる!」

少女に言われて、掲《かか》げていた指先に切り傷をみつけた。「これくらい、よくあるよ」と隠《かく》そうとすれば、「てあてしましょ! わたし、薬草あるの! とちゅうで摘《つ》んだの! いつ迷子になっても生き残れるように!」と熱心に言い、ポシェットから一枚の葉とハンカチを取り出した。他にも色々入っているようで少々鞄《かばん》は窮屈《きゅうくつ》そうだ。彼女が目に映るものすべてを突っ込み続けたことが想像できる。

「いいよ。もったいない」

「もったいなくないわ！　化膿《かのう》したらこまるもの！　未来のじぶんをいたわって！」

「未来……」

苦手な単語だ。今でさえどうなるかわからないのに、どんどん変化していって、行きたくもないところに放り出されそうな気がする。『不安定』という言葉とほぼ同じだ。

少女は薬草をすり潰《つぶ》しながら傷にあてて、上からハンカチを巻いてくれた。そしてその手をしげしげとみつめてくる。

「みずかき、いいなぁ。水棲族って、およぐのがじょうずなんでしょう？　わたしもおよぎたいのに、はしたないってみんなとめるのよ。水棲族だとふゆでもさむくないの？」

「……ううん、ちょっと寒い」

気恥《きは》ずかしさもあって、少し沈《しず》んで口元を水面下に隠す。

ふふ、と笑う彼女の繊細《せんさい》な髪に、砂糖のような粉雪がふんわりと落ちていった。綺麗《きれい》だな、と目を眇《すが》めると、「まだみえにくい？」と勘違《かんちが》いした少女はさらに身を乗り出した。湖に落ちやしないかと慌《あわ》てるこちらの心も知らずに、見つめてくるその瞳《ひとみ》の綺麗なこと。

きらめく瞳とちいさな鼻と、薔薇色《ばらいろ》の唇《くちびる》。なだらかな耳まで可愛《かわい》らしい少女だった。

「君はどこのお姫様《ひめさま》？」

「ふふ、おもしろい。おひめさまなんかじゃないわ」

嬉しそうに笑ってから、今来た方へと指をさす。

「あのね、あっちにおじさまのおやしきがあるの。あそびに来ているのよ」

どうやらこの辺の子ではないらしい。

「それじゃあ、ええと、君のお名前は？」

「フェニシア！　フェニシア・シュライエルよ。あなたは？」

追われている身だ。どうしたものかと口を閉ざすと、「じゃあ人魚さんってよぶね」と勝手に決めてくれた。

「フェニシアはちいさいのにしっかりしているね。……でも一人で歩くのは危ないと思う」

「だいじょうぶ！」

少女はちいさな体で胸を張った。

「わたし、じつはちょっとだけおとなのきおくがあるの。あんまり覚えてないけど、ここととはちがう、別の世界。前の私はもっとおねえさんだったのよ。しんじないでしょう？」

「……一回死んじゃったの？」

「うん。ざんねんだったわ。わたし、健康だったら絶対けいさつかんか、しょうぼうしになりたかったの！　むきむきの！　ごりまっちょ！」

「ムキムキの……？」

「ごりまっちょ！」

大事なことらしい。ゴリマッチョは繰《く》り返された。

「筋肉さえあれば、駆《か》けまわれるし、重いものも持てるし、人助けだってできるのよ！　わたしの憧《あこが》れ！　今度のわたしは健康だけど、けいさつかんもしょうぼうしもない世界で、どうやって人助けしよう！　何になろうかしら」

「君はきっと、何にでもなれるよ」

そんな気がした。この子はきっと――。

「どこへでも行ける」

付け足すと、少女は嬉しそうに破顔する。

「ありがとう！　わたし、旅するのがゆめなの！　せっかく健康で、おもしろそうな世界にうまれたんだもの、この世界のことをいっぱいしりたい！　今も他の国の言葉や文化を勉強してるのよ！　地図もおぼえた！　でもまずは国中をかけまわりたいな！」

きっと、あと何年かしたらこの国を走り回っているのだろう。彼女の弾《はず》むような声を聴《き》いているだけで、こちらの心も満たされる気がした。彼女のように世界を見ることができたら、一体どれほど幸福なことだろう。――ずっと彼女の語る夢に浸《ひた》っていたかったけれど、グラシカの耳にはこちらへ近づく足音が届き始めていた。

「……大人のひとがくるよ。あんまり強そうじゃない。あと五分くらいで着くと思う」

教えれば、少女は「たぶん、おじさまのうちのメイドさんよ。まいてきたの」と笑う。

「あなたってとてもおみみがいいのね。おさかなだから？　にんげんのみみより、ずっと遠くの音がきこえるおさかなもいるってご本で読んだわ！　前世で！」

「ぼく、隠れなきゃ」

水中へ引っ込もうとすれば、彼女が何も知らずに止める。

「ねぇ、いっしょにおじさまのおうちの暖炉《だんろ》であたたまりましょう？　かんちゅうすいえいは鍛練としてすてきだと思うけれど、風がふいたらとてもさむいとおもうわ」

「……ぼくはいいや」

身を隠している途中《とちゅう》でもある。少女の上質そうな外套《がいとう》やメイドという単語から察するに、彼女のおじとやらはそれなりの有力者――ひょっとすると、この土地の持ち主かもしれない。そんな場所に水棲族の少年が現れたとなればすぐ噂《うわさ》になる。

「そっか。――じゃあね、人魚さん。かぜひかないでね」

彼女の優《やさ》しい別れの言葉に、一瞬《いっしゅん》、何を言われたのかわからなかった。

おそらく初めて言われた言葉だ。「……え？」と聞き返すと、彼女はすこし困った顔になり、手当てをしてくれたこちらの手をちいさく握《にぎ》って、念を押すようにふんわり揺らした。

「ちゃんとじぶんをだいじにして？　……つぎにあうときも、げんきでいてね？」

——まるで、捨てようとしていた心を見透《みす》かされたようだった。彼女は今、ちいさな欠片《かけら》を拾い上げて、「ちゃんと持っていて」とこの手に返してくれたのだ。

(怪我《けが》や風邪《かぜ》なんて、どうでもいいことのはずなのに)

〝生きてさえいれば〟と誰《だれ》もが言った。生きてさえいれば、いつかきっと——。

その先の言葉を、グラシカは知らない。どうか生き延びてと彼らが願うほど、この世はそんなにいいものだろうかと、いつも不思議に思っていた。

けれど、世界とは、この世の価値とは、きっと彼女が飛び出していく先にあるのだろう。

黙《だま》ってしまったグラシカの頰《ほお》にちいさな手を添《そ》えて、冷たいだろうに、熱を分け与《あた》えるように触《ふ》れてくる。

「げんきでね、人魚さん」

——なにか返せないだろうか、と思った。彼女が願うように、ほんのちいさな安寧《あんねい》を。

そっと背伸《せの》びをして、顔を近づけて鼻先をちょんとつけた。嫌《いや》がられないのを確かめてから、ちゅ、と口づける。きょとん、と水色の瞳が瞬《またた》いた。

「……キス？」

「おまじない。効くかわからないけど」

君が決して溺《おぼ》れませんように、と一回きりの、古いまじないの一つだという。

「キスはこいびとになってからするのよ」

「……そうかもしれない。ごめん」

素直《すなお》に謝ると、「ふふ、とくべつにゆるしてあげる」と可愛らしく胸を張った。

そして彼女の名を呼び、雪を踏《ふ》んで近づいてくるメイドの足音が彼女の耳にも届いたのだろう、「じゃあね」と少女は今度こそ立ち上がる。

「免疫《めんえき》にはきのこがいいわ。そしてささみ！　たんぱくしつを忘れずに！　筋肉には！　小魚だけじゃだめなの！　水草だけじゃだめなの！」

「……ぼくはきみがしんぱいだなぁ」

成体になって、人に紛《まぎ》れられるようになったら彼女に会いに行こう。元気ですか、僕も、あなたのおかげで元気です、と。たったひとことでいいから、お礼を言いたい。


それから数年後。陸生活に慣れ、なだらかな耳を得て、耳隠しをせずに街に溶《と》け込《こ》むこともできるようになった。刺客《しかく》に月に一度は追われていたので、基本的には《さわらずの森》にいたが、情報収集のために行った食堂で、持ちきりになっている話を耳にした。老齢《ろうれい》だった五代目聖女が亡くなり、以前から後継《こうけい》として修行《しゅぎょう》していた少女が正式に跡《あと》を継《つ》いだのだという。

少女の名はフェニシア・シュライエル。——それを聞いた途端《とたん》、身が凍《こお》った。

詳《くわ》しく聞いてみれば、大勢の候補者の中ではそう目立つ家柄《いえがら》や容姿ではなかったが、年齢に見合わない言動、特に三ヵ国語を既《すで》に学んでいる聡明《そうめい》さを理由に選ばれたのだという。

(……彼女が異国語を学んでいたのは、そんなことのためじゃないのに)

世界を知りたいと言っていた。この封鎖国《ふうさこく》に生まれた以上、他国へ渡《わた》るのは難しいことだとは思っていたが、それでも聖女になるよりはずっと自由な選択肢《せんたくし》があったはずだ。

聖女とは、この国の命綱《いのちづな》。帝国《ていこく》の干渉《かんしょう》があれば、真っ先に矢面《やおもて》に立つことになる。

聖女は世襲《せしゅう》ではない。条件さえ合えば、非亜人の少女であれば、誰でもいい。

普段《ふだん》は聖塔《せいとう》にこもり、死ぬまで純潔を守り、ただ毎日ひたすらに聖水を作り続ける。

——そんな誰にでも出来ることを、彼女一人に押し付けたのか。

「どうしたら逃《に》げてくれるのでしょう」

グラシカはぼんやりと、執務室《しつむしつ》の窓から白亜《はくあ》の聖塔を眺《なが》めていた。

今は朝の九時。あの行幸——湖の浄化《じょうか》から始まり、夜会、そして渓流《けいりゅう》への飛び降り——というだいぶ厄介《やっかい》な旅から帰ってきたばかりだった。彼女は仮眠《かみん》をとっているだろうか、それとも起きているだろうか、と思いを馳《は》せる。隣《となり》では側近が紅茶の準備をしていた。

（……見通しが甘かった）

本当なら、今回の旅でこそ「もう聖女なんてやめる！」と泣かせるつもりであった。帝国の魔《ま》の手が近づいている以上、早急に城から追い出さねばならない。あの崖《がけ》からの飛び降りを選んだのもわざとである。傭兵《ようへい》は想定外だったが。

（夜会のとき近くの森にひそんで様子を窺《うかが》っていたという曲者《くせもの》の仲間でしょうか）

傭兵の一人は捕縛《ほばく》したが、彼女の前では雇《やと》い主を吐《は》かせるほどの拷問《ごうもん》は気が引けて、縛《しば》ったまま転がしておいた。夜中に確認したところ、いなくなっていた。だが時期を考えれば帝国に雇われたと思っていいだろう。

「はぁ……」

ティーカップを覗《のぞ》き込み、紅《あか》い水面を揺らす主君を見て、相変わらず表情筋の死んでいる側近の男――カササギが言う。

「必要とあらば、わたくしめが片付けてまいりますが」

「何を？」

「聖女様を。あの世に」

「……」

こいつ何もわかっていないな、と半眼で睨《ね》め上げた。

本気で殺したいわけではない。ただ逃げてほしいだけなのだ。

いつ帝国に聖女を奪《うば》われるかもわからない。この国が唯一《ゆいいつ》の浄化者を抱《かか》えているにも拘《かかわ》らず帝国に放置されてきたのは、初代聖女と二代目聖女の度胸の賜物《たまもの》だ。一方、グラシカが追い出したい当代聖女は攻撃力皆無《こうげきかいむ》である。のんきで無害で、崖から飛び降りるというのにこちらに身を預け、あなたはそんなことしないと謎《なぞ》の信頼《しんらい》を寄せて無防備に寝《ね》こける始末。寝起きにも「聖女やめません？」と水を向けてみたが、「やめませんよぉーだ！」といつものように躱《かわ》されて終わり。平和ぼけにも程がある。

（もっと強めに脅《おど》かしておくんだった）

命の危機を感じさせつつ、近くに元婚約者《こんやくしゃ》で幼馴染《おさななじみ》という騎士《きし》をちらつかせ、いざとなれば二人で逃げ出して、政治もなにも関係ない遠くで幸せに生きてくれないだろうか――などと思って今まで追い立てて来たが、本人たちにその気がない。本当に生涯《しょうがい》聖女を続けることが彼女の幸せだというなら、自分はおちおち死ねなくなってしまう。

「……まぁ、いい。彼女のことはついでに過ぎないのだから。……そう、ただのついで」

どこに埋《う》められたかもわからない亡骸《なきがら》をいくつも探している。

父とは共に弔《とむら》われなかった母。最初に自分を守ってくれた同胞《どうほう》の二人。叔父《おじ》の凶手《きょうしゅ》から自分を守ってくれた彼らはどんな最期《さいご》を遂《と》げたのだろうか。

もうわからない。突《つ》き止めようがない。だからこそ、この土地を丸ごと守る。

彼らが歩いた道を、見た景色を、聴《き》いた歌を、愛した同胞を。

すべて守るしか、もう、どうしようもないのだ。

(——さて、明日にでも三賢老《さんけんろう》に会わねば)

正式即位《そくい》になど興味はないが、国内の中枢《ちゅうすう》機関である彼らから『協力』を得られない限り、自分の目的は達成されない。脅してでも会うか、と呼び出し文の草案を考えていると、ふいに扉《とびら》を叩《たた》く音がして、グラシカは顔を上げた。

入ってきたのは、見慣れた制服を着た近衛《このえ》騎士だった。側近を介《かい》して差し出された書類に軽く目を通して「……少し待ってもらえますか」と騎士に呟《つぶや》く。確認後に署名と印が必要な書類だった。外敵への警戒《けいかい》が必要な現在、軍部を後回しにはできない。署名しようとした時、騒《さわ》がしい足音が近づいてくるのが聞こえた。

「……騎士殿《どの》、あと二歩横にずれて」

素直に騎士が従った。と同時に、扉が勢いよく開き、二つのちいさな人影《ひとかげ》が飛び込んでくる。執務机の真ん中、先ほどまで騎士が立っていた場所へ前のめりに飛びついた。

「へーか、へーか！　書類もってきた！」「陛下、陛下、すみません兄さんがうるさくて。僕はノックしようとしたんですけど」

人狼の双子《ふたご》、レオとロアだ。

「そこに置いておいてください」

騎士団の書類を先に済ませようとペンを走らせれば、双子は机に身を乗り出し、頬杖《ほおづえ》をついて、グラシカを観察するように見上げてくる。

「なにか？」

「ついでにへーかのオトコマエがあがったか見てこいって団長が」「違《ちが》うよ兄さん！『男が上がったか』見てこいって言ったんだよ」

「？　はぁ」

人狼たちを率いる青狼団の長は、他人の顔など気にする男ではなかったはずだが……と思っていると、

「俺たちが寝てるとき、へーかが聖女様を連れてっちゃったんでしょう？」「それを聞いて団長がニヤニヤしながら『そうか、とうとう男になるんだな』って」

バキッと手の中の羽根ペンが折れ、紅茶の水面が激しく波立ち、壁際《かべぎわ》の花瓶《かびん》がけたたましく揺《ゆ》れた。

「………殺す」

途端に横に立つ黒髪《くろかみ》の青年が色めき立って新たなペンを差し出す。

「斬首《ざんしゅ》になさいますか？　絞首《こうしゅ》になさいますか？　罪状は？　処刑《しょけい》をご覧になる場合、最短で我が君のご予定は明日の午後四時以降が」

「早い。カササギ。早いです」

「聖女様をものにするって」「へーかのものになったの？」

「なってません」

確かに彼女を脅かすためにわざと崖下へ飛び込《こ》んだ節《ふし》はあるが、やましい理由ではない。

私兵団もわかっているだろうに。

「あのおっさん殴《なぐ》っといてください」

「はーい！」

双子は両手をあげて喜んだ。

「……まったく。恋愛《れんあい》なんざやってる暇《ひま》はないんですよ」

幼い頃《ころ》から命を狙《ねら》われ続け、家庭を持とうなどと思うこともなく、心惹《こころひ》かれた唯一の少女も気づけば純潔の聖女になっていた。青い邪念《じゃねん》などとっくの昔に封《ふう》じたのだが、なまじ昔から聖女が地方に浄化しにくると髪を染めたり刺客《しかく》を撒《ま》いたりしながら遠目に見に行くことを繰《く》り返したため、水棲族だけでなく国内の亜人全体にまで初恋《はつこい》の相手を見抜《みぬ》かれて、『悲劇の王子、グラシカ殿下《でんか》の恋の行方《ゆくえ》予想』と賭《か》けの対象にされていると噂《うわさ》で聞いた。

今や仮にも一国の王だというのに、即位したらむしろ賭け金が跳《は》ね上がったとか。

「人の苦悩《くのう》も知らずに、どいつもこいつも……」

「やはり始末いたしましょうか、あの聖女様。これ以上我が君を煩《わずら》わせないように」

「……カサギ、地下までの階段を五往復してからお茶のおかわりを淹《い》れてきてください」

「かしこまりました。前半の命令に意味は？」

「ありません」

では実行してまいります、と側近は頭を下げて退室する。双子もつられて「またくるね！」と部屋を出ていった。むなしく扉が閉まる。悪い奴《やつ》らではないのだ、本当に。

「すみませんね、騒がしくて。お待たせしました騎士殿」

署名が途中《とちゅう》だった。待たされたまま逃げ出す機会を失った騎士――赤みの強い鳶色《とびいろ》の髪の、聖女の元婚約者アルベルトが「いえ」と首を横に振り、それからいつもどおりのはっきりした声で訊《き》いてきた。

「陛下はフェニシアと――聖女様と一線を越《こ》えられたのですか？」

「…………」

お前もか、と頭痛をこらえるように額に手をやる。――そもそも空気が読める男であれば、耳の良い王に向かって『耳隠《みみかく》しをしているから聞こえにくいだろう』といつも大声を張り上げたりしないはずだ。

「いいえ、全くそのようなことは。あれは聖女様を守ろうとした結果、たまたま二人きりになってしまっただけですよ」

「我々が不甲斐《ふがい》ないばかりに主君の手を煩わせてしまい、本当に、本ッ当に、申し訳――」

「声がうるさい」

声量が上がる気配を察してグラシカは耳を押さえた。律儀《りちぎ》な騎士は、すぐに口をつぐむ。

——亜人が倒《たお》れたとき、騎士団がどう出るか。

一つの懸念事項《けねんじこう》でもあったが、実際、近衛騎士たちは倒れた人狼兵を守りつつ水棲族の援護《えんご》をしてくれた。もちろん、中には不満や不安を持つ兵もいただろうが、率先《そっせん》して行動するアルベルトの圧倒《あっとう》的な善性や勢いに乗せられているためか、表立っては出てこない。一応の信頼はグラシカも寄せることとなった。

「……僕は、貴方《あなた》のような素晴《すば》らしい方が聖女様を連れ出してくれればと思っているんですがね、正義の騎士様。可愛《かわい》い幼馴染のために、ひと肌脱《はだぬ》いだりしませんか？」

「連れ出す？　フェニシアは聖女をやめたがっているようには見えませんが」

実直な騎士は、わざと緩慢《かんまん》に椅子《いす》にもたれた王を不思議そうに見る。

「陛下はなさらないのですか」

まっすぐな青い瞳《ひとみ》がこちらを見ていた。

「彼女を好いているのは、陛下の方でしょう」

ぱりん、と今度こそ花瓶が内側から跳ねて、落ちた。

一方、フェニシアは一人で聖塔《せいとう》の地下にいた。

静謐《せいひつ》な空気だけが満ち、匂《にお》いはなく、息づく気配すらなく、しかし部屋の中央で神々《こうごう》しく光を放つもの――それは聖女の力が付加された『媒体《ばいたい》』だ。

存在を知るのは歴代聖女と歴代の王、そして三賢老だけ。これがある限り、フェニシアがいつ突然死《とつぜんし》しようと後継《こうけい》を立てられる。しかしふと心配になって存在を確認しに来た。

(陛下はまだ私を追い出したいみたいだけど、その後はどうするつもりなんだろう……)

彼が即位してから実施《じっし》した政策は、フェニシアも好ましく思っていた。

――彼は本気でこの国を守るつもりだ。証拠《しょうこ》は無いが、そう信じられる。

しかし、民《たみ》の代わりに見極《みきわ》める聖女としては、理由も無く『簒奪王《さんだつおう》』を認めることはできないのだ。前王を殺害した罪を問わなくていいのか。彼が何を考えて王になったのか。知らないままでは、彼がこの国の王だと胸を張って言うことはできない。

(今なら陛下は執務室《しつむしつ》のはず……！)

彼に内緒《ないしょ》で確かめたいことが一つあった。

前世では筋肉に憧《あこが》れていたフェニシアだが、幼い頃は忍者《にんじゃ》マニアでもあった。忍者の術の数々は、生き抜く力として尊敬している。忍者ならば、気づかれずに潜入《せんにゅう》するためにどうするか――衣装簞笥《いしょうだんす》の前でアメリアと綿密な計画を立てた。

「……何やってるんだ、ありゃあ」

人狼族の若者たちは、ひそひそと異様な光景について話し合っていた。

亜人兵の滞在《たいざい》する東の棟《とう》を目指して、聖女が石壁《いしかべ》に、虫けらよろしくへばりついている。灰色の布を頭から纏《まと》っているあたり、コウモリのつもりかもしれない。そして、恐《おそ》ろしくゆっくりと、横這《よこば》いに移動している。

その後ろからは聖兵二人が物音ひとつ立てずに追跡《ついせき》していた。――あれこそ本来の隠密《おんみつ》の姿勢であろう。人狼族の若者は、聖兵の洗練された動きに心の中で称賛《しょうさん》を送った。


（よし、誰《だれ》にも話しかけられずに到着《とうちゃく》した！）

途中で壁の色が変わる、というアクシデントに見舞《みま》われつつも、亜人兵の誰にも「何の用で？」などと通せんぼをされずに彼らの拠点《きょてん》に着いた。奇跡《きせき》的にみんなフェニシアがそばを通る時に違う方向を見ていたのだ。本来なら王の許可がなければ入れなかっただろう。

（忍者の術でもあり、擬態《ぎたい》能力のある生き物たちのサバイバル術でもある！）

意気揚々《いきようよう》とフェニシアが外廊《がいろう》を進んでいくと、中庭で、双子《ふたご》だろうか、顔のよく似た十歳ほどの少年二人が、人狼特有の太い尻尾《しっぽ》を揺《ゆ》らしながら、木剣《ぼっけん》を打ち合っていた。

木の上には四十歳ほどの男性が寝《ね》ているのも見える。

双子は、フェニシアに気付くと目を輝《かがや》かせた。茶色い尾《お》が、ぴんと上がる。

「聖女様だ！　かわいい！　でもちょっと怖《こわ》い！」「兄さんそんなこと言ったらだめだ

よ！　でもちょっと白くて怖い！　困っちゃう！」

（白くて怖いって何だろう……聖衣のこと？　聖女の気配のことかな）

怖いとは言いつつも、双子は明るく「なにしにきたの？」「陛下にあいにきたんですか」とそばに寄ってきてくれる。肝試《きもだめ》し感覚もあるのかもしれない。

「陛下には内緒で、陛下のことを探《さぐ》りにきたの」

「へーかに内緒!?」「おもしろそう！」

耳隠しのされていない、ふわふわの茶色い耳がぴこぴこと動いた。

「可愛い……」

つい熱心にみつめてしまうと、双子は顔を見合わせた後、きゃーと恥《は》ずかしがるふりをして、ちらちらとこちらを振《ふ》り返りながら逃《に》げていった。

（あ、話聞けなかった）

どうしたものか、と周りを見渡《みわた》せば、木の枝に寝転がる男と目が合った。亜人兵のうち、人狼族をまとめていて、団長と呼ばれているのを聞いたことがある。

「俺に用かい、お嬢《じょう》ちゃん」

「あなたは確か、団長さん？」

「ああ、俺は青狼国の人狼を率いてる。あの王子様――ああ、こっちのグラシカ様な、あれが青狼国の王太子と悪友なもんで、手伝いに来てんだ。そのうち帰るよ」

（武力支援《しえん》の駐留《ちゅうりゅう》師団、って感じなのかな）

彼はひょいっと木の上から飛び降り、フェニシアのいる外廊の床《ゆか》を踏《ふ》んだ。

「お嬢ちゃんは一人でこんなところに来て大丈夫《だいじょうぶ》かい。生きた宝なんだろう？」

「聖兵がおりますので」

背後の柱に隠れている二人を指せば、「ああ、気づいてはいるのか」と苦笑《くしょう》した。尾行《びこう》に気付かず歩いていると思ったのだろう。フェニシアとて守られる貴人の自覚はある。

「聖女様って男と触《ふ》れ合っちゃいけないんだろう？　手を繋《つな》ぐのもまずいのか？」

「あ、手を繋ぐぐらいはできます、けど……？」

「じゃああの陛下にしてやってよ。あいつ昔からお嬢ちゃんのこと追いかけてるらしいぜ。普段《ふだん》は森にひきこもってるくせに、聖女様が外に来てると出かけてって顔見てたんだと」

「……そうなんですか？」

聖女が浄化《じょうか》に来ると家族や友人と連れ立って見に行く民は多いが――。

（浄化を見たことはあるって本人も言ってたけど、何回も？　陛下も意外とミーハーなのかな？　いや、将来王になるために聖女を観察してたのかも……）

その時から見定めていた上で、いま辞《や》めさせようとしているならかなりショックだ。

（そんなに私って聖女として駄目《だめ》!?　違《ちが》うよね、私が帝国《ていこく》に狙《ねら》われてて自分の計画に邪魔《じゃま》だからだよね!?　でも私の方が十一年も先に城で働いてるのに！　先輩《せんぱい》なのに！）

悲しいやら悔《くや》しいやらで、ここ一ヶ月ふつふつと溜《た》まっている感情を爆発《ばくはつ》させそうになりながら拳《こぶし》を握《にぎ》っていると、「俺も《森》を抜《ぬ》けてきたんだけどさ」と団長が言う。

「南の森ですか？」

「青狼国からすりゃ北の森って感覚なんだが、まあ、《さわらずの森》な。ありゃ地獄《じごく》だぜ」

苦笑した後で、どこか遠くを見る目をした。

「瘴気《しょうき》って言っても色んなのがあってな、そいつらが食い合うみたいに渦巻《うずま》いて、空を覆《おお》って、光も空気も異様で、ずっと悪夢を見てる気分になる。食べ物だってイカレてるしな。ほらあそこ、普通なら何でも枯《か》らす黒い瘴気もあんのに、ちゃんと森になってるだろ？もう普通の植物じゃねえんだよ、魔獣《まじゅう》と一緒《いっしょ》。魔植物っていうの？あんな魔境で暮らすなんて信じられねえな。お嬢ちゃん聖女だろ？　なんであの森は浄化しねえの？」

彼の問いはもっともだった。

「初代聖女様が試したんですけど、聖女が近づくだけでうねる植物――魔植物っていうんですか？　そういうのが襲《おそ》ってくるし、反発するみたいに急激に瘴気が広がって、浄化するのが先か、瘴気が国を覆うのが先か、みたいな賭《か》けになりそうなので、逆に範囲《はんい》が広がっちゃいけないって放置することにしたんです。だから《さわらずの森》って言うんです」

「ああ、そういうこと」

聖女も《森》とだけ何十日も戦って聖水の供給を止めてはいけないので、広がる様子がない限りは放置すると決まっている。それに青狼国との自然国境だ。亜人でも通り抜けるのが困難ということは、こちらも南下できない代わりに攻《せ》められにくいという利点がある。

「んで、聞きたいのは俺らのことか？」

促《うなが》され、フェニシアは姿勢を正す。

「グラシカ様の――いえ、正確には、アガナ様のことが聞きたくて。本当に陛下がアガナ様を殺したかどうか、確かめに来たんです。アガナ様がいるなら、ここだと思ったので」

「ああ、地下かどっかの棺《ひつぎ》にいるんじゃねぇの？　もう骨になってんじゃねえかなぁ」

「……？　亡くなったの先月ですよ？」

「骨になるには十分だろ？」

彼はにやりと笑う。てきとうな人だなぁ、と思っていると、彼は道を塞《ふさ》ぐように言った。

「んなことほじくり返してどうすんだ？　敵を容赦《ようしゃ》なく殺せる奴《やつ》のほうが頼《たの》もしいだろ。見逃《みのが》してやりゃあ返り討《う》ちにされる。ああ、そもそもアガナってのは水棲族の仇《かたき》だぜ」

「それはそうかもしれないけど、陛下の目的って仇討《あだう》ちですか？　王位が欲しいなら殺さなくてもいいし、殺して満足なら城に残る必要はないし、罪を暴《あば》きたいなら裁判にかけるべきです。でも陛下はそうしなかった。実際に首を飛ばすところを見た人はいるんですか？」

「簒奪《さんだつ》の日のことが知りてぇなら――ああ、ちょうどいいところに」

黒髪《くろかみ》の青年が棟の奥から出てくるところだった。王の側近のカサギだ。耳隠《みみかく》しをしているものの、例の煙《けむり》で眠《ねむ》っていなかったので水棲族だろうとフェニシアは推測していた。

「あの、カササギさん、聞きたいことが」

彼は一瞥《いちべつ》もくれずに真横を通り過ぎていった。

(え、無視⁉)

「お忙《いそが》しいところすみませーん、あの、止まらなくていいので少しお話を」

彼はすたすたと歩いていく。

(あれっ、水棲族の人って耳がいいのかと思ってたけど、聞こえてないのかな)

何度か声をかけ、さらに視覚からも接触《せっしょく》しようと横から手を伸《の》ばして振ったり跳《は》ねたりを繰《く》り返したが、彼はまったく意に介《かい》さない。しかも平均的身長のフェニシアより彼は三十センチほど背が高いので、歩幅《ほはば》の差でみるみるうちに引き離《はな》される。

「おい、カササギ、聞いてやれよ」

団長の言葉に、ぴたり、と足が止まった。虫でも見るような顔で、「お二人の会話ならば、近づく前から聞こえております」と、フェニシア達を振り返る。

「我が君のことを知って、何をなさりたいと」

フェニシアは彼の前まで駆《か》け寄り、随分《ずいぶん》と高い位置にある顔を見上げた。

「アガナ様のことを、本当は殺してないんじゃないかなって」

「それは簒位が終わった今、必要な問いですか」

「どうして王様になったのか知りたいんです。復讐《ふくしゅう》でもなくて、富や権力欲しさでもなくて、だとしたら、この国を良くするためにあの人は城に来たんじゃないかって」

もう気づいていた。彼が決して、誰《だれ》かの不幸を望んではいないことを。

だが、相対するカササギの瞳《ひとみ》は闇《やみ》のように黒く、どこまでも温度がなかった。

「──あの方の本心も、今日までの苦悩《くのう》も、何一つ貴女《あなた》が理解することはないでしょう。どうせあの方の隣《となり》に最期《さいご》までいることもしないでしょうに、これ以上あの方の眼前をうろついて悩《なや》ませるだけなら、この世から消えていただきたく存じます」

「それ死んでほしいって言ってます？」

「殺すと申しております。生者は曖昧《あいまい》で身勝手で一所に留《とど》まらない。死ねば永遠ですから」

珍《めずら》しい考え方をするな、とフェニシアは目を瞬《またた》かせたが、遅《おく》れて「あれ、命狙われてる？」と彼の顔をまじまじと見つめてしまった。真顔で「殺す」と言われなかっただろうか。彼は剣《けん》の柄《つか》に手をかけてやしないだろうか。

（あれ、私、どうすれば──）

背後の聖兵との距離《きょり》を振《ふ》り返らないまま計算しながら、熊《くま》にでも会ったようにじりじりと距離をとる。カササギは無表情だ。一歩、また一歩とフェニシアが下がっていくと、彼が大きく一歩を踏み出した。一瞬《いっしゅん》で距離を詰《つ》められる。死を覚悟《かくご》したとき──。

「フェニシア様！」

前方から来たグラシカの、珍しく大きな声を聴《き》いた。

（あれ、いま初めて名前呼ばれた？）

カササギに――側近に思いきり飛び蹴《げ》りを入れるのも見てしまった。次いで、「うちの者がすみません。ここにいらしたんですね」と安否を確認するようにフェニシアを見る。

「ど、どうしたんですか、陛下。あの防犯ブザーまだ鳴らしてませんけど」

服の下にある、首から提《さ》げているあの青い石の紐《ひも》をすこし引っ張り上げてみせると、

「お、愛だねぇ」と団長が囃《はや》す。グラシカはそれを睨《にら》みつけた。

「双子《ふたご》が呼びに来ました。『聖女様のために走って！　走っているところが見たい！』と言われたもので」

「おもちゃにされてません……？」

彼の背後では、双子がきゃっきゃっと両手を打ち合って何かの達成を喜んでいる。

（逃《に》げちゃったのかと思ったら、陛下を呼びに行ってたんだ）

彼らが去った時にはまだ何も危険ではなかったのだが、結果的にその悪戯《いたずら》に助けられた。

「陛下には内緒《ないしょ》で来たの」と言ったのに黙殺《もくさつ》されていたことは水に流そう。手を振り『ありがとう』と口の動きで伝えると、双子は嬉《うれ》しそうに手を振り返し、柱の陰《かげ》に隠れて引き続きグラシカの様子を窺《うかが》っていた。

「……聖女様には自衛手段が必要ですね。二代目聖女様のような凶悪《きょうあく》さは無いんですか」

彼に深刻そうな顔で訊《き》かれて、「椅子《いす》に向かって練習とかしてるんですけど、全然だめです」とフェニシアは答える。二代目聖女は周囲を白く変異させる能力を持ち、帝国に呼ばれた際も威嚇《いかく》して帰ってきたらしいが、フェニシアにはそのような能力は無いようだった。

「それで、か弱い聖女様は亜人兵だらけの場所に何をしにいらっしゃったんですか」

「アガナ様を探しに？」

彼の表情が強張《こわば》った。フェニシアはまっすぐに彼を見上げて言う。

「私、まだ陛下のことよく知りませんけど、わかってきたこともあります。陛下は口は悪いけど、本当に悪い手段は選べない人です。アガナ様は初めて会った身内でしょう？　私なら会ったその日には殺せません。もしかしたらお父さんのことを聞けるかもしれないし」

「……そんなもの、あの叔父《おじ》に期待したって無駄《むだ》ですよ」

「それにここは小国です。高等教育を受けた三十代男性の価値、陛下ならわかりますよね？　私だったらとりあえず閉じ込《こ》めておきます。……たとえば、この棟《とう》にある地下牢《ちかろう》とかに」

お、と言いたげに団長が眉《まゆ》をあげたので、余計にグラシカは苛立《いらだ》たしげになった。

「清らかな貴女からしたら誰でも善人に見えるのでしょうね。殺しましたよ、しっかりと」

「そろそろ骨になりました？」

「ええ、なったんじゃないですか？　もう一ヶ月ですからね」

残念ながら、彼も先ほどの団長も、小さな失言に気づいていない。

「陛下。この涼《すず》しい国の春だと一ヶ月で白骨化までいかないんです。土の中でも棺の中でも。だから、今ならまだ遺体を見ればアガナ様の面影《おもかげ》があるかどうかわかるんです。……見せていただけますか？」

彼は黙《だま》り、わずかに目を逸《そ》らした。本当に殺したのなら『どう追及《ついきゅう》を躱《かわ》すべきか』なんて悩む必要はないはずだ。

「殺してないんですよね？」

「……きっちり殺しました。それに生きていたとして、どうなさりたいと？」

警戒《けいかい》の色が見える彼に、フェニシアは静かに首を横に振る。

「確かめたいことは確かめられたので、あとは方針を考えます。陛下が自分の善良さを隠したがる性分《しょうぶん》だってのも、ここ数日でよくわかりました」

それでは失礼します、と去ろうとすれば、勝ち逃げは許さないとばかりに彼が言った。

「先ほど見合い用の釣書《つりがき》を聖塔《せいとう》に送っておきましたので、適当に選んで駆け落ちでもしてください。あの騎士《きし》では駄目《だめ》なようですから」

「一刻も早く追い出そうとしてくる……」

フェニシアは「べー」と舌を出した。

第四章　沼に沈む

翌日、王が三賢老《さんけんろう》や重臣らと緊急《きんきゅう》会談をするらしいとフェニシアは小耳に挟《はさ》んだ。

特に三賢老が絶対に集まるようにと会議の場所は彼らの拠点《きょてん》である大聖堂に指定し、「狭《せま》い国なので前日に通達したからには翌日の午後には全員集まれるでしょう？　もし誰か一人でも来なければ――」と大臣らにはなにやら悪い脅迫《きょうはく》までしたらしい。

（いくら悪者ぶってる簒奪王《さんだつおう》でも、そういうやり方は良くないと思うなぁ……）

そんな何かが起こりそうな日、彼の真意を探《さぐ》るために、フェニシアは息を殺して『とある部屋』に潜《もぐ》り込んでいた。

それは城から馬で一時間ほどの距離にある大聖堂――その小さな一室。本来は隣の晩餐《ばんさん》室《しつ》へすみやかに次の料理を給仕できるよう音が聞こえやすい造りになっている続き部屋で、フェニシアはぴたりと扉《とびら》に耳を当てていた。ありがたいことに、なぜか覗《のぞ》き穴まであった。

（……給仕のタイミングを探るためだけにしては……刺客《しかく》に都合が良すぎるような……）

若干《じゃっかん》心配になりながらも、フェニシアはこれを使って盗聴《とうちょう》をする予定だ。

隙間《すきま》からは一部しか見えないが、隣室《りんしつ》には二十名ほどの大臣らが集まっている。国内の重鎮《じゅうちん》である三賢老――歴代聖女の継承《けいしょう》と歴史編纂《へんさん》に関わるルドー、聖兵統括《とうかつ》役のグスタフ、そして聖水の流通を管轄《かんかつ》するヨドの三人が最奥《さいおう》にいる。まだ会議が始まる時刻には早いため、本日の主役であるグラシカの姿はまだない。遠慮《えんりょ》なく彼らが話し合う声が聞こえる。

「わざわざ呼び出して何をしようというのか。……ルドー、お前など真っ先に承認を出したな。何故《なぜ》だ」

そう不満そうに言うのは大柄《おおがら》なグスタフだった。ルドーは白い顎《あご》ひげを撫《な》でながら笑う。

「儂《わし》は、王のおこないを見てよいと思った。だから承認を出したまでじゃ」

「政務は良くとも、それ以前に問題が山ほどあるだろう。せめて王家の血筋を主張するならまだわかりやすいものを。……エイミヤに顔が似ているというのは本当か？」

「それはもう鏡のように。我らが王にもよく似ておいでじゃ」

ルドーの言葉にグスタフは黙った。我らが王というのは、三賢老と同世代であり、エイミヤとアガナという二人の王子をもうけた亡き賢君《けんくん》のことだろう。

「あの御方《おかた》こそ王であったな……アガナはあまりにも玉座が合わなかった。どれほど臣下が心を砕《くだ》き、政務の量と謁見《えっけん》の時間を減らそうとも、我らがどんな言葉をかけようとも、自分が王であるという重責だけで心を折った。せめてエイミヤが存命であれば壊《こわ》れずに済んだだろうに……ああ、すまんな、ヨド。アガナもお前の姉の子だというのに」

グスタフの視線は、無言で書類を読んでいた濃灰色《のうかいしょく》の髪《かみ》のヨドに向かう。ヨドの姉はかって王妃《おうひ》としてエイミヤとアガナを産んでいた。「構わない」とヨドは目を伏《ふ》せる。

それからグスタフは「よもやあのような時に叔父を討《う》ちにくるとは」と呟《つぶや》いた。

「結果として帝国《ていこく》は手を引っ込め、交易を再開したのじゃから、我々は礼を言うべきでは？」

ルドーの笑《え》みに、グスタフは憤慨《ふんがい》する。

「余計な火種だ。青狼《せいろう》国と手を組んだと疑われれば帝国がどう動くか」

「むしろ帝国こそ先に動いていたじゃろう。アガナ様の『返答』への見せしめに」

ルドーの言葉に、その場はしんと静まり返る。

「……ヨド、お前はどう思う？　あのグラシカという若造を」

グスタフに問われて、ヨドは静かに評価した。

「頭は悪くない。武力も胆力《たんりょく》もある。しかし、致命的《ちめいてき》なものが欠けている」

（陛下に足りないもの……）

それは、恐《おそ》らく——。

扉の開く音がして、若き王が現れた。凛《りん》とした歩みに、しんと周りが静まり返る。

「……本当にエイミヤにそっくりだな」

グスタフの唸《うな》りに、彼は慣れたように微笑《ほほえ》んで「恐れ入ります」と答えて席に着き、全員に向かって宣言した。

「本日はお集まりいただきありがとうございます。できればすんなりと即位《そくい》承認を頂きたいのですが――まずは皆様《みなさま》が気になる血筋について、懸念《けねん》を一つ取り除きましょう。僕は生涯《しょうがい》、エイミヤ王子の子だと主張しませんし、妃《きさき》もとりません。簒奪者として十年で退位します。ですから即位を承認したところで、どこの馬の骨とも知れない簒奪者の系譜《けいふ》に塗《ぬ》り替《か》えられて長年支配されることはありません。どうかご心配なさいませんように」

大臣たちの間にざわめきが広がった。

「独身で十年？　アガナの子が育つのを待つつもりか」

「ええ、そのとおりです」とグラシカは言う。

先王の息子《むすこ》二人は外戚《がいせき》の祖父の邸《やしき》に身を寄せている。十四歳の長男は父親に似て気が弱く、城にいた頃《ころ》から書庫にこもっていたというが、非常に聡明《そうめい》で、五歳になる利発な弟との仲も悪くないという。十年後であればどちらが継《つ》ぐにせよ、教育は間に合うだろう。

「わざわざ簒奪しておいて、十年で何をするというのだ」

グスタフの言葉に、王が側近へ軽い合図を送る。全員に書類が配られた。

「僕が進めている農園の詳細《しょうさい》です」

わずかな沈黙《ちんもく》。改めて知らせて意味があるのか、という視線を受け、王は説明を始める。

「ここで育てているのは、《さわらずの森》から移植した変異種の作物です。見た目はひどいものの、悪性瘴気《しょうき》にも枯《か》らされず味も許容範囲《はんい》、人類に対する毒性もない。昔から悪性瘴気ではなく変種のほうの瘴気で変異した水や作物は、口にしても問題は無かったと聞いています。ただ、僕が確かめたいのは、これらを体内に取り込《こ》み続けても聖水が作れるか、聖詩の詠唱《えいしょう》で瘴気を払《はら》うことができるか——つまり亜人化《あじん》しないかどうかです」

ざわめきが広がった。もし食べ物で亜人化するのなら、それは大変なことだ。

「亜人は血に瘴気を宿すため聖水を作れない。ならば国民を根こそぎ亜人化してしまっては聖女を継ぐ者がいなくなる。だから今後数年かけて記録をとります。他の聖職者見習いと同様に、被験者《ひけんしゃ》に聖水作りや詠唱の修行《しゅぎょう》をさせていただけませんか」

（……陛下、そんなこと考えてたんだ）

初めて聞く彼の計画に、フェニシアは思わず息を呑《の》む。確かに亜人に伝手《つて》のある彼でも、三賢老の協力がなければこの計画は進められない。フェニシアが思いつきもしなかった視点で、彼はこの国を見ていたのだ。

「それで我々の協力を仰《あお》ぎたい、と。……人体実験ということになりますな」

躊躇《ためら》いながら、しかし、確かめねばならないことをルドーは訊《き》いた。

「今いる民《たみ》を犠牲《ぎせい》にするのか」とグスタフが問い詰《つ》める。

「犠牲にするつもりはありません。これは現在と未来の民のための措置《そち》です。薬も毒も、今平然と選《よ》り分けている食物だって、先人が試したから我々が恩恵《おんけい》を受けているわけです」

「道理はわかりますが……民から反感をかいますな」とルドーが目を伏せる。

「ええ。ですから成果が出るまでは秘密裏《ひみつり》におこないます。いずれ公表すれば非難されるでしょうが、僕は気にしません」

なにを子どもみたいなことを、と老爺《ろうや》たちの非難が聞こえる。確かに「僕は気にしない」で片づけられる話ではない。しかし彼は続ける。

「可食作物の選定については、国内の各種の亜人に協力を取り付けています。この国には聖女様がいますが、もしまた《大瘴禍《だいしょうか》》に見舞《みま》われれば一晩で国中の作物は枯れます。帝国に見捨てられても生き延びられるよう、今のうちから瘴気に耐《た》えうる救荒《きゅうこう》作物の生産量を増やしておくことが重要だと僕は考えています」

「……本気でこの国をしぶとくするおつもりか」

グスタフが否定を止《や》めた。「この案を押し通すために王になられたのか」と低い声で訊く。

「他にもあります」

と彼は即答する。

「僕の在位中、帝国からの流罪《るざい》の受け入れを拒否《きょひ》します。まあ僕の在位中は要請《ようせい》されないとは思いますがね。臆病《おくびょう》な叔父《おじ》と違《ちが》って僕は亜人です。流罪の亜人を兵として育てられる。帝国もわざわざこちらの兵力を増やそうとは思わないでしょう」

「帝国の反感を買うぞ。そもそも貴殿《きでん》の即位自体が問題だ。なにも青狼国の兵を借りて簒奪することもなかっただろうに」

かつて優《すぐ》れた聖兵《せいへい》でもあったグスタフの非難に、王は肩《かた》をすくめてみせる。

「青狼国の王太子には貸しがありましてね、それを使っただけです。それにいつまでも帝国に追従して隣国《りんごく》を嫌《きら》っているわけにもいかない。すでに同盟の手筈《てはず》は整っています」

「貴殿の代から交流を持つ、と？」

「ええ」

いっそ挑発《ちょうはつ》的な顔で彼は自嘲《じちょう》する。

「どこの馬の骨とも知れない、政治のわからない簒奪王《さんだつおう》として歴史書に記されればいい。そういうことばかりを、僕はやります。可食実験と流刑者の拒絶、そして青狼国との友好――この国の人口も、いずれ亜人の血を引く者のほうが多くなるときが来るでしょう。その時のために、森を抜《ぬ》けた先の隣国と仲良くしておくのは悪いことではないと思います」

「……それらが、王として貴方《あなた》がなさりたいことですか」

ルドーの問いに、グラシカは静かに頷《うなず》く。大臣たちの視線がまっすぐに彼に向いていた。

「当面の目標はその三つ。他にも、『立派な王』がやりにくいことを僕はやります。国が弱くなる前に手を打たなければならない。だからこそ叔父や従弟《いとこ》では実現が難しいであろう、国内外から非難を浴びるであろう施策《しさく》を、僕の代に集約します。――そして、すべてが終わった後、まっさらな玉座を従弟に明け渡《わた》すこと。それが僕の目標です」

そして彼は語った。まるで、すべての民をこの場から案じているかのように。

「この国は一度整えなければならない。三百年前に帝国から切り離《はな》されて絶望の中、聖女を得てそのまま走り続けてきました。今はもうただの棄民《きみん》の集落ではない。百年先も一つの国として生きていくために、この国なりの生き延び方を確立すべきです。漫然《まんぜん》と聖水を売り、帝国に附属《ふぞく》したままでは、いざ帝国に門戸を閉じられた時に為《な》す術《すべ》がない。『属国だから仕方がないことだ、諦《あきら》めてくれ』と民に頭を下げて全員で餓死《がし》するわけにはいかない。絶望して死んでいくのは、やるべきことをすべてやって、それでも届かなかった時だけです。備えを怠《おこた》ったがゆえに民が死んでいくなんて、僕は絶対に認めない」

（――陛下は）

この人は、どこまでも本気だ。

強い意志に、場の誰《だれ》もが息を呑んで、彼を一心に見つめていた。

「必要であるが民や帝国の反感を憂慮《ゆうりょ》して実現できていないことをすべて洗い出してください。僕の在位期間を非常時として、十年を目安にすべて実行します。帝国に糾弾《きゅうだん》されればいつでも僕の首でおさめてください。いかに横暴で無能な王であったかを主張してください。僕は明日にでも帝国に討伐《とうばつ》されるかもしれない。そのつもりでここに立っています」

王の意志は固かった。大臣たちが隣《とな》り合う者と焦《あせ》ったように言葉を交《か》わし始める。あの王は本気なのか、と。本気でこの国を変えるつもりなのか、と。

それを背負いながら、最年長のルドーが呟《つぶや》く。

「……どんなに民を想《おも》う国策であっても、民意を無視しておこなえば独裁です。いきなり慣れ親しんだ国が組み替えられていくのは、民の叛意《はんい》を招きかねませぬ」

「いくらでも蔑《さげす》んでいただいて構いません。穏《おだ》やかな方法では間に合わない。僕は王位を追われても、可食実験も青狼国との交易も必ず成し遂《と》げます。それが未来のこの国の民のためになると信じているから。――どうか力を貸していただけませんか」

その決して曲がらぬ金色の瞳《ひとみ》に、三賢老《さんけんろう》が、熟達した大臣らが呑まれていた。「まぎれもなくあの人の孫だ」と呟く声すらある。だが――。

「話にならんな」

最後まで黙《だま》って話を聞いていた三賢老の一人、ヨドが一蹴《いっしゅう》した。

「……何故《なぜ》ですか」

グラシカは問うが、返されたのは暗く、冷酷《れいこく》な視線だった。

「亜人との歩み寄りも、異国との友好も、正統な王が為すから価値がある。ならず者に国を組み替えられる様《さま》を黙って見ていろとは、お前は民にどれほど惨《みじ》めな思いをさせる気だ」

「それは――」

「そもそもお前が王の血を引かぬ馬の骨だというなら、なぜお前の話を私が聞かなければならない。王族殺しの罪で、今すぐその首を刎《は》ねてやってもいいのだぞ」

敵意の宿る瞳にグラシカが怯《ひる》んだ。――彼が孤独《こどく》の闇《やみ》に放り出されるように見えた。

（……だめだ。このままじゃ陛下が潰《つぶ》れちゃう。せっかく陛下が、全部を話したのに）

フェニシアは突《つ》き動かされるような衝動《しょうどう》を足に込めた。そして勢いよく扉《とびら》に突進《とっしん》する。

「ちょっと待った――!!」

ばん、と開いた続き部屋の扉に、ぎょっと全員が注目した。

耳の良い王すら驚《おどろ》かせたことに、「盗聴《とうちょう》作戦は成功だ！」とフェニシアは拳《こぶし》を握《にぎ》りかけたが、今は喜びに浸《ひた》っている時ではない。つかつかとグラシカの横へ向かいながら説明する。

「話は聞いていました！　ヨド老、大丈夫《だいじょうぶ》です、この人はアガナ様を殺していません！」

「……聖女様、またその話を掘《ほ》り返すつもりですか。そんなことは――」

苛立《いらだ》ちすら浮《う》かべるグラシカを、フェニシアは負けじと見つめ返す。

「今《いま》さらどうでもいい、ですか？　ではこれはひとまず置いておきましょう。私が言いたいのはですね、三賢老および大臣の皆様《みなさま》。この人が望んでいることの真意をそのまま信じてほしい、ってことなんです。この人が何をしたいか、私は今日ようやく聞けました」

彼は何度訊いても、どうして王になったのか教えてくれなかった。

「この人、理不尽《りふじん》に私を追い出そうとするし、叔父を殺して王位を奪《うば》う怖《こわ》い人だって最初は思ってました。でも実際のこの人は、汚《よご》れ役になろうとする人です。自分が汚《きたな》いことを全部やっておけば、年下の従弟は綺麗《きれい》な玉座に座って、みんなに愛されながら平和な国の王様になれるってどこか夢見てるような人です。根がピュアなんです。ピュアピュアです」

「……おちょくりに来たんですか、聖女様」

「味方になりに来たんですよ、陛下を信じるって決めたので」

彼は目を見開いた。フェニシアは全員に伝わるよう声を張る。

「問題は確かに山積みです。簒奪王だし提案が強硬的《きょうこう》だし……でも、この人は本気でこの国を守りたいだけなんです。どうかこの国を守る仲間として彼を見ていただけませんか」

深く頭を下げる聖女に、「……国を想う心があるかどうかなど、最底辺の条件でよくも認めよと言えたものだ」とヨドが呟く。その顔を見ながらグスタフが目を眇《すが》めて訊いた。

「おいヨド、ならば誰を王にするというのだ」

「アガナを戻《もど》せばいい。生きているのなら」

「……っ」

グラシカの金色の瞳が揺らぎ、「……この国は衰退《すいたい》しますよ」と恨《うら》むように言う。

「それでも大抵《たいてい》の民《たみ》はアガナが戻れば喜ぶ。どこの馬の骨とも知れぬお前よりな。それが正統な王家の人間というものだ」

「ふざけるな。亜人嫌《あじんぎら》いで、あんなに心の弱い叔父に任せて、もしまた《大瘴禍《だいしょうか》》が起こったらどうするつもりです。あの叔父が、《森》の食べ物を民に勧《すす》めると思いますか？帝国《ていこく》が助けると思いますか？　全員飢《う》えて死ねと？」

「お前が王ならば救えるとでも言いたげだな」

真っ向から対立する二人の間に挟《はさ》まろうとルドーは身を乗り出し、「ヨド、お前も本気でアガナ様のほうが向いていたとは思っとらんじゃろう？　煽《あお》りすぎじゃ」と小声で窘《たしな》める。

それを聞いて、グラシカは舌打ちをし、ヨドを睨《にら》んだ。

「結局、貴方は何が不満なんです」

語調の強い彼に、ヨドは同じく厳しい顔を返す。

「お前なりの覚悟《かくご》と責任を持て」

「覚悟と責任？　だから、いざと言う時は僕の首で――」

フェニシアは慌《あわ》てて「死んじゃだめですよ！」と小声で口を挟んだが、聞こえているのかいないのか、対峙《たいじ》している二人はフェニシアの方を見ない。

「後でわかってくれればいいなどと若造の酔《よ》いに付き合っていられるか。民を信じさせてこその王だろう。お前はなぜエイミヤの子だと名乗らない。簒奪者が民を安堵《あんど》させるのに最も容易な手段だというのに。父親の名を出せないのなら、お前のそれは負い目だ」

「……っ」

彼が唇《くちびる》を嚙《か》む。フェニシアは庇《かば》うように彼の前に立った。

「……たぶん陛下は、ご自分が悪い王様になる予定だから、血の繫《つな》がりを民に言いたくないんですよね。ご立派な父君まで悪く言われるのが怖いんですよね」

グラシカが目を逸《そ》らす。「……ええ」と苦々しげに出された肯定《こうてい》の声は小さかった。

「でもヨド老が言うことも私わかりますよ。陛下は民からしたら素性《すじょう》もわからず理由もなく正統な王様を殺した人です。だからみんな怖がって国の行く末を心配してしまう。だから安心させなきゃだめだよ、ってヨド老は言ってるんだと思います」

少しでも優《やさ》しく聞こえるように、フェニシアは丁寧《ていねい》に語りかける。

「私はもう陛下が悪い人じゃないって知ってます。アガナ様が悪いことをしたって知ってます。でも、民は知らないんです。だから説明しましょう？　民はなにもわからない赤ん坊《ぼう》じゃありません。みんな意思のある人間なんです。——民はいつだって王を信じたいと思っているんですよ、陛下」

国のためにできることがあるなら協力すると言ってくれる者も多いだろう。だが王を本当に信じていいのか、決める材料がきっと足りない。その溝《みぞ》を、埋《う》めてほしい。

「……王が誰であろうと、結果が伴《ともな》えば民にとっては良いはずです」

彼の暗い顔を見ながらフェニシアは静かに首を振《ふ》る。

「陛下が本当に百年も続く国を望むなら、国の将来について考える機会を民から奪ったらだめなんです。黙って安寧《あんねい》だけ受け取ってろなんて駄目《だめ》なんです。……私も、聖水さえ輸出できれば最低限は保障されるって、どこかで妄信《もうしん》していました。最悪の事態なんて想定しないで、少しでも役立つ知識を使うことにかまけてて——陛下が言うように、もしまた《大瘴禍》が起きて作物が一晩で枯《か》れ果てた時、私は民を飢えさせない自信がありません。

……考えているつもりで、全然見えていないものがあった。そのことに、陛下のおかげで今私が気づけたように、民にもどうか新しい考えに出会う機会をください」

フェニシアは頭を下げる。それから、そっと顔をあげて、彼の金色の双眸《そうぼう》を見つめた。

「それに、ちょっともったいないですよね。陛下ならきっと、民に全幅《ぜんぷく》の信頼《しんらい》を置いてもらって、協力してもらって――そうやって未来に進む、明るい国にだってできるはずです」

「……馬鹿《ばか》なことを」

彼は髪《かみ》を粗《あら》っぽく掻《か》き混ぜた。耳隠《みみかく》しの、濃《こ》い銀色の飾《かざ》りがしゃらしゃらと揺《ゆ》れる。

「すべての民とわかりあえるはずもない」

「わかり合えない人も、意見の合わない人もいると思います。でも説明は、すべての人にしてほしいんです。陛下がどうして王様になったのか、何を願っているのか。……お父さんのことだって、隠さなくていいんですよ」

「……僕がエイミヤ王子の子だと言うべきだと？　それで叔父《おじ》に命を狙《ねら》われていたなんて――簒奪者が箔付《はくづ》けのために死んだ王子の落胤《らくいん》を騙《かた》っていると思われるだけでしょうに」

「最初は信じてもらえなくても、言い続ければ、いつかきっと――」

「……っ、僕は」

ひきつれて、喉奥《のどおく》を擦り減らすような声だった。金色の瞳《ひとみ》が大きく揺らぐ。

「僕は、王族の血なんてどうでもいい。王子の子かなんてどうでもいい。だけど――」

しんと静かになった。

「やっと知れた、父かもしれない人なんです。……それを」

その先は、音にならずともわかった。

『奪わないでほしい』のだ。親子であるということは、形のないものだから、幾度《いくど》となく否定されたら彼の中で崩《くず》れてしまう。誰《だれ》にも触《ふ》れてほしくないから隠すのだ。

「……ごめんなさい、無神経なことを言いました」

フェニシアは謝罪し、それから彼をまっすぐに見つめる。

「そんなに嫌《いや》なら、他の方法で民を安心させましょう。……正体を隠して悪役に徹《てっ》するっていうの、作り物のお話だったら私も結構好きですよ、かっこいいから。でも、陛下には、そんなふうに死んでほしくない」

一呼吸おいてから、フェニシアはちいさく微笑《ほほえ》んだ。この願いが伝わりますようにと。

「陛下には、民に愛されて〝あなた達の息子《むすこ》は民をたくさん幸せにしましたよ〟って、天国でお父さんとお母さんに笑顔で言えるような、そういう人生を歩んでほしいです」

彼は目を見開いた。

ちいさく震《ふる》えている彼の手を、包み込《こ》むようにそっと触れる。

「陛下、どうか民に信じてもらうことを最初から諦《あきら》めないでください。一人で茨《いばら》の道を進まないでください。それがたとえ、あなたが目指す未来への、一番の近道だとしても」

彼は気圧《けお》されたようにフェニシアを見つめていた。

何度も、何度も、心の中で反芻《はんすう》したような沈黙《ちんもく》の後——やがて、ちいさく息を吐《は》く。

「……どうすればいいんですか。なにが正解か、もう僕にはわかりません」

「正解ってわけじゃないですけど、もう一度、国を回りませんか？　今度は民のために」

フェニシアの提案に、彼は訝《いぶか》しむ顔をした。

「陛下がちゃんと『新王になりました。若輩者《じゃくはいもの》ですがこれから頑張《がんば》りますのでよろしくお願いします。簒奪の件はお騒《さわ》がせしました、彼はちゃんと生きてます』って言えば、ああ新しい王様も真面目《まじめ》な人だな、悪い人じゃないかもなって思ってもらえます」

「……果てしなく恥《は》ずかしい上に楽観的なんですが」

「恥ずかしがってる場合じゃないですよ！　全国民に顔見せの旅なんて、狭《せま》い国だからできることです。王位を簒奪したのは事実なんだから、きっちり落とし前をつけないと！」

「……落とし前」

「そうです、お騒がせしてすみませんって言うんです。当面は民も困惑《こんわく》するでしょうが、説明するのとしないのとでは大違《おおちが》いです。狭い国ですし三日もあれば主要な町は回れるでしょう？　陛下に他の案があるならそれでもいいですけど」

「……」

グラシカが黙《だま》り込むと、静かに聞いていたルドーが口を開いた。

「そうですな、お顔を見せるのはよい案です。幸いにして貴方《あなた》様はエイミヤ殿下《でんか》に、そしてその父王に本当によく似ておられる。……此度《こたび》の行幸で面影《おもかげ》を見た者も多いでしょう」

フェニシアは「そんなに似てるんですか」と瞬《まばた》きをする。

「じゃあその年代の人たちなら——各地を回れば、みんな陛下の素性に自然と気づいていくってことですか？　すぐ納得できるくらい、そっくり？」

「そうでしょうなぁ」

その返答にフェニシアは破顔し、「良かったですね、陛下！」と彼を仰《あお》ぎ見る。

グラシカは逃《に》げたそうな顔をしていた。

「僕は名乗らないつもりでいました。……聖女様たちの言う通りです。素性を隠しさえすれば、何を非難されようと心の芯《しん》が揺らぐことはない。だから簒奪《さんだつ》者として振る舞《ま》えた」

「陛下……」

ばつが悪そうに、彼は三賢老《さんけんろう》の方を見る。厳しい顔でヨドが言った。

「……各地を回り、顔を見せてこい。いずれ従弟《いとこ》に王位を譲《ゆず》ると宣言し、後継《こうけい》に必要な教育の手配を公然とおこなえ。さすればお前の意図は臣下にも正しく読み取られうる。ただのならず者として振る舞う者が先王の子を擁立《ようりつ》したところで意味を成《な》さないが、素性をつまびらかにした後ならば、あるいは、民《たみ》の心にも届くだろう」

「……………」

じっと真意を探《さぐ》るようにグラシカは彼を見た。

「……貴方は、僕の王統が民に知らされるなら僕を王と認めるんですか？　この国の王に、そんなものは必要ないでしょう」

「自己犠牲《ぎせい》を申し出るような若造など、こちらから願い下げだと言いたかっただけだ」

ヨドは静かに吐き捨てる。

「お前が言うように、この国は王がいなくとも回る。だがお前が変革を望むのならば、王は民に認められねばならない。それなのにお前はなんだ？　十年居座ると言いながら、途《と》中《ちゅう》で討《う》たれることを想定している。お前が半端《はんぱ》に放り投げるものを、従弟とその子孫に負わせる気か。死ぬならすべて成し遂《と》げてから死ね。お前が簒位した男の息子を血縁《けつえん》としてお前が守れ。お前に必要な覚悟《かくご》は、死ではない。その名を正しく持ち続ける覚悟だ」

「……それは」

死ぬな、と言っているように聞こえる。

「……ねえ、陛下」

フェニシアは微笑みかけた。

「陛下は多分、自分が犠牲になるのもひとりぼっちになるのも怖《こわ》くないんでしょう。だから逆です。死ぬ覚悟じゃない。……悪者として潔《いさぎよ》く消えないで、一緒《いっしょ》にこの国の未来を見ませんか？　陛下、私に言ったでしょう？　聖女一人が国の命運を背負うなんて間違ってるって。それなら陛下一人が背負うのも、ちょっと違うんじゃないですか？」

グラシカは瞠目《どうもく》し、「……ああ、そうか」と息を吐いて、

「貴女《あなた》にそれを言われるとは」

と困ったようにちいさく、ちいさく微笑んだ。

見つめ合う二人に、ルドーが優《やさ》しげな声を掛《か》ける。

「我々も貴方様がふさわしいとは思っておるのです。政策も望ましい。あとは民へ貴方様をどう見せるか、どのような王になられるかです。今のご自身をちいさく測って今後のすべてを決めてしまわれる必要もない。これから少しずつお決めになればいい」

「まぁ体裁も整えず、汚《よご》れ仕事をやるから十年黙ってろ、との独裁宣言には面食らったがな！　若造め、中年と老人を舐《な》めよって。国のためなら協力するに決まっとるだろうが」

グスタフが大声を出すと、大臣たちが幾度も頷《うなず》いた。その「まったく若者は。仕方のない」と言いたげな空気にグラシカは目を瞬かせる。フェニシアは期待の滲《にじ》む声で、「つまり？」と三賢老に訊《き》いた。

「民をどう説得し安堵《あんど》させるか、それがお前の課題だ」

ヨドのそれは、味方になった者の言葉だった。

「私が協力しますよ、陛下！」とフェニシアは拳《こぶし》を握《にぎ》る。

「――この者が王になることに異議のあるものは？」

ヨドの呼びかけに、誰も批判の声を上げず、ただまっすぐにグラシカを見つめていた。

三賢老の署名が揃《そろ》うと、朗《ほが》らかな顔でルドーが杯《さかずき》を掲《かか》げる。

「われらが新しき王の御世《みよ》に、幸《さち》多からんことを」


「いやー、無事終わってよかったですね、陛下！」

聖堂の前庭にベンチをみつけて二人で腰《こし》掛《か》ける。彼はげんなりと溜息《ためいき》をついた。

「結局なぜ通ったのかよくわかりませんでしたが」

「今までは説明が足りなかったというか……一人でできることには限界がありますから。ご自身がどんな人か、これから何を目指すのか、やっぱり自己紹介《しょうかい》をしておかないと」

続けてフェニシアは、笑いかける。

「普通《ふつう》だと王の子どもだから次の王様、ってなりますけど、陛下は――グラシカ様は、自力で認めてもらいましたよね。だから、すごいことです。頑張りましたね」

「………」

彼は少し迷ってから、「……ありがとうございます」と言った。

「僕の話を他意なく受け止めてもらえたのも、貴女が馬鹿馬鹿《ばかばか》しい空気にしてくれたおかげかもしれません」

「馬鹿馬鹿しいとは何ですかー、失敬な」

「……聖女様はいつも僕を助けてくださいますね」

「え？　そうですか？　むしろ夜会とか崖下《がけした》に飛び降りた時とか、私の方が助けてもらっているような気がするけど……」

「まだ足りません。……貴女が自由に城の外を歩けるようにしなければ」

「そんなことまで？　別にいいですよー、毎日聖女の暮らしを満喫《まんきつ》してますよ？」

不自由でも幸せなのだと説明したのに、とむくれかけ——そこでふと思うことがあった。

「……そういえば、陛下の計画だと私が聖女をやめた後ってどうなる予定だったんですか？　聖水は作らないといけないし、次代の聖女が色々背負うわけですけど」

とりあえず城を出ろ、とは言われたが、彼の性格ならフェニシアに聖女をやめさせたとしても、聖女の負担も帝国《ていこく》の執着《しゅうちゃく》も次代に降りかかるだけだとわかっていただろう。売国者なら都合のいい子どもを聖女にしたいのかと思っていたが、彼は違ったわけで。

「ああ、言いませんでしたか？　僕は聖女制度を撤廃《てっぱい》するつもりです」

「え!?」

突拍子《とっぴょうし》もない発言に、フェニシアは身を乗り出す。

「無理ですよ！　そんなことしたら世界が……！　瘴気《しょうき》が出たらどうするんですか」

「聖女が生まれる前の世界に戻《もど》すだけです。聖職者たちの全体数を増やし、たとえ貴女の精製速度にひどく劣《おと》るとも聖水を生み出し続ければ、理論上、瘴気に対抗《たいこう》できるはずです」

「いや対抗は難しいような……それに初代聖女様が生まれたのって、金の鉱山を掘《ほ》り当てたようなものじゃないですか。この国の強みは残さないと、外貨が稼《かせ》げなくなりますよ？」

「……僕は、将来的には自給自足だけでも生きられるように考えています」

「あ、そうだった。十割自給自足なら貿易できなくても……？　でもまあ、気候と土壌《どじょう》の質で無理な作物もあるから、やっぱり聖水と引き換《か》えに帝国から買わないと……」

「僕はあの壁《かべ》を壊《こわ》しますよ」

　ぽつりと空を見ながら彼が言う。

「帝国に封《ふう》じられた、この国を囲う壁を壊します」

　思わず彼を凝視《ぎょうし》してしまった。彼は静かにフェニシアを見つめ返す。

「国力を高めれば、いずれ帝国の支配から抜《ぬ》け出せる。青狼国とでも他の国とでも、いくらでも貿易ができるようになる。貴女もこの国も、不自由であり続ける必要はない。……ただ僕自身、これはまだ実現に至らない理想論だとわかっています。だから三賢老の前では言いませんでした。それでも、いつか聖女などいなくてもいい世界にしてみせます」

　彼の言葉は、静かな決意に満ちていた。

「なんて壮大《そうだい》な……でも好きですよ、たくましい国。……そっか、独立か」

素晴《すば》らしい夢だ。帝国にも聖女にも依存《いぞん》しない国——叶《かな》うなら、それが一番良い。

「これからどんどんこの国をたくましくしたら……いずれは独立？　何年——いや何十年かかるかわかりませんけど、でもやっぱり自力で生き残れる国が理想ですよね！」

相当難しいけど、と唸《うな》ってしまえば、「……無謀《むぼう》な自覚はあります」と暗い顔で彼は言う。

その声が悲痛に聞こえてしまい、フェニシアは慌《あわ》てて言葉を足した。

「でもほら、ルドー老も言ってましたよね。今の自分だけで測って未来のすべてを決める必要はないって。……たとえ独立が私たちの代で叶わなくても、『帝国にも聖女にも依存しないで生きられる強い国になるように』って残すものは民《たみ》のためになるはずです」

独立に必要なのは生産力だけではない。帝国と戦争すら起こらないほど強固な他国との同盟、根回しが必要だ。そしてそれらは独立以前にも大いに国のためになる。

「やることといっぱいだな」と呟くフェニシアに、「なるべく急ぎます」と彼は申し訳なさそうにする。

「必ず貴女の代で叶えなければ……ただ、聖女がいなくてもこの国が生き残るための対策は浮《う》かぶのですが、どうしたら聖女なしで世界全体が滅《ほろ》びずにいられるか……今さら世界中の聖職者を増やすことなど、非常に困難なことだとわかってはいます」

「ええと、作物や同盟でこの国が飢餓《きが》の心配をしなくて済むなら、聖女制度の方は急がなくても……聖女って結構、憧《あこが》れの職業だからやりたがる子も多いし」

「憧れ？　国どころか世界の命運を勝手に一人で握っている最悪の存在です。一秒でも早く聖女など要《い》らない世界にしなくては」

「やっぱり陛下、聖女嫌《ぎら》いですね!?　聖女に頼《たよ》らない世界には賛成ですけど！」

彼はにっこりと「嫌いだなんて、まさか」と微笑《ほほえ》んでみせる。

「まあ別に嫌われててもいいですよーだ。今日は陛下の野望をいっぱい聞けて満足です」

フェニシアがそう言えば、彼はベンチに深く身を預けて目を伏《ふ》せる。

「……そうですね。たくさん喋《しゃべ》りました。何も変えずに政務を引き継《つ》ぐだけなら、無理やり居座っていればいいのですが、やはり変革のためには協力を得たかったので……うん、認めてもらえてよかったです」

うとうとと瞬《まばた》きをしながら、少しつたない喋り方で話をまとめた。

「眠《ねむ》いんですか、陛下」

「寝不足《ねぶそく》で……貴女の顔を見ていたら安心して……なんだか数年ぶりに会えたような、ずっと会いたかったような、気がします」

「あはは、情熱的ですね。あなたに会えない一晩はまるで千夜のようでした、って？」

「そんなところです」

くすくすとフェニシアが笑うと、彼はぼんやりと遠くを見ながら、「でも僕は、毎日と言わず、たまに貴女の顔を見られるだけでこれ以上なく幸せですよ」と言った。

「それは――」

一体どういう意味ですか、と訊《き》こうとしたが、しかし彼があまりにも眠たそうなので、

「少し寝ていきますか？」と言葉を変えた。

「陛下は馬で来たでしょう？　落馬したら危ないです。それとも私と馬車で帰りますか？」

彼は少し悩んでから、「少しだけ、貴女《あなた》の隣《となり》でまどろんでもいいですか」と言った。

「はい、私の肩《かた》でよければお貸ししますよ」

「………いや、そこまでは。僕、牢《ろう》に入れられませんか」

そういえば聖兵はどこに、と彼が見渡《みわた》すのでフェニシアは「その辺にいますよ」と笑う。

「なにも真横で怖《こわ》い顔してるだけが護衛じゃありませんから。ほどほどに離《はな》れて安息の時間をくれるのも護衛のお仕事です。というわけでどうします？　仮眠《かみん》とります？」

グラシカはまだ納得のいかなそうな顔をしていたが、両腕《りょううで》を広げて「さあ、どうぞ」と待機するフェニシア相手に、それ以上悩む気力もなくなったのか、眠気が限界なのか、

「……では、お言葉に甘えて、すこしだけ」

ぽすり、とその肩に頭を預けて目を閉じ――そのまま、静かに眠りに入った。

聖兵たちが確認のために顔を出したが、「しー」と指を立てて、見逃《みのが》してもらう。基本的に聖女が望んで接触《せっしょく》するときは制止に入らない。実際手に触《ふ》れたところでなにか問題があるわけでははない。民衆の目がないときに限る話だが。

「……昼寝か」

三賢老《さんけんろう》たちが建物から出てきても、グラシカは起きる気配がなかった。

「ルドー老。ご協力ありがとうございました」

フェニシアの礼に、老爺《ろうや》は意味ありげに白眉《はくび》を上げて笑ってみせる。

——彼の野望が聞きたい。そう相談したところ協力してくれた。グラシカは耳がいいので、彼の入室後に扉《とびら》の前に行って聞き耳を立てようものならすぐバレる。だから晩餐《ばんさん》用の部屋を会談の場に選んでもらい、彼が到着《とうちゃく》する前から潜《ひそ》んでいた。予想どおり盗聴《とうちょう》に向き、ついでに双子《ふたご》の人狼《じんろう》少年いわく『白い気配』が隣室《りんしつ》に漏《も》れないように遮蔽《しゃへい》にも気をつけた。

(陛下のやりたいこと、ようやく全部聞けた)

彼の提案した内容は、国の未来を見据《みす》えていた。この先も私欲《しよく》に惑《まど》わされず、真に国を導く誠実な王になるだろうと感じられた。この人を育てていこうと皆《みな》も思ったに違《ちが》いない。

(こんな人が城に来て、私のすぐそばで王様をするなんて、想像もしてなかったなぁ)

彼と進む未来はどうなっているだろうか。……ちゃんと隣に自分はいるだろうか。叶うなら、彼が見ているものを、一緒《いっしょ》に見たい。

ルドー老たちが去った後も、フェニシアの肩にもたれて彼はすやすやと眠っていた。

ぼんやりと寝顔を眺《なが》めていると、王の側近のカササギが近づいてきた。彼はフェニシアの前まで来ると、いつも通り表情の読めない顔で、剣《けん》を引き抜きながらこう言った。

「お命頂戴《ちょうだい》してもよろしいですか」

「………………ん？」

「お命頂戴してもよろしいですか」

なにかのバグかと聞きたくなるほど一言一句、抑揚違《よくようたが》わずに繰《く》り返してみせた。

「うわ、まだ私のこと殺したいんですか！　私、陛下の味方になるって決めましたよ！　悪いことしたら悪いって言いますけど！」

彼の黒い目は今日も死んでいた。

「これ以上、この方の心を波立たせるだけなら、この方のものにならないなら、もう早く死んで永遠になってください。そうすれば我が君は理想の貴女を想《おも》い続けられる」

「なにか誤解してますよね⁉　陛下が私を気にかけてるのは国の存亡に関わるからでして――ほら陛下起きてください！　あなたの側近がご乱心ですよ！」

「我が君は一度熟睡《じゅくすい》なさると雷《かみなり》が鳴ろうと人が倒《たお》れこもうとお目覚めにはなりません。野外でもわたくしや気心知れた同胞《どうほう》のそばでだけ熟睡なさるというのに――やはりお命」

「美人局《つつもたせ》⁉　これ新手の美人局ですか陛下⁉　起きて！　陛――グラシカ様！　グラシカ様！　私死んじゃう！」

ゆっさゆっさと揺《ゆ》らしまくると、ぷむむ、とよくわからない寝言をこぼした後、すんと無言になり、眠たい、と言わんばかりにぐりぐりと頭を押しつけてきた。

「陛下っ、緊急事態《きんきゆう》！　緊急事態ですから！　あとでいくらでも寝ていいから！」

「それで聖女様、我が君のためにお命頂戴してもよろしいですか」

「いやですよ！」

「どうせ、我が君の心のうちなどわからないでしょうに」

「全部はわからなくても！　陛下は私にとって、もう大切な人なんです！　陛下のために頑張《がんば》りますから！　のけものにするのやめてください！　一応この国の伝統だと王と聖女は良き友人になるはずで――」

ぎゃいぎゃいと騒《さわ》いでいてもグラシカは起きない。通りすがりの私兵団が嬉《うれ》しそうに「よく言った！」「ひゅーひゅー」と謎《なぞ》の応援《おうえん》をくれたが反応を返す余裕《よゆう》はない。

「死んでいただけない、ということでしょうか？」

「あたりまえです！　私は陛下と一緒にこれから国を強くたくましくするんです！　死んでなんかいられません！」

嚙《か》み付く勢いで叫《さけ》ぶと、彼は表情は変えないまま、動作だけは残念そうに剣をしまった。

「あ、やめてくれるんですね」

彼はひょいっとグラシカを肩に担《かつ》ぎ上げた。一瞬《いっしゅん》近づいた彼に怯《おび》えてファイティングポーズをとった聖女になど一瞥《いちべつ》もくれなかった。

「では失礼いたします聖女様。一度起こされかけたので我が君はあと三十分ほどで自然覚《かく》醒《せい》なさるかと。……先ほどのお言葉、ゆめゆめ違《たが》えませぬように」

無言で頷《うなず》きを返しつつ、「起こされかけてから三十分もかかるなんて、毎朝大変そうだなぁ」とフェニシアは側近の苦労をしのんで見送った。

(さて、私はどうしようかな)

せっかく聖職者の本拠地《ほんきょち》に来ているので、聖水を補充《ほじゅう》していこうかと立ち上がった時、「聖女様！」と顔なじみの神官ミハエルが建物から出てきた。

「あれ？　帝国神殿《ていこくしんでん》じゃなくて聖堂に用？」

「あ、あのっ、もうお帰りですか？　よろしければ聖水を作るところを拝見したくて」

「ちょうど作ろうかと考えていたところよ」

微笑《ほほえ》んでみせれば、彼はあからさまに安堵《あんど》した顔で、大聖堂の入口へと促《うなが》す。背後に向かって手で合図すれば、『王と話すために』と人払《ひとばら》いしていたアメリアや聖兵も寄ってきた。

ミハエルたちと大聖堂の奥へ行き、それから一時間、聖水を山ほど作り続けた。

「さて、おねむの陛下は先に帰ったかなー？」

聖水の補充を終え、抜《ぬ》け出してきた城に戻《もど》ろうかな、と伸《の》びをしながら聖堂の外へ出る。

「まだ中にいらっしゃると思いますわ」と把握《はあく》しているらしいアメリアが言った。

じゃあ一緒に帰ろうかな、と建物の方を振《ふ》り返りかけたとき、

「聖女様ですか？」

物陰《ものかげ》から声をかけられた。振り向けば、一度見たら忘れられそうにない少年が立っていた。明るいオレンジめいた金髪《きんぱつ》。フェニシアから見て左の瞳《ひとみ》には革製《かわせい》の眼帯。隠《かく》されていない右の瞳は、ぞっとするほど真っ黒だ。

しかし腐《くさ》っても聖女。初対面の国民にも「どちらさま？」なんて陳腐《ちんぷ》な台詞《せりふ》は言わない。

「ええ、こんにちは」

ふんわりと、清廉《せいれん》な佇《たたず》まいで微笑む。これが少年の問いに対する肯定《こうてい》だ。彼は一瞬、呑《の》まれたように目を丸くしたが、にこっと煌《きら》めく笑顔をすぐに返した。

完璧《かんぺき》な好意。笑顔とはこうあるべきだと称賛《しょうさん》される子役のようだとフェニシアは思った。

年は十二かそれ以下だろう。まだ小さな手を胸に当て、騎士《きし》のように言う。

「お迎《むか》えにあがりました、聖女様」


その一時間ほど前、王を肩《かた》に担いで庭を進んでいたカササギは、ルドーに声を掛《か》けられ

て歩みを止めた。促されるまま大聖堂、その奥の応接室のソファーに王を寝《ね》かせ、隣《となり》に腰《こし》掛《か》ける。出された茶には手をつけずに、正面の老人の言葉を待った。

「よく寝ておられますなぁ」

まるで孫でも見るような眼差《まなざ》しでグラシカを眺めている。

「あと二十五分ほどで自然にお目覚めになるかと思いますが、必要であれば唯一《ゆいいつ》起こす手段として耳をつんざく轟音《ごうおん》を――」

カササギは主君の首元の紐《ひも》を手繰《たぐ》り寄せようとして、在るべきものが無いことを思い出す。

「……我が君、なぜあれほど貴重なものを聖女様にくれてやったのですか。さしものわたくしも怒《おこ》ります。我が君、我が君――殿下、起きなさい。グラシカ」

表情は乏《とぼ》しいが、共に過ごした年月を感じさせる気安さでゆさゆさと揺らされる王を見て、老爺《ろうや》はふくふくと笑いながら本題を切り出した。

「貴殿は陛下に長く仕える重臣であられると聞いております。先王アガナ様を討《う》った際もそばに控《ひか》えていたとか」

「………」

カササギは無表情を貫《つらぬ》いた。だが、わずかに緊迫《きんぱく》した空気が二人の間に生まれる。

「大抵《たいてい》の者は、血塗《ちまみ》れで髪《かみ》の毛があり、頭部のような形をしているものを簒奪者《さんだつしゃ》が掲《かか》げれば、それは王の首だと思うでしょうな。……アガナ様は生きておられますか」

「いいえ、死にました」

取り付く島のない返答に、老爺は穏《おだ》やかに言葉を足す。

「一時《いっとき》とはいえ、我らの仕えた王の行く末。できればお教えいただきたいものですなぁ。……アガナ様が生きておられたとて、あとは罪を清算するだけでございましょう。今はもう、我々はこの方を次の王と見定めましたゆえ」

その願うような視線は、眠《ねむ》るグラシカへと向けられていた。

「……」

カササギは無言で頭を下げる。

「……この方は、叔父《おじ》を殺したくないと、ひとこと言うこともできないような人です」

黒い瞳は静かに凪《な》いでいた。

「だから首を用意しました。直接あれの首を斬《き》らぬことで我が君が心を痛めずに済むのなら、その矮小《わいしょう》な天命が尽《つ》きるまで、閉じ込めておきたいと我々水棲《すいせい》族は考えております」

「なるほど」

――身柄《みがら》が水棲族の管理下にあるとも匂《にお》わせてくれた、と静かにルドーは目を伏《ふ》せる。

先王アガナはグラシカが生まれてからその暗殺を目論み、水棲族に多大な迷惑《めいわく》をかけ続けたのだから道理といえば道理だ。

「……グラシカ様と水棲族の方々には申し訳なく思うております。アガナ様のなさっていることに気づいてすぐに我々でお止めしたはずが、それ以降も密《ひそ》かに続けていようとは」

カササギが記《き》憶《おく》している限り、確かに水棲族の水場に毒を流したり、多くの刺《し》客《かく》を送ってきたのはグラシカが幼少の頃《ころ》で、ある時からは月課のように少数の刺客を差し向けるだけとなっていた。それでもグラシカは剣《けん》をとり、集落から離《はな》れ、誰《だれ》も近づかない《さわらずの森》でカササギと共に刺客を毎月追い払い、変異した獣《けもの》を狩《か》って暮らしていたが。

「この老いぼれの命ひとつでは賄《まかな》いきれぬほどのご迷惑をおかけしました」

老爺の謝罪に、カササギは、「……そのような謝罪を受けるのはわたくしではありません」とだけ言った。

グラシカが目を覚ますと、側近が「以後居《い》眠《ねむ》りの相手と場所は選ばれますように」と無表情に言った。

何の文句だ、とグラシカが思っていると、ルドーが静かに声を掛けてくる。

「新たに王となられる方にはお話ししなければならぬことがあります」

「……聖女様がらみのことですか？」

寝癖《ねぐせ》がないか確認しながら、グラシカは居住まいを正す。

「先月、北の門が閉じられた際、貴方様《あなたさま》は戦争の前触《まえぶ》れだと思い行動されたことでしょう」

「違《ちが》ったんですか？」

グラシカがあの日叔父を追い落とそうと決めたのは、帝国《ていこく》の今までにない行動に危機感を覚えたからだった。

「帝国が聖女様を花嫁《はなよめ》に欲しがって、それを叔父が断ったから報復として物流を止めたのでしょう？　あの叔父にしては英断です。聖女様を奪《うば》われたらこの国は滅《ほろ》びますからね」

帝国は驚《おどろ》いたことだろう。圧迫《あっぱく》してみれば、いきなり名も知らぬ亜人が正規の王の首を獲《と》って居座ったのだから。——本来ならば、その内紛《ないふん》につけこんで自軍で制圧するのが王道ではあるが、亜人を忌避《きひ》する帝国は、下手に『穢《けが》れた封鎖国《ふうさこく》』に自国の兵を入れたがらない。おまけに新王は青狼国との繋《つな》がりもある。たった人口二万人の封鎖国を制圧するのはたやすくとも、青狼国とは安易に関わりたくないだろう。

「だいたい花嫁なんて……皇帝《こうてい》は四十代で、妃《きさき》がすでに三人もいるでしょうに」

苦い顔をしたグラシカに、「ああ、いえ、皇子達の方ですな」とルドーは訂正《ていせい》する。

「聖女様がどれを夫に選ぶか訊《たず》ねたいから一度帝国に寄越《よこ》すようにと……次期皇帝になるべく、今はまさに皇子同士でしのぎを削《けず》っている最中です。聖女様の夫と決まれば、大きく躍進《やくしん》することでしょうな。四年前に即位《そくい》なさった皇帝陛下は、我が国の聖女様に大変興味をお持ちで、戴冠式《たいかんしき》にもお呼びになりました」

「……容姿と性格は知っているから、成人した今、皇子の花嫁として寄越せ、と？」

苛立《いらだ》ちまじりに耳隠しの飾《かざ》りをいじるグラシカに、ルドーは身を乗り出して声を潜《ひそ》める。

「そしてなぜ聖女様を帝国に渡《わた》してはならないか。ここから先は国家機密――歴代王と聖女様、そして我々三賢老《さんけんろう》のみぞ知る機密となりますゆえ」

「そんなの、聖女様を取られたら聖水が作れなくなってこの国が滅ぶからでしょう」

いいえ、とルドーは静かに首を振《ふ》る。

「フェニシア様は妙齢《みょうれい》の女性になられた。いくら毒や薬が効かなくとも、『花嫁』として迎えられれば懐妊《かいにん》もありうるでしょう。聖女様は最期《さいご》の時まで未婚《みこん》でなくてはなりません」

「純潔を失ったら能力は――」

グラシカは思い出す。聖女本人が、能力を失うことは無いと言っていた。

はた、と気づく。懐妊が問題だとすれば。

「遺伝、するんですか」

「遺伝します。他の亜人と同じように」

グラシカは息を呑む。――今、この老爺は、神秘の聖女を、世俗《せぞく》の者と同列にした。

「それはつまり……初代聖女様も、水棲族と同じく《大瘴禍《だいしょうか》》で生まれた、突然変異《とつぜん》……？」

「ええ。初代聖女様は幼少から男性がお嫌《きら》いで子を望まれなかったそうで、あえて血ではなく媒体《ばいたい》を——力を込めた物を用意し、それを取り込むことで次代へ繋いでまいりました」

「まずいですね……」とグラシカは唸《うな》る。

「帝国が聖女の子孫を一人でも手に入れれば、この国が生かされる意味は無くなる」

「ええ、遺伝することは決して知られてはなりませぬし、聖女様の婚姻《こんいん》もなりませぬ」

この国の最大の強みは、聖女そのものよりも、秘匿《ひとく》された継承《けいしょう》方法にある。

表向きは「サザナ封鎖国の選ばれし少女が敬虔《けいけん》に修行《しゅぎょう》することで女神《めがみ》に認められ、能力を与《あた》えられる」ということにされていた。他の国では例が無く、きっと見捨てられた最も瘴気の濃《こ》い土地だから特別に女神様が慈悲《じひ》を与えてくださるのだろう、ともっともらしい理由で誰もが納得し、聖女は女神の寵児《ちょうじ》とされてきた。

血にのみ依存《いぞん》するようになれば、いくらでも能力者を増やすことができる。おそらくは、帝国も遺伝する可能性を視野に入れ、実験的な意味も兼《か》ねて花嫁に欲《ほっ》しているのだろう。

「……能力は絶対に遺伝するんですか？　過去に例が？」

「三代目聖女様が密かにお産みになったご息女は生まれながらにして能力をお持ちで、通例どおり〝国民の中から選ばれた〟という体《てい》で四代目を引き継《つ》がれました」

なるほど、とグラシカは唸った。

「……いま僕に話したことを聖女様は——フェニシア様はすべてご存じなんですね？」

「ええ。聖女の血を残してはならぬことや、初代聖女様がある種の亜人であったこと、聖女を継ぐということは、初代様から継ぐ聖なる気を――『他のすべての瘴気に対抗《たいこう》しうる特殊《とくしゅ》な瘴気』を体内に取り込《こ》み、人工的に亜人化を起こすことであると、五歳の時点ですべて納得された上で後継者となられました」

「……まあ、あの人はそうでしょうね、聡明《そうめい》な子どもでしたから」

グラシカは深く溜息《ためいき》を吐《つ》いた。

――聖女はある種の亜人であり、血で遺伝する。そうなれば、当代もその先も延々と聖女を死ぬまで帝国から守り抜《ぬ》く必要がある。聖女本人が途中《とちゅう》で放棄《ほうき》したくとも能力を消す方法はない。それはいっそ呪《のろ》いである。

「やはり、聖女制度は撤廃《てっぱい》です。一刻も早く聖女のいらない世界にしなければ。……ちなみにあの叔父は縁談《えんだん》を断った後はどうするつもりだったんですか」

「聖女様を隠《かく》せばよいと。そして最後には初代聖女様のように命を張ってこの国に留《とど》まってくださることを期待しておられました」

祖国を見捨てるくらいなら世界ごと心中してやると脅迫《きょうはく》した初代聖女。フェニシア自身も同じ対応をとるつもりだと言っていた。死なれるくらいならば、とまた帝国が放置してくれればいいのだが、どうにも当代皇帝は新たな変革を望んでいるように思える。

「まったく、厄介《やっかい》な――」

どうすべきか、と次の思考に移りかけた矢先。笛の音がした。彼女に渡した、あの石の。

ばっと反応したのは水棲族の二人だけで、ルドーの耳には聞こえなかった。

「――ッ!!」

グラシカは駆《か》け出した。


――その笛が鳴る少し前。

「お迎《むか》えにあがりました、聖女様」

朗《ほが》らかな少年は、オレンジに近い金髪《きんぱつ》と眼帯――一度見れば忘れないであろう風貌《ふうぼう》で微笑《ほほえ》んでみせた。

「お迎え?」

「聖水では対応しきれない瘴気が発生したそうで……ご同行いただけますか?」

彼が示した裏の森には立派な馬車が潜んでいた。

「アメリア、すぐに仕度をして。――誰《だれ》か、陛下に知らせてくれる?」

瘴気が発生したのであれば、すぐに浄化《じょうか》に向かうべきだ。しかし、アメリアは動かず、フェニシアを背後に庇《かば》おうとする。彼女の視線は、少年の背後、森の木立に向かっていた。

アメリアの鋭《するど》い警戒《けいかい》を浴びて、少年は不気味に笑う。「……バレてるなら仕方ないか」

とその手が上がるのを合図に、背後から次々と現れた集団には見覚えがあった。

(前に襲《おそ》ってきた人狼の傭兵《ようへい》……!)

不穏《ふおん》な事態を察して近くの衛兵が走ってきたが、傭兵はそれを容赦《ようしゃ》なく蹴《け》り飛ばした。

「なにを――」

フェニシア付きの聖兵が槍《やり》を構えるが、力任せの粗暴《そぼう》な初手で地面に叩《たた》きのめされる。

――体の頑強《がんきょう》さが違《ちが》う。

ぞっと寒気がした。ここには《祖人《そじん》》の兵しかいない。このままでは死人が出る。

(陛下を呼ばないと――)

思考に気を取られたフェニシアに、傭兵の手が伸《の》びる。すると――。

「触《さわ》るな!」

眼前で白い脚《あし》とスカートが舞《ま》った。アメリアが傭兵の腕《うで》を蹴り上げたのだ。

「アメリア!?」

ばきり、と痛烈《つうれつ》な音とともに、傭兵は腕を押さえて地面に転がる。

彼女はフェニシアを背に庇い、自分の濃紺《のうこん》色のスカートを邪魔《じゃま》だとばかりに引き裂《さ》いた。

晒《さら》された白い脚が、怒《いか》りのためにか、硬化《こうか》のためか、ビシビシと赤い鱗《うろこ》を纏《まと》っていく。

「へぇ、魚類の護衛か」

目の前の傭兵が残虐《ざんぎゃく》な笑みを浮《う》かべた。先日グラシカを魚類と呼んだ人狼だった。

アメリアは相手に視線を向けたまま叫《さけ》ぶ。

「隠していて申し訳ありません。わたくし先祖に水棲《すいせい》族の者がおりまして！」

「そ、そうだったの⁉」

二年前から共に過ごしていたのに全く気付かなかった。耳の形が祖人と変わらないのは、グラシカと同じ理由だろう。

「お仕えできて光栄でした！　……どうか、幸せに生きてください！」

――それはまるで、自分を犠牲《ぎせい》にしてでも、フェニシアを逃《に》がすかのような言葉だった。

そんなの駄目《だめ》だ、とフェニシアは胸元の石の存在を確かめる。紐《ひも》を性急に引っ張り上げれば青い石が揺《ゆ》れた。息を吹《ふ》き込めば爆音《ばくおん》が鳴り響《ひび》くとお墨《すみ》付きのそれ。今が鳴らす時だ。

「耳をふさいでアメリア！」

彼女が両耳を押さえたのと同時に深く息を吸い込んで――一気にすべてを注ぎ込む。

――ぴぃぃぃ、と。

鳴ると思った。だが、吐息《といき》の抜ける音がしただけで、笛らしい音は微塵《みじん》も鳴らなかった。

「……え？」

「神にでも祈《いの》ったの？」と、それが本来の口調なのだろう、首飾《くびかざ》りに口づけただけに見えるフェニシアを、少年は砕《くだ》けた口調で嘲笑《あざわら》った。

奇跡《きせき》など起こらず、あっという間に劣勢《れっせい》に追い込まれる。傭兵の剣《けん》がアメリアを狙《ねら》った。

「やめて！　彼女に乱暴なことはしないで！」

アメリアから引き剝《は》がされるようにフェニシアは腕を摑《つか》まれ、抱《かか》え上げられる。

「ほら、さっさと乗せて」

乱暴に馬車の中に放り込まれた。向かい合わせになった革張《かわば》りの長椅子に少年と傭兵二人も乗り込むと、扉《とびら》が閉まり、馬車が走り出した。扉側には傭兵が居座っていて、逃げ出せそうにない。フェニシアは少年の正面に座りなおした。

「ごめんね、ちょっと乱暴にしちゃった」

「……一体何が目的なの」

少年は髪《かみ》を後ろにどかすように軽く頭を振《ふ》ってから、眼帯を取り去った。隠されていた瞳《ひとみ》は、まるで水色とピンクがせめぎ合った宝石のような虹彩《こうさい》。

——その、特異すぎる色を、フェニシアは十二歳の時に見たことがあった。

「さて、だーれだ？」

この国の王城よりもはるかに豪奢《ごうしゃ》な城で、皇帝《こうてい》とその横に控《ひか》えていた少年たちも、また同じ色の瞳を持っていた。オッドアイではなく両目で、おそらくはこの少年ではなく、その兄たちであっただろうが。

「……拝謁叶《はいえつかな》いまして、至極《しごく》、光栄にございます。我らが宗主、ゾラン帝国《ていこく》——その皇室の」

「正解」

言い終わらないうちに、少年が笑う。かつて帝国での謁見《えっけん》のために死ぬ気で覚えた——自分より目上の者がいないこの国では使うことのない、最高礼の言辞《げんじ》の記憶《きおく》を引きずり出す。その頭の低さに彼は満足げな顔をし、組んでいた脚をおろしてこちらに顔を寄せる。

「僕は、ゾラン帝国、第六皇子セト」

フェニシアから見て、左が特殊《とくしゅ》な色彩の瞳、右がどろりと黒い瞳だ。

じっと見つめていると、ちぐはぐで、現実かどうかわからなくなってくる。

「わたくしを、どうなさるおつもりですか」

「連れて帰るよ。そうしたらいつでもこの国は灰にできる」

——逃げ出さなければいけない。なんとしても。

扉に近い方には押し黙《だま》った男が二人。フェニシアと皇子が座る側の窓はちいさくて抜け出せそうにない。首から提《さ》げたあの石にもう一度息を吹きかける。やはり鳴らなかった。

(鼓膜《こまく》を破くほど爆音のはずなのに！ 私の可聴《かちょう》域じゃない!? ちゃんと鳴ってる!?)

「その石、なんなの？」

「……わたくしのお守りです」

ふうん、とさして興味のなさそうな相槌《あいづち》を打って、「お菓子《かし》でも食べる？」と皇子は話題を変えた。フェニシアは首を横に振る。

（そもそも、どうして今日？　誰かが私の外出を皇子に伝えたってこと？）

秘密裏《ひみつり》に城を抜《ぬ》け出してきた。聖女は城の聖塔《せいとう》にいると誰もが思っているはずだ。

「普通《ふつう》の人っぽくていいね」

思案しているフェニシアを見て、皇子が笑う。

「聖女は代々バケモノだって聞いてたよ。初代も二代目も凶悪《きょうあく》で残虐で、女神《めがみ》に選ばれたとは到底《とうてい》思えない人格だったって。でも陛下は君を気に入ってる」

「皇帝陛下が？」

「小さい頃《ころ》から、まるで女神のお告げを受けているように膨大《ぼうだい》な知識があるんでしょう？　四年前に帝国に呼び寄せた時も凄《すご》かったらしいね。僕は小さかったからよく知らないけど」

（――そうか）

聖女になってから十一年間のあやまちにようやく気付いた。

この国はすごいのだと思われたくて、何の罪もない人々に死んでほしくなくて、帝国に呼ばれて衛生改善の意見を聞かれたときも、隠《かく》すことなく知識《ぎ》を披露《ひろう》した。

だが今度の聖女は善良そうだとわかるほど、帝国にとって御しやすくなる。かつての二代目聖女のように白く変異させる能力を警戒するなら、聖女は封鎖国《ふうさこく》に閉じ込《こ》めたまま物流を盾《たて》に脅《おど》せばいい。今度の『優《やさ》しい聖女』であれば、自ら懇願《こんがん》してくるはずだ――そう考えて北の門は閉じられたのだろう。次に亜人の王が立ち、背後に青狼国が見えた。だから帝国は方針を変えて聖女を直接攫《さら》いに来た。

（私が、もっと無愛想にしておけば……地球の知識なんて、帝国に何も教えなければ）

初代も二代目も苛烈《かれつ》で非友好的だった。――だから今まで放っておかれたというのに。

自分の行動が何十手先にどんな結果を生むのか、考えられなかったフェニシアの責任だ。

（……もう、最後に一つしか、私にできることはない）

帝国に利用される前に自死を選ぶことだ。次代の聖女に力を与《あた》えるための媒体《ばいたい》は聖塔に用意してある。継承《けいしょう》方法は三賢老《さんけんろう》も知っている。継承が媒体によるものと知らない帝国は『前の聖女が死んだから、神が次の者に力を移した』とでも思うだろう。

（私、陛下のこと笑えないな）

――いざとなれば死ぬことが解決策になるだなんて。

帝国にフェニシアが渡《わた》らず、新たな聖女をこの国の奥深くに仕舞《しま》い込み、攫うべき次の聖女の顔も居場所もわからなければ、問題は一度白紙に持ち込める。時間さえ稼《かせ》げばあの王はこの国を守ってくれるだろう。そう信じている。

（いつ頃がいいかな。できれば死にたくないから、『帝国に仕えないとサザナ封鎖国を潰《つぶ》すぞ』って言われるまでかな。いや、継承方法を拷問《ごうもん》で聞き出そうとされる前までかな）

できうる限り抵抗《ていこう》するつもりだ。初代聖女のように世界ごと盾にして。それでもだめなら、覚悟《かくご》しなければならない。でなければこの国は今度こそ帝国に潰される。

フェニシアが今までにない自嘲《じちょう》の笑《え》みを浮《う》かべると、「聖女様……？」と皇子が硬直《こうちょく》した。

「──私は思い通りになんて、絶対ならない」

雷《かみなり》が落ちたのはその直後だった。違《ちが》う、雷ではない。

馬車の屋根が、真横に一閃《いっせん》、蹴《け》り払《はら》われたのだ。

「は……？」

見えた青空に、フェニシアたちは唖《あ》然《ぜん》と口を開ける。

白銀の髪が風に煽《あお》られて青みを帯びた。彼が──グラシカが、掲《かか》げていた脚《あし》を屋根の消えた木枠《きわく》に下ろすところだった。

「陛下……！」

皇子の傭兵《ようへい》二人の反応は早かった。彼に飛び掛かりながら剣を抜く。それに応戦しながら忍者《にんじゃ》のようにひっそりと迫《せま》っていたカサギによって、フェニシアは引っ張り上げられた。屋根を失った馬車の木枠。立ち上がって初めて、馬車と並走する騎兵《きへい》達に気付く。

(迎《むか》えに来てくれた……！)

傭兵たちと激突《げきとつ》し、馬上での戦いが始まる中、グラシカがその手を差し伸《の》べてくる。

「フェニシア様!!　こちらへ!!」

迷うことなくその手を掴めば、ぐっと力強い腕《うで》で抱え上げられ、すぐに並走していた馬へと飛び乗った。

「陛下！　さすが亜人の腕力《わんりょく》！」

一人ではきっと地面に激突して死んでいた。手放しの称賛に、彼は苦笑《くしょう》する。

「あの石をもう一度鳴らしてくださって助かりましたよ。聞こえないはずの物を二度も鳴らしてくださるとは、親切なのか、或《ある》いは——」

「騙《だま》されたと思いましたけどね！　私の鳴らし方が悪かった場合に備えて念のためにね！」

「ありがとうございます」

笑いを噛《か》み殺しているのか、彼の目元が不自然に細められる。

「こちらこそ助けにきてくれてありがとうございます！　……ごめんなさい、私のせいで」

「僕もすみませんでした。大聖堂で帝国《ていこく》に狙われるとは思わず……万が一に備えて南北に兵を割《さ》いて追ったので、この人数で切り抜けられるかどうか……まさか南が本命とは」

彼にそう謝られて、フェニシアは辺りを見回す。

「南？　もしかして私、南に向かってたんですか？　……なんで？」

「おそらく北の門の検問を避《さ》けるために、南の《森》を越《こ》えて青狼国に入り、そこから東か西へと迂回《うかい》して、北上する予定だったのでしょう」

「でもそれって遠回りですよね……？」

地図で言えば北にあるのがゾラン帝国、南が青狼国。間に湖のようにぽちっとあるのがこの国だ。東西は《大瘴禍《だいしょうか》》の際に帝国に封《ふう》じられた壁《かべ》で囲まれている。確かに南の《森》

から出て壁沿いに北上すれば帝国に戻《もど》れるが、急いでいる時に迂回する意味がわからない。

「ええ、通常なら北の門が最速ですが……アメリアが『黒い眼帯を付けたオレンジの髪《かみ》の子ども』と言っていたので、ひょっとすると帝国の皇子ではないかと思いまして」

「あ、ご本人は、第六皇子のセト様だって名乗ってました」

「やはりそうですか。第六皇子は変種の瘴気で目を病んだと聞いたことがあります。亜人かぶれ、などと兄皇子たちに厭《いと》われているとか。我が国の北の関門を通ると入出国記録が生じるでしょう。たとえ皇帝《こうてい》の命令だとしても、やんごとなき身分の方としては『瘴気の掃《は》き溜《だ》め』に出入りした過去があると後々不利になるのかもしれません」

「ええー？　なんて失礼な……」

憤慨《ふんがい》しているフェニシアの横で、戦闘《せんとう》は続いていた。フェニシアとグラシカを優先して逃《に》がそうと戦ってくれているが、こちらは急襲《きゅうしゅう》を受けたせいで兵が足りていない。

「城に呼びに行かせたので増援《ぞうえん》は来ると思いますが……予想以上に人狼の数が多いですね」

先日の襲撃《しゅうげき》の時には抑《おさ》えていたのか増員したのか、こちらは明らかに劣勢《れっせい》である。馬上でグラシカにひっついて「ま、負けないで」と思わず呟《つぶや》いてしまうと、グラシカの私兵たちはなぜか楽しげな視線を向けてきた。首を傾《かし》げてみせれば、「いやぁ、ひっついてるところ見られて良かったなって」と団長に返される。続けて他の私兵たちも快活に笑った。

「帝国になんて行かせられねぇよ。聖女様がいなくなったらうちの王子様はさびしくて死んじまう」

「この国の将来にもちょっと興味が湧《わ》いてきたし」

「そーぞ。なんかさっき味方してくれたんでしょ？　ありがとね。陛下をよろしく！」

と好意のこもった声を掛《か》けてきた。

「あ、さっきのことですか？　――はい、この国を強くするため、陛下の立派な夢を叶《かな》えるためにも、もう陛下を一人にしません！　良き相棒になりますね！　頑張《がんば》ります！」

意気込み新たに叫《さけ》べば、背後のグラシカは苦しげに呻《うめ》いていた。私兵たちは満足げに頷《うなず》き、「せっかく二人がくっついてんのに邪魔《じゃま》すんな」「そうだぞ、いいところなんだぞ！」と謎《なぞ》の文句を傭兵にぶつけながら戦ってくれるが、劣勢なのは変わらない。

「どこかに隠れられたらいいのに！　また崖《がけ》か洞窟《どうくつ》でもあれば……！」

フェニシアの願いに、「ああ、一つ思いつきました」と彼が言う。

「追いつかれる前に、追い越させるんです」

――のちに、やめときゃよかったとフェニシアは嘆《なげ》く。

様々な黒で塗《ぬ》りたくったような不気味な世界――初代聖女すら放置した《さわらずの森》。

私兵たちが敵を引き受けてくれ、二人きりで進み続けて数分もすると、彼は馬に外套《がいとう》を括《くく》りつけて囮《おとり》として放し、「天の助けですよ」とある場所を指し示した。見れば、『注意！

底無し沼《ぬま》』という看板と共にいかにもな雰囲気《ふんいき》の沼が待ち構えている。「《さわらずの森》には何年か住んでいたので、近くには詳《くわ》しいんです」という彼の補足も耳に入らない。

「いや天の助けというか天への入口っていうか……なんか黒と緑で禍々《まがまが》しいんですけど！　まさかここに隠《かく》れる気ですか⁉」

「そうですね。昔から水中に隠れるのは得意です」

「忍者かな？」

水遁《すいとん》の術。節を抜《ぬ》いた竹筒《たけづつ》をシュノーケルがわりに口に咥《くわ》えて潜《もぐ》る忍法がある。

「確かに透《す》けそうにない沼ですけども、そもそも息が続きませんよ！　それに泡《あわ》が浮上《ふじょう》したら潜ってるってばれます！」

「大丈夫《だいじょうぶ》、ほら、今だって気泡《きほう》があがっているでしょう？」

俗《ぞく》に言えば、やばいガスが発生してそう、だ。

「死んじゃう、死んじゃいますって！」

「僕は水中でも呼吸できますが、追っ手の傭兵は人狼です。深度でも潜水《せんすい》時間でも絶対に捕《つか》まらない自信があります。ここね、深いんですよ」

「私は⁉　傭兵どころか私が無理です！　一分ともちません！」

念のため声は抑えつつも半泣きで、肺活量の貧弱《ひんじゃく》さを訴《うった》えるフェニシアに、彼は不自然なほど優《やさ》しげな笑みを浮かべる。

「質問ですが聖女様、聖女役というのは純潔が求められますが、僕と長時間唇《くちびる》を重ねることで今後支障はありますか？」

「い、いえ」

「でしょうね。……口づけすら問題なら、貴女《あなた》は今頃《いまごろ》聖女になれていませんから」

彼がなにやら意味深なことを言っているが、フェニシアは今それどころではなかった。

（確か、前世でカップルがキスで水中に何分いられるか競《きそ》う大会が外国であった気がする――え、それをやるの？）

「でもなんかこの沼、溶存《ようぞん》酸素が！　水中に酸素が溶《と》けてないといくら水棲族といえども酸欠になりますよね⁉　てかこの沼いきものいます⁉　入ったら死にません⁉」

「大丈夫、一応いきものいますよ」と耳に手を当てて沼の方へそばだてるグラシカ。

「悩《なや》んでいる暇《ひま》はありませんよ。……貴女には大変申し訳ないことですが、貴女を帝国に攫《さら》われるわけにはいきません。潜水であれば確実に勝てますので、どうか我慢《がまん》していただけませんか。……僕に触《ふ》れられるなど、耐《た》えがたいことでしょうが」

「えっ、あの、陛下が嫌《いや》とかじゃなくて……！　そ、その……ファーストキスなので……」

ぼそぼそと顔を俯《うつむ》かせるフェニシアに、「なんです？」と彼が訊《き》き返す。

「は、初めてのキスなのに、なんか、全然恋愛《れんあい》と関係なしに、終わっちゃう感じが」

「初めてのときに名前が付いているんですか」

きょとりと彼は不思議そうにしたあと、俯いたフェニシアの顎《あご》を両手ですくいあげて、「ねぇ、忘れちゃったんですか？」と顔を寄せて微笑《ほほえ》んだ。

「ちいさい頃、僕と、したでしょう？」

蠱惑《こわく》的な笑みが眼前にあり、「は、はひ……」と覚えもないのに頷かざるをえない。

それから彼は、寂《さび》しそうに眉《まゆ》を下げる。

「……初めてのときも、手段のつもりではなくて、ただ貴女に祝福を贈《おく》りたかったんです。大切にしていた一度きりを奪《うば》ってごめんなさい。──僕が嫌なのではなく、初めてが手段になるという憂慮《ゆうりょ》なら、今、もう一度しておきませんか？」

静かな彼の声に、「それって……？」とフェニシアは目を瞬《また》かせる。

彼はそれには答えない。頰《ほお》を両手で包み込《こ》まれ、「目を閉じて」と囁《ささや》かれる。

「え、あ」

恥《は》じらうフェニシアを愛《いと》おしげに見つめ、鼻先が触れそうな距離《きょり》で彼は止まる。

──返答を待っているのだ、と気づいて慌《あわ》てて目をつぶれば、ちいさく嬉《うれ》しそうに笑う声がして、やわらかな感触《かんしょく》が与《あた》えられた。

「……これで間違《まちが》いなく、純粋《じゅんすい》な口づけになりましたね」

目を開ければ、やはり彼は微笑んでいた。

「さて、そろそろ急ぎましょうか。もう時間がありません」

手を引かれて沼の際《きわ》にエスコートされながら、フェニシアは必死に頭を働かせる。

（な、なにが起こって……え、今なんでとっさに目をつぶっちゃったんだろう！　聖女なのに！　いやでもこれから水中呼吸でキスをするから、どっちみち聖女らしさは守れないわけで……というか陛下は私とキスして平気なの!?　小さい頃にもしたって言ってたけど、それってつまり――）

白樺《しらかば》に囲まれた冬の湖が思い浮《う》かぶ。その湖にいたちいさな水棲族の男の子。同い年くらいに見えた少年は、ただ成長が遅《おそ》かっただけの彼なのでは――そう思い至ったときには、

「すみませんね、三つも年上で。背が伸《の》びたのはここ二年の話です」

と彼はいつもの揶揄《やゆ》するような口調に戻っていた。フェニシアも慌てて言い返す。

「わ、私が勘違《かんちが》いしてるってわかってたんですか!?　言ってくれたらよかったのに……！」

「水中では鼻をつまんでいてくださいね」

「え、なんで急に無視――ま、待って、誤魔化《ごまか》さないでください！」

今を逃《のが》したら、なんでも隠したがる彼からは真相を聞けない。そんな気がして、がしっと彼の腕《うで》を摑《つか》んで立ち止まらせる。

「陛下にとって、私って初対面じゃなかったんですね……？」

「そうですよ」

てっきり彼の見据《みす》える未来に聖女制度撤廃《てっぱい》があるから、当代聖女のフェニシアとたまた

ま関わることになったと思っていたのに、彼はフェニシアを知人だと認識していたのだ。

「そ、それに、よく聖女の浄化《じょうか》を見に行ってた、って聞いたんですけど……昔から私のことを気にかけてくれてたり……？」

彼は「はい」と肯定《こうてい》する。そしていつものように美しく――困ったように笑った。

「貴女がこの世にいてくださることが、僕の生きる希望です」

「…………」

ぽかん、とその儚《はかな》さに見とれてから、はっとして、掴まえていた彼の腕から手を離す。

「な、なんで急に熱烈《ねつれつ》⁉　……いや、わりといつもだった。でも陛下って隠しごと大好きだし、そんなにきれいな笑顔ってことは逆に本心を隠すための照れ隠し……？」

彼は涼《すず》やかな顔で、「さあどうでしょうねぇ」と今度はわざとらしく目を細めてみせる。

「この話、長くなりますか？　僕としては後日――いえ、もう終わりでいいと思いますが」

「やっぱり誤魔化そうとしてくる！　触れられたくない話題なんですね⁉」

慌てふためくフェニシアに、彼は少し困ったような顔をする。

「……本当に時間がありませんよ。急いで沼に入る覚悟《かくご》を決めてください。息はほどほどで止めておいてくださいね。人狼の手が届かないほど深く潜ります。肺を膨《ふく》らませすぎても脆弱な貴女には良くありません」

「でも、あんまり深く潜ったら敵が通りすぎたかどうかもわかんないんじゃ……」

「僕耳いいんですよって言いませんでしたっけ。さぁ、もう入りますからね」
彼はフェニシアの手を引いて沼《ぬま》に足を入れ始めた。

（いま、私、なにして——）

水中に入ってから五分は経《た》っているだろうか。顔まで水に浸《つ》かる前にグラシカと唇を合わせ、そのまま沼に沈《しず》んだ。まともに考えると暴れそうになるので何も考えないことにする。唇の柔《やわ》らかさなど考えてはいけない。いっそ気絶していた方が安全そうだ。

（これは人工呼吸……救命活動……私の救命……）

入水直後から、ぎゅっと目をつぶっているフェニシアを安心させるように、彼は片手でフェニシアの背を抱《だ》きながら、もう片方の手で頭を撫《な》でてくる。

静かだ。水底は。

透明度《とうめい》に乏《とぼ》しい沼なので、上から覗《のぞ》かれても見えることはなく、多少気泡《きほう》が上がっても、毒ガスが出ているだけだと思われるだろう。水中は冷たくて、それに多分、薄暗《うすぐら》い。暗い所は苦手だが、慌てたり何かを考えると脳が酸素を使うので、無心でいるのが一番だ。

（……でも、やっぱり怖《こわ》い）

ぎゅっと彼に縋《すが》る。もう敵は過ぎ去っただろうか。完全に撒《ま》くには何時間でも潜《もぐ》っていた方が良い。地上にいる彼の仲間、水棲族の誰《だれ》かが安全を確かめて呼びに来るまで、目を閉じ続け、この静かな闇《やみ》に耐えられるだろうか。

そう全身を強張《こわば》らせていると——ふと瞼《まぶた》の向こうで何かが煌《きら》めくのを感じた。

（……？　こんな沼の中で、何だろう？）

好奇心《こうきしん》に負けて、片目だけ開けてみる。水質があまり健康によさそうでないので片目だけだ。しかし、広がっていた光景に、思わず両目を見開いた。

（わぁ……）

静かで、澄《す》んでいた。陰《かげ》のあるエメラルドグリーンが、宝石のように眩《まばゆ》く光っている。

目を開けたフェニシアが意外だったのだろう、グラシカは、おや、という顔をした。彼が慎重《しんちょう》に唇を離《はな》すので、フェニシアは息を止めて周囲を見渡《みわた》した。

岩肌《いわはだ》に絡《から》みつくような水草に彼が足を掛《か》けて、水の浮力《ふりょく》で体が上昇《じょうしょう》しないように留《とど》まっている。看板に「底無し沼」と書かれていたのは、絡まって浮上できなくなった人がいたからかもしれない。水面に近い方は、黒く淀《よど》んでいる。しかし、フェニシアの周囲は明るい。ならば光源はどこだろうと考えたところで息が続かなくなる。

慌てて彼に顔を近づけると、微笑みながら口づけと共に酸素を与えられた。この後も息が続かなくなるたびに、何度も彼に顔を寄せることになるのだろう。

（う……これ、恥ずかしい）

餌《えさ》をねだる雛《ひな》のようだ。この人に命を握《にぎ》られている。それをわかっているだろう彼は、たいそうなご機嫌《きげん》で、目元など生まれたばかりの小動物にでも向けるような、大人の余裕《よゆう》に満ちている。悪い人だなぁ、と思いながらフェニシアは彼と繰《く》り返し口づけを交《か》わした。

そうして酸素をもらいつつ周囲を観察してみたところ、どうやら白くちいさな光がフェニシア自身から生じているようだった。

(私が触《ふ》れているから水が浄化されている……のかな)

水と浄化の力は親和性が高い。だから澱《よど》んだ沼のはずが、二人の周りだけ澄んでいるのだろう。澄み切ってしまえば上から覗けてしまって困るが、意図して浄化しているわけでもなく、かすかに星のようにきらめく程度。あと何分か何時間か、滞在《たいざい》するだけなら完全に浄化することもないだろう。このまま鑑賞《かんしょう》しながら待つのも悪くない。酸素不足のせいか、グラシカは時折ちいさなあくびをしていた。

(……え、待って、水中であくびってどうやるの?)

ついまじまじと見つめてしまうと、彼はなぜか恥じらって――片手はフェニシアを抱きとめたまま、もう片方の手で――頭の横のひらひらした耳(外鰓《がいさい》と言うらしい)を隠《かく》した。

いや気になるのはそこじゃないんだけどな、と思いつつ、いつの間にか耳隠しが外されて、以前見た時にはなだらかだった白い耳が、今は優雅《ゆうが》に泳ぐ魚の尾《お》ひれとも、蝶《ちょう》の透《す》き通《とお》った羽とも見間違えられそうな、淡《あわ》い珊瑚《さんご》色のものに変化していることに驚《おどろ》く。

(陸に慣れると退化するって言ってたけど、こんなにすぐに復活するものなんだ)

それはまるで砂漠《さばく》に眠《ねむ》り、水を与えられて仮死から目覚める魚のような。

（あれ、なんだか、私も眠い）

酸素が足りない苦しさというよりは、全身の力が流れ出ていくようだ。手足の感覚もなくなっていく。かすむ視界の隅《すみ》、最後に見えた彼の顔は、すこし慌てていた。


（……どうしたものか）

グラシカは気絶した彼女を抱きかかえて沼から上がり、《森》の奥へと歩き始めた。

この国と青狼国の境、植物も獣《けもの》も変異を受けて奇妙《きみょう》な生態系を築いた魔《ま》の森だ。霧《きり》が多く五感を無秩序《むちつじょ》に乱す瘴気《しょうき》ばかりで、追っ手から隠れるのには向いているが、川底をさらうような、骨の髄《ずい》までやわくなぶるような気配に全身が寒気立つ。今すぐ逃《に》げろと本能が警鐘《けいしょう》を鳴らす。自分を失いたくないのなら、瘴気に組み替《か》えられたくないのなら。

（聖女であれば瘴気で死ぬことはないでしょうが……）

彼女の体調を思えば早く城に戻《もど》るべきだろう。しかし今敵に遭遇《そうぐう》すれば一人で彼女を守り切れるかわからない。近くに水場があれば何人相手でも勝つ自信があったが、先ほどの沼は瘴気の変異を受けていた上に、聖女の白い気が混ざって、自分では操《あやつ》れなかった。

（ここで味方を待つべきか、遠回りでも川沿いに行くか）

そのとき、遥《はる》か遠くの声が聞こえた。《森》の入口に十数名の声。ときおり常識外れの大声で「陛下、聖女様、いらっしゃいませんか——!?」と馬鹿《ばか》正直に叫《さけ》ぶ声も聞こえる。

「……まさか」

騎士《きし》団が何故《なぜ》ここへ。現在の騎士団に亜人はいないのだ。ただの人間の彼らが、初代聖女ですら放置した森に踏《ふ》み入って生きて帰れるはずがない。

（なぜまたあの声量で……まさか敵を呼び寄せるつもりでは）

まずいな、とグラシカは来た道を睨《にら》む。もしここで「先王の仇《かたき》」として討《う》たれれば、道半ばで死ぬことになる。しかし。

——民《たみ》は王を信じたいんですよ、陛下。

彼女の言葉が浮《う》かんだ。あのときの願うような瞳《ひとみ》が。

（死ぬ覚悟ならとっくにある。足りないのは——）

今の自分で、生きる覚悟。そして誰かに手を伸《の》ばし、信頼《しんらい》を結ぶ覚悟なのだろう。

森の入口へ向かって急げば、騎士団はグラシカとその腕《うで》に抱かれているフェニシアを見て、「お二人ともご無事で！」と歓声《かんせい》をあげた。

「君たちこそ体に異常は——いや、あえて訊《き》きます。死にたかったんですか？」

王の嫌味《いやみ》を意にも介《かい》さず、代表のアルベルトはまっすぐな瞳で言った。

「陛下が《森》でお育ちになったことは騎士団全員が存じておりましたので。大聖堂から譲《ゆず》り受けた聖水を頭から被《かぶ》って確認に参りました！　敵の本隊とは陛下の私兵団が応戦してくださっているので、はぐれの者は少ないはずですが、我々も途中《とちゅう》で二名の傭兵《ようへい》に出くわし、倒《たお》してまいりました。ですからここもそろそろ危険かと。城からの援軍《えんぐん》も近くに来ております。急ぎ帰城を目指しましょう」

「……ああ、貴方《あなた》って頑張《がんば》れば亜人を倒せるくらいに強いんですね。嫌になります」

「嫌になる、とは？　……確かに多数で二名に挑《いど》むのは騎士らしくありませんでしたが」

「いえ、それよりも――」

彼が言うように、聖水を撒いて森の入口ぎりぎりまで近づこうとしたのだとわかる。しかし聖水の効力が途切れればすぐ死ぬとわかっているのだろうか。あちこちの変種の瘴気が、聖女に気圧《けお》されつつも、こちらの様子を窺《うかが》っているのを感じる。

「亜人でも危《あや》うい濃度《のうど》の森に入るやつがありますか。なんて馬鹿なことを」

今にも噛みつきそうなグラシカの心配をよそに、アルベルトは「騎士が主君のもとへ馳《は》せ参じるのは当然のことです」と告げ、それからどこか熱を込《こ》めた視線でこう言った。

「陛下が本当に国を想《おも》って行動されたこと、苦悩《くのう》の果てにお身内でもある前王陛下をしりぞけたこと、フェニシア――いえ、聖女様から聞きました！」

「は……？　いつ聞いたんですか、それ」

「誘拐《ゆうかい》が起こる前のことです。大聖堂にて『陛下はカササギさんに回収されちゃったし、せっかく来たから』と聖水を大量に作りながら熱弁をふるっていました。……陛下のご覚悟《かく》には感服いたしました。この身を捧《ささ》げてでも守りたいものがある――騎士道に通じるものを感じました。その場に居合わせた騎士は皆《みな》、胸を熱くしたことでしょう」

「……」

肯定《こうてい》するように頷《うなず》く騎士達を胡乱《うろん》な目で眺《なが》め、余計なことを、と腕の中で眠る少女に呟《つぶや》いた。『王の外出には近衛《このえ》がつくものです』と大聖堂についてくる騎士たちを無視した結果、暇《ひま》を持て余した者同士、聖女と最速の自分の恥《はじ》の話で盛り上がっていたとは。

「……君たちは先王のための騎士でしょうに。僕に仕えていいんですか？」

ささやかな抵抗《ていこう》のつもりで嫌味を言うが、アルベルトは「はい」と意に介さない。

「我々には、前王陛下と貴方様の間にある確執《かくしつ》は測りかねません。しかし玉座に身を預けず、敵を作りながらもその道を全うされようと進む陛下は、間違《まちが》いなく我らがお支えするべき主君です。どうか、微力《びりょく》なれど頼《たよ》っていただけませんか」

揺《ゆ》るぎなくまっすぐ向けられる視線に――若き王は、とうとう負けを悟《さと》った。

「――出迎《でむか》え感謝します。急ぎ合流しましょう」

第五章　応用の時間

　次に目を開けた時、「ああ、フェニシア様！」と叫んだのはアメリアだった。

「あれ？　私、生きてる」

「当たり前です！」

　飛びつかれながらベッドから体を起こして周囲を見回す。聖塔《せいとう》の自分の部屋だ。アメリアの後ろにいつもの寡黙《かもく》な聖兵《せいへい》二人もいることを確認して、ほっと息をつく。

「みんな無事でよかった。……今、状況《じょうきょう》どうなってる？　負傷者は？」

「被害《ひがい》はございません。ただ、あの皇子はまだ国内におられますので、城は警戒《けいかい》状態です」

「そっか……アメリアは？　怪我《けが》はない？」

　危ない中、戦ってくれたのだ。はっとしてアメリアは居住まいを正し、「……騙《だま》す形となり、申し訳ございませんでした」と重々しく頭を下げた。

「えっ、なんのこと？」

「水棲《すいせい》族であることを——いえ、陛下の配下であることを隠してお仕えしておりました」

「あ、陛下の仲間だったんだ！　……でも騙されたなんて思わないよ？」

だからそんな顔しないで、と頼《たの》むが、アメリアは赤い爪《つめ》を包むように強く手を握《にぎ》り込む。

「……わたくしの曾祖父《そうそふ》が水棲族で、その縁《えん》で陛下に出会い、フェニシア様の地方巡回《じゅんかい》を共に見に行ったことがございます。遠くから拝見したフェニシア様は、とても可愛《かわい》らしいお姿ですのに、誇《ほこ》りある聖女として振《ふ》る舞《ま》われ、ときどき突飛《とっぴ》な──いえ、一生懸命《いっしょうけんめい》な案で民を思いやり、わたくしの曾祖父たちの水域も助けてくださいました。ですから陛下がフェニシア様のそばに護衛を置きたいとおっしゃった時、志願して城に参ったのです」

(な、なんか照れるような……アメリアも前から私のこと知ってたんだ)

そしてグラシカがやたらと彼女を自分の部下のように扱《あつか》うのは、王になる準備をしていた頃《ころ》からの知己だったからか、と納得した。見た目は自分と変わらないのに、非常時には人狼《じんろう》とも闘《たたか》える、その強靭《きょうじん》さを羨《うらや》ましく思った。

「私のために戦ってくれたアメリア、かっこよかったよ」

大切な秘密を打ち明けるように小声で囁《ささや》くと、アメリアの頬《ほお》が赤く染まった。

「バレたらお暇《いとま》しようと思っておりましたのに」

「えっ」

「密偵《みってい》のような意図で入り込みましたから……ですが、やはり離《はな》れたくありませんわ。聖兵や騎士の方々にも、てっきり辞《や》めるように言われるかと思いましたのに、アルベルト様なんて『ぜひ勇姿を拝見したかった』なんておっしゃって……」

「私もかっこいいと思ったもの！」

ぎゅっとその両手を握り込んだ。

「守ってくれて本当にありがとう。これからも至らない私を助けてくれる？」

アメリアは目元をふにゃりとゆるめて笑った。

「もったいないお言葉です。はい、ぜひ、これからも」

控《ひか》えめに扉《とびら》をノックする音がして、廊下《ろうか》を守る聖兵が「陛下がお見えです」と伝達した。

「応接室にお通しして」

彼は椅子《いす》にも座っておらず、フェニシアが応接室に入るとすぐに駆《か》け寄ってきた。フェニシアも思わず「陛下！」と飛びつく勢いで近づいてしまうと、彼はとっさに受け止めようと両腕《りょううで》を掲《かか》げかけ——途中で冷静になったのか慌《あわ》てて下ろし、顔を逸《そ》らした。

（あ……）

彼の胸に飛び込む寸前で足を止め、聖女でありながら抱擁《ほうよう》を交《か》わしかけたことを恥《は》じる。

無事が嬉《うれ》しくて勢い余っただけなのに、周囲の「いつからそんな仲に？」という視線が痛い。特にアメリアは二人の抱擁が寸止めだったことに悶《もだ》えているようだ。

（というか、私、この人と……）

抱擁どころかキスまでしたことを思い出してしまい、一気に顔が熱くなった。

「……聖女様、お加減はいかがでしょう？」

彼に冷静に訊かれて、「お、おかげさまで、もうすっかり！」と強くぶんぶん頷く。

「でも今度こそ死んじゃうかと思いましたよ！　川への飛び込みといい沼《ぬま》といい、占《うらな》いにでも行ったら絶対『水難の相が出てる』って言われるやつです！」

「おかしいですね。水棲族の初めての口づけには水難から遠ざける力があると言われているのですが」

「というか陛下の逃《に》げ方が水関係ばっかりだから——あっ、違います！　不義密通じゃないです！　五歳のときの話！　聖女になる前ですから！」

口づけという言葉に「この二人……」という顔をした聖兵たちに向かって慌てて叫《さけ》んだが、要《い》らぬ恥を増やしたと気づいたのは叫んだ後だ。

(あっ、でもさっきのキスは現役聖女だからバレたら陛下が処刑《しょけい》されちゃう)

とんでもない過去を抱《かか》えてしまった、と内心怯《おび》えるフェニシアに彼は気づかず、

「貴女《あなた》の不調がこれのせいである可能性に気づきまして」

と青い石を差し出した。フェニシアは胸元からそれが消えていたことに今気がついた。

「あれ、陛下がくれたやつ。いつの間に？」

「回収しておきました。この石は常に微細な振動《しんどう》を出しているので、瘴気《しょうき》を弾《はじ》くお守りにもなりますが、聖女様の内なる白い気も抑《おさ》え込まれて、うまく瘴気に対抗《たいこう》できなくなって

いたのではないかと思いまして。……さすがの貴女でも《森》の瘴気は負担が大きすぎたのでしょう。申し訳ないことをしました」

「陛下が謝ることじゃないですよ！　でも、なるほど、あまり浄化《じょうか》してないのになんで気絶したんだろうって思ってたんですけど……浄化の負担だけじゃなくて、瘴気に対抗する力を抑えられちゃって体調不良ですか」

青い石をじっと見る。瘴気も弾くが、聖女の力も弾く。おそらくは、黒いものも、それを打ち消す白いものも、この石にとっては本質的に同じなのだろう。

「じゃあ、えっと……もう私が持っていたら駄目《だめ》？　……だめ、ですか？」

つい未練がましくなってしまった。別に綺麗《きれい》な装飾品《そうしょくひん》が欲しいわけではない。ただ、無いと漠然《ばくぜん》と寂《さび》しいのだ。――たったひとつ、この人が手渡《てわた》してくれたものだから。

「普段《ふだん》は、全然、具合悪くなったりとか、しなかったので」

お願い、と縋《すが》るように見上げると、

「……貴女が望むなら。身に着けるのは、全快してからですよ」

と、フェニシアの手に返してくれた。

ありがとう、と微笑《ほほえ》んだ時――窓の外から騒《さわ》がしい音がした。人並みの聴覚《ちょうかく》のフェニシアにもわかった。『帝国《ていこく》の使者』を真正面から受け入れねばならない時が来たのだ。

「そろそろ時間切れですね」

グラシカが外套《がいとう》を翻《ひるがえ》して扉へと向かう。

「帝国の狙《ねら》いは貴女です。決してみつからない場所にいてください」

その袖《そで》をぐっと摑《つか》んだ。「なにを――」と彼が顔をしかめるが、フェニシアは離さない。

(帝国に、宗主国に、聖女なしでこの国が逆らえるわけない)

幾人《いくにん》の血が流れるだろうか。何を引き換《か》えに差し出すだろうか。――この人は、いざという時あっさり死んでしまいそうだ。摑む手に力を込《こ》めて、まっすぐに彼を見上げる。

「今度こそ私が何とかします。――そのそばには、あなたがいてくれなきゃ、いやです」

彼が息を吞《の》む音がした。


「お待たせいたしました、セト皇子」

聖女が隠《かく》れず出てきたのが意外だったのか、皇子は形良い眉《まゆ》を跳《は》ね上げたが、すぐに我が物顔になって「潔《いさぎよ》くていいね」と笑った。

「もう逃げるのはやめたの？　じゃあ僕と一緒《いっしょ》に帝国に来るのかな」

兵たちが息を吞むのを感じた。城砦《じょうさい》の正面門前。傭《よう》兵《へい》を引き連れた皇子に、フェニシアたちは少し高い見張り台から向かい合っている。両軍どちらも武器を構えた一触即発《いっしょくそくはつ》の気配を全身に浴びながら、フェニシアは聖女らしい気品を保ちつつ、声を張る。

「勝負をいたしませんか、殿下《でんか》」

「勝負？」

武力で対抗すれば、勝っても負けても兵が傷つく。帝国はグラシカの首を飛ばせるが、こちらは皇子を傷つけられない。たとえ今だけ勝っても帝国から本隊が来ればあっけなく負けて聖女を奪《うば》われるだろう。――もしくは、民《たみ》が最後の一人になるまで戦うか。

（戦争は絶対に駄目。将来独立するためにも、なるべく穏便《おんびん》で、この先警戒《けいかい》されないように済ませたい。だから――）

フェニシアには勝算があった。武力でなくともこの国ならではの方法で、フェニシアが今まで得てきたものを発揮すれば誰《だれ》も傷つけず、勝っても負けても決して警戒されず――しかし必ず勝つ方法を、一つだけ思いついていた。

「かくれんぼをいたしましょう。わたくしが隠れますから、一時間以内に見つけられれば殿下の勝ち。一時間経《た》っても見つけられなかったらわたくしの勝ちです」

皇子はいい顔はしなかった。

「……僕が子どもだと思って馬鹿《ばか》にしてない？　立場の違《ちが》い、わかってる？」

「ええ、もちろん。皇帝《こうてい》陛下の命《めい》であればわたくしは貴国へ参ります。けれど、そこでの振《ふ》る舞《ま》いは二代目聖女と同じです」

「《死蠟《しろう》の聖女》か。君はそこまで苛烈《かれつ》な人には見えないけど？」

「あら、わたくしだって愛する民のためなら見知らぬ帝国の人間くらい、いくらでも固めてみせますわ。偉《えら》そうな王侯《おうこう》貴族なんか、特に」

口の端《はし》を上げてみせる聖女に、皇子は沈黙《ちんもく》する。——本当はフェニシアには辺りを白く変異させる力はない。「民を一人ずつ殺す」とでも脅《おど》されればもう逆らえない。だからこそ今は勝負時だった。

「わたくしにとって、一番大切なのは母国の民ですから」

「……こっちが勝ったら、おとなしくうちに来るの？」

抵抗《ていこう》される懸念《けねん》からか、提案に乗ることを視野に入れ始めたらしく、皇子が訊《き》く。

「ええ。一年だけ、帝国に仕えます」

「は？　たった一年？　……まあいいか、それでいいよ」

帝国に連れ帰りさえすれば、あとはどうとでも引き延ばせる——そう考えたのだろう。

「では殿下が負けた場合は、我が国の新王即位に必要な承認署名をいただけませんか？」

「ふうん、そんなのでいいの？　僕は構わないよ。承認なんて形式的なものだし」

二度と聖女を欲しがらないでと願ったところで呑むはずもないので、要求としてはこれが妥当《だとう》だろう。この国の王は三方の承認を得てから即位する。帝国、三賢老《さんけんろう》、そして前王か聖女。「陛下に必要なもの、忘れてませんよ」と耳打ちすると、「僕はすっかり忘れていました」と返された。帝国の意思など最初から無視する気だったようだ。

「話はこれで全部？」

セト皇子は気怠《けだる》そうに先を促《うなが》す。正式に「城内の人や物を傷つけない」や「施錠《せじょう》して閉じこもらない」などのルールを盛り込んで誓約書《せいやくしょ》を作成した。勝利条件は皇子が聖女に触《ふ》れて「みーつけた」と言うことだ、とフェニシアは特に強調した。

「ただ視界に入れただけでは勝利になりません」

「……かくれんぼってそういうものだっけ？」

「正確には隠れ鬼《おに》、または隠れ鬼ごっこと呼ばれるものですね。範囲《はんい》はこの城砦の敷地《しきち》内、庭を含《ふく》めるものとします。両軍とも、共に動ける味方を三人まで選びましょう。お互《たが》いに単独行動が許される身分ではございませんし」

グラシカに目配せすれば、「こちらは聖女様を主将として、僕と、配下の二人がつきます」と言った。彼とはここへ来るまでに打ち合わせてある。アメリアとアルベルトが前に出た。

「なら、こっちは――」

皇子が振り返ると、傭兵たちの中から体力や脚力《きゃくりょく》に自信があるのだろう三人が進み出た。そのうちの一人には見覚えがあった。金茶の髪《かみ》に、隠していない人狼の耳。

(陛下とアメリアを魚類呼ばわりする人だ……)

他にもいくつかの規則を記載《きさい》した紙に、セト皇子とフェニシアが署名した。

「では、始めましょう」

身柄《みがら》と、国の命運を賭《か》けたかくれんぼが始まった。

――あんなルール、認めるんじゃなかった、とセトは悔《く》やんでいた。

勝利条件は、セトが聖女に触れて「みーつけた」と言うこと。

見つけることはできる。どころか、聖女たちは隠れもしない。身体能力であれば聖女よりもセトが連れている人狼傭兵の方が勝《まさ》るはずなのだが、聖女との距離《きょり》は縮まらない。

「というか、これ、鬼ごっこだろ！」

なにがかくれんぼだ、と非難した。大声が届いたのだろう、城の三階の廊下《ろうか》を駆《か》けながら王と騎士《きし》に手を引かれていた聖女が振り返った。ごめんなさいとばかりにへにゃりと笑って、「だってこれ、隠れ鬼ごっこですから！　あっ、勝利宣言、『みーつけた』じゃなくて『つかまえた』の方が適切でしたね！」と叫《さけ》ぶ。

（そうじゃないだろ！　ああいらつく。いらつく……けど）

序盤《じょばん》では、城の構造を把握《はあく》しているあちらに分がある。だが元は帝国の所有していた砦《とりで》だ。セトもこの城砦の設計図は頭に入れている。勝てない道理はないはずだ。

必死に追いかけていけば、向こうの騎士が廊下の窓を開けた。いつの間にか、赤毛の水棲族の侍女《じじょ》は中庭で待機している。

(なにを――)

セトが追いつく前に、王は聖女を抱《だ》きしめ、中庭の池へと飛び込んだ。

「なっ――」

セトは窓に張り付いた。

(三階だぞ⁉ しかも、着水の寸前、水の方から、迎《むか》えに来なかったか?)

見間違《みまちが》いか、と狼狽《うろた》えるセトに、傭兵の一人が苦い顔で言う。

「水棲族は稀《まれ》に、水を引き寄せる個体がいると聞きます」

「この高さならお前たちでも飛び込めるか?」

「……水棲族のいる水場に飛び込むのは危険です。あの王が去っても、赤毛の女がまだ池のそばに……能力はどれほどかわかりませんが」

「くそっ! 下へ行くぞ!」

セトは叫び、先ほど息を切らして駆けあがった階段をまた下りるために廊下を走った。

一方、その少し前、フェニシアたちはずぶ濡《ぬ》れになりながら池から這《は》い出た。水が意思をもったように二人の衣服からこぼれ、離《はな》れ、池へ戻《もど》っていく。周囲に立つ両国の見張り兵たち――ゲームに参加していないので動いても喋《しゃべ》ってもいけないと定められている――がのけぞりながらフェニシアたちを見ているが、この際なりふり構っていられない。

水が絡《から》むと、彼は少し陽気になるようだった。

「いやぁ、経験が活《い》きましたね、聖女様。やはり国家元首同士たるもの、一度は共に川へ飛び込《こ》んでおくものですよ」

「うちの国だけですよね、それ!?」

アメリアがくれた大判のタオルを背負うように纏《まと》って、彼と中庭を疾走《しっそう》する。アメリアは敵側が真似《まね》をして池に落ちてこないように威嚇《いかく》する役目だ。――実際に水を操《あやつ》れるのはグラシカだけだが。そしてアルベルトは三階の廊下を走り、すでに次の行動に移っている。

「また水中深くに隠れていれば、悠々《ゆうゆう》とくつろぎながらでも勝てたのですが」

「絶対無理です！　あれは真っ暗で深い沼《ぬま》だったからいけたんですよ！」

中庭の池は透明《とうめい》度が高いのですぐバレる。公衆の面前で水中キスは破廉恥《はれんち》だ。

「あと何分ですか？」と訊《き》くフェニシアに、「残り四十分」と彼が懐中時計《かいちゅう》を見て答える。

「駆け抜《ぬ》けましょうね、陛下！」

「そうですね、貴女《あなた》の案に賭けましょう」

「見つけたぞ！」

セトが聖女の背を見つけたのは五分後のことだった。臣下はおらず聖女と王が二人で走っている。よく見れば、そのさらに前方で赤毛の侍女がなぜか桶《おけ》を持って立っていた。

予想通り、前方の廊下に水がばしゃあと盛大にぶちまけられた。とてもよく滑《すべ》りそうだ。

(――おい、まさか)

「馬鹿なのか!? 妨害行為《ぼうがいこうい》なんて反則だろ!」

セトが指摘《してき》すれば、前方を走る聖女が振り返る。

「あら、わたくしたちが追っ手にむけて撒《ま》いたならいざ知らず、侍女がうっかり手を滑らせた失態を咎《とが》めるなんて了見《りょうけん》の狭《せま》いことを……いきなり降る雨に文句がつけられまして? わたくしたちも同じ道を走っているのだから曇《くも》りひとつなく平等ですわ」

「絶対わざとだろ!」

(大体、あの速度は何なんだよ……!)

水を撒いて追っ手を妨害《ぼうがい》する策は考えられても、なぜ自分でもその道を追いつかれずに走れると確信できたのか。水棲族の血を引く新王はともかく、聖女が靴《くつ》を履《は》いたまま、『ほどよく人をこけさせるための腹立たしい濡らし加減』の廊下を滑らずに走れるというのか。

あちらの王も「僕も驚《おどろ》きましたよ。貴女がここまで走れるとは」と感心している。

聖女は嬉《うれ》しそうに言った。

「健康体に生まれたのが嬉しくて、冬も裏庭を歩き回っていたんです!」

一度で理解できなかったのは向こうも同じか、首を傾《かし》げた王に、聖女は砕《くだ》けた口調で言った。「踏《ふ》み固めまくって微妙《びみょう》に半透明に溶《と》けた雪道、やたら滑りません?」と。

要は滑りやすい道の爆走《ばくそう》は慣れている、ということらしい。冷遇《れいぐう》された皇子とはいえ、舗装《ほそう》された道を馬車で進んできたようなセトには理解しがたい庶民《しょみん》の発想である。

——そして聖女は、スタッドレスでない車のタイヤにチェーンを巻くが如《ごと》く、いくつも結び目を作った細い紐《ひも》を靴裏に巻き付けていたのだが、セトは気づかなかった。

（……くそっ、なんでこれが反則にならないんだよ⁉）

かくれんぼ（もとい隠《かく》れ鬼）を始める前に両者が同意した規則・禁則事項《じこう》は五つだ。

一、皇子セト、聖女フェニシアを各主将とし、両軍とも三名の従者を含む各四名のみが移動し、他の者は接触《せっしょく》してはならない。

二、両軍とも、敷地内のいかなる人・物も傷つけてはならない。

三、両軍とも、いかなる扉《とびら》も（内側からも外側からも）施錠してはならない。

四、両軍の見張り兵は開始時点の立ち位置から動いてはならず、また、相手の動向を味方に教えてはならない。

五、以上を破った場合、違反者《いはんしゃ》の属する軍は全員その場で三十分静止とする。

ゲーム開始からもうじき三十分が経《た》とうかという今、罰則《ばっそく》をくらえば、実質敗北。ゲーム終了《しゅうりょう》まで指をくわえて待つことになる。

(兄上たちを見返さなきゃいけないのに、こんなところでつまずいていられるか!)

セトは歯嚙《はが》みした。勝負など受けず武力でねじふせれば早かった。しかしこの煩《わずら》わしい遊びも永遠に続くわけではない。時計を見れば残り三十分。——じきに解放される代わりに、聖女を捕《つか》まえられなければセトの負けだ。

(勝てるのか? 本当に)

ほのかな不安の種が、セトの心に芽吹《めぶ》き始める。


「くそっ、またか!」

二度目の飛び込みに、上方から皇子の悪態が聞こえる。フェニシアたちは今度は四階から飛び降りた。上階に引き付けておいて飛び込む——やるとわかっていれば下で待ち構えられるが、そんな印象に残る手を二度も使わないだろう、というあちらの予想の裏をかいて成功した。

「残り二十分ですね。……そろそろ隠れる準備をしましょうか」

グラシカが懐中時計を見ながら言う。身体能力の差からして、人狼族がゲームに交《ま》ざり、捕獲《ほかく》対象が聖女である以上、どうしても純粋《じゅんすい》な追いかけっこでは必ず負ける。だから隠れる要素が必要なのだ。

「すみません、陛下。敵にこんなに歩き回らせたら、城の構造を把握できちゃうのに」

「構いませんよ。この城砦《じょうさい》は元々帝国《ていこく》が放棄《ほうき》したものですし、構造は知られています」

──しかし《大瘴禍》後にでき、帝国の知らない構造物が一つある。

それは聖女の塔《とう》だ。

フェニシアたちは、聖塔の地下一階へと向かった。アメリアとアルベルトにはかつらを被《かぶ》せ、聖女たちのふりをして逃《に》げてもらっている。ぎりぎりズルではない……はずだ。

聖塔の地下一階、宝物庫の鍵《かぎ》を静かに開ければ、室内には祭儀《さいぎ》用の豪奢《ごうしゃ》な聖杖《せいじょう》や古い壺《つぼ》など、普段施錠《ふだんせじょう》しているのは宝物があるからだと思わせるような品々が並んでいる。

グラシカと共に中へ入り、勝負の規則を守るため施錠はしないまま扉を閉めた。

「さて陛下、一見普通の宝物庫ですが、実はこの奥に隠し空間がありまして！　正しい手順を踏まないと絶対に辿《たど》り着かないんです。閉じこもるには最高です！」

「閉じこもったら反則ではありませんか？」

「でも第三項『両軍とも、いかなる扉も（内側からも外側からも）施錠してはならない』には抵触《ていしょく》しません！　指摘されなきゃイカサマはイカサマじゃないんですよ！」

「……貴女が決めた規則、欠陥《けっかん》だらけで都合がいいですよね」

「そりゃ主催者《しゅさいしゃ》が一番有利になるのは必然です！」

フェニシアは不確かなものに身柄《みがら》を賭《か》けたりしない。勝負を吹《ふ》っ掛《か》けるからには、どう転んでも勝つ準備をしてから挑《いど》む。自分が帝国に行くことはすなわち、この国の滅亡《めつぼう》だ。

「さーて、閉じこもりますよ！　急がなくちゃ！」

部屋の正面には国の紋章《もんしょう》が描《えが》かれたタペストリーとその裏に隠された扉。左側の壁《かべ》には大きな額に入った絵、右側には本棚《ほんだな》、中央の空間には机と椅子《いす》が一セット。

タペストリー裏の扉はダミーである。開けても石壁《いしかべ》があるだけだが、この塔の造りを知っている者なら必ずこの扉の先に空間があると推測し、その扉に固執《こしつ》するだろう。

フェニシアは迷わず椅子を持って左側の壁に行く。壁に掛けられているのは巨大《きょだい》な――とても一人では盗《ぬす》めそうにない大きさの肖像画《しょうぞうが》。額縁《がくぶち》の上を覗《のぞ》き込み、手を伸《の》ばして、カチリ、と仕掛けの留め具を外す。椅子をもとの場所に戻し、巨大な額縁の左側に手をかけて思い切り右側に押しやると、石造りの壁が、まるごと右側にスライドした。

「……は？」

壁が滑《なめ》らかに動くありえない光景に、グラシカが声をあげる。そしてすぐにその驚愕《きょうがく》を恥《は》じたようで、「すみません」と口を手で覆《おお》った。

(やっぱりジャパニーズ引き戸は鉄板だな！)

「追っ手、まだ来なさそうですか？」

耳の良い彼に問えば、「はい、まだ塔に来た音はしません」と言う。満足げなフェニシアの横へ来て、彼は滑らかなスライドレールをしげしげと眺《なが》めた。妥協《だきょう》なしの工事だった。レールは扉の向こう側にあるので、引き戸の概念《がいねん》がない者にはまず見抜《みぬ》けない。

彼を連れて隠し通路へ入り、石壁は元に戻《もど》しておく。細い通路の先にある第二の障害もまた石壁だ。組み木パズルのように石のはめ込《こ》みを動かすフェニシアを見て、「よくもまあ、ここまで……凝《こ》り性《しょう》というか……職人気質《かたぎ》というか」とグラシカは唸《うな》っている。

「私が後継《こうけい》になって最初にやった大仕事ですね！」

本来は『聖女職を引き継《つ》ぐための媒体《ばいたい》』を守る安全策だった。

フェニシアの知識が特殊《とくしゅ》だと気づいた先代聖女に改良を任され、二十畳《じょう》ほどあった部屋の廊下《ろうか》側八畳をダミーの宝物庫にし、残りを本命の隠し部屋と通路に使った。先代に呆《あき》れられながら着想から完工まで一年かかった立体超《ちょう》大作だ。業者も三つに分けたので全貌《ぜんぼう》を知るのはフェニシアだけ。後継者を作るまで教えられそうになかったので、思ったよりも早くお披露目《ひろめ》できてほくほくである。

第三の障壁《しょうへき》は、床《ゆか》と扉の隙間《すきま》に手を突《つ》っ込み、扉を下から持ち上げる。つまるところ壁に擬態《ぎたい》したシャッターだが、人間、意外と床側から開ける仕組みには気付きにくい。普通に暮らしていれば、背丈《せたけ》以上の大きさの扉を開けるのにしゃがもうなどとは思わない。

「そのうち回転しそうですね……」と彼が呆れかえったように呟《つぶや》いた。

「陛下、忍者《にんじゃ》の素質ありますね！」

それは回転扉《かいてんとびら》、正式名称《めいしょう》『どんでん返し』という技法である。フェニシアの前世の祖父が忍者マニアで、元祖リアル脱出《だっしゅつ》ゲームとも言える全国各地のからくり忍者屋敷《やしき》の話をしてくれた。サバイバル術好きの思考とも合致《がっち》して、あらゆる技を履修《りしゅう》済みだ。

「隠し階段に落とし穴、掛け軸《じく》裏の抜け穴に、どんでん返しに仕掛け弓矢！　もう聞いてるだけでわくわくしませんか！　これも生き残るための人類の叡智《えいち》！」

「最後の弓矢だけ興味あります」

多分、仕掛けた聖女本人がうっかり自爆《じばく》しないかどうかの心配だろう。「ここには仕掛けてないですよ！」と申告《しんこく》しておく。

「さて陛下、最後の問題です！　次の間《ま》へはどうやって行くでしょうか！」

「やってる暇《ひま》ありますか」

「陛下の方が耳いいでしょう？　どうです？　そろそろ皇子たち来ます？」

「いえ、まだですが……」

「じゃあどうですか、挑んでみませんか！」と期待の眼差《まなざ》しを向けてみれば、彼はぺたぺたと壁を触《さわ》ったあと「わかりません」と首を振《ふ》った。

むふふ、と早く正解を言いたくて堪《たま》らないフェニシアを見て、彼は溜息《ためいき》をつく。

「……言いたいんですね、言いたいならどうぞ」

「正解は、床！」

「床？」

「扉の上に私たちが乗っちゃってるんです！　なので開かない！　踏まないようにちょっと戻って――ほら、ここ。この一点を的確に押すと……」

「……戻らせるくらいなら手前で待たせてくれればいいものを」

「お披露目したいんですよ余すことなく！　自慢《じまん》したいんですよ最高傑作《けっさく》を！」

フェニシアは屈《かが》んで、床の的確な一点をぐっと押し込んだ。対《つい》となる場所がちいさく盛り上がって取っ手になる。日本の床下収納と同じだ。取っ手に指をかけて蓋《ふた》を上げれば、地下の空洞《くうどう》から、涼《すず》やかな空気が通り抜けていった。

「お先にどうぞ。私、蓋閉めるので」

グラシカほどの体格でもぎりぎり進める幅《はば》と高さの地下通路だ。彼は不安げに進んでいったが、最奥《さいおう》まで辿りついて立ちあがると、「え」とちいさく呟くのが聞こえた。フェニシアも通路から這《は》い上がり、まっすぐに立って彼を見る。

「――そう、あれが例の媒体です。聖女を引き継ぐために必要なもの」

隠《かく》し部屋の最後の一画。ちいさな机に、硝子《ガラス》製の花瓶《かびん》。

見る者を惹《ひ》きつけるそこには、『白銀の百合《ゆり》』が一輪、光を帯びて咲《さ》き誇《ほこ》っていた。息づく気配はなく、ただ神が手掛けた至高の蠟細工《ろうざいく》のように、すべてを威圧《いあつ》し、そこに在《あ》る。

グラシカは目を眇《すが》めて、すり寄ってきた。

「……聖なる力と言いましょうか……神々《こうごう》しすぎて、亜人《あじん》の血を引く僕にはつらいです」

「あ、体内の瘴気《しょうき》ごと滅《めっ》されそう、って感じですか？　……具合悪くなっちゃいますか？」

おそるおそる訊《き》くと、「いえ、耐《た》えられないほどでは」と返ってきた。心苦しいがここが最も安全な場所なのでしばし我慢《がまん》してもらうしかない。沼《ぬま》の時とは反対だ。

あと十二分、と彼の懐中時計《かいちゅう》を見て確認する。

ここまで辿りつくとは思えないが、もし突入《とつにゅう》されればまずいので、継承媒体《ばいたい》の白百合を隠し、避難《ひなん》経路を確保する必要がある。壁に立て掛けられている金属棒で「よいしょ」と天井《てんじょう》の紐《ひも》を引っ張れば、上から木製の簡易階段がぱらぱらと下りてくる。

「こうすると上の階から私たちが降りてきたみたいでしょ？　ぜーんぜん鍵なんか掛けてませんよっていうわかりやすい言い訳です！」

ついでに、数々の仕掛けを突破されこの部屋に辿りつかれた際の唯一《ゆいいつ》の逃げ道にもなる。上階へ続く扉はまだ開けておらず、こちらからしか開かないため、皇子たちが上階の床を見ても扉の存在には気づかない。

グラシカは呆れかえった顔で言う。

「ここまで小細工を――いえ、仕掛けを尽《つ》くして閉じこもっていいんでしょうか」

「家の中のかくれんぼで床下収納に隠れたらズルになる？　柱時計や戸棚《とだな》に隠れたら駄目《だめ》ですか？　ぜーんぜん〝あり〟だと思いますけど」

最初に銘打《めいう》ったとおり、これは鬼《おに》ごっこではない。隠れ鬼だ。

白百合を木箱に入れて運び、他のダミーの木箱と共に階段の裏にうまく溶《と》け込ませると、

「……ああ、気配がだいぶ薄《うす》まりました」と彼が息を吐《は》いた。

「遮蔽《しゃへい》が効くんですよねー、やっぱり瘴気と聖女の気って本質は同じなのかな」

そう何気なく呟くと、「……え？」と彼が訊き返した。

それから、思うところがあったのか、彼は緊迫《きんぱく》した様子になり、しばらく逡巡《しゅんじゅん》し、やがて真剣《しんけん》な顔をして言った。

「――あれ、殖《ふ》やせませんか」

きょとんと目を瞬《またた》かせるフェニシアを必死に見つめ返しながら、彼自身、まだ思考がまとまっていないのか、続く言葉は迷子のように揺《ゆ》れていた。

「もし、もしもあの花が世界中に咲いていれば、瘴気など寄り付かないのではないでしょうか。もちろん、この国が聖水で外貨を稼《かせ》げなくなっても潰《つぶ》れないように、特産品や外交を強化してからですが――これを大量にばらまけば、聖女がいなくても世界が保てる」

予期せぬ提案に、ぽかんとフェニシアは口を開けた。

――今、この人はとんでもないことを、提案している。

「え、えっと」

戸惑《とまど》いながら、それでも自分に言えることをフェニシアは言った。

「あの花は後天的にというか、聖女が力を加えてるからこそ神々しい感じになってるだけで……元は何の力もない植物だし、もう蠟細工みたいになってるから繁殖《はんしょく》は——」

「……そうですか」

彼は残念そうに目を伏《ふ》せた。

「結局貴女《あなた》が一つ一つ力を与《あた》えないと生み出せないということですね」

彼はもう諦《あきら》めたような顔をしたが、フェニシアの鼓動《こどう》はむしろ速まっていた。

「で、でも、これじゃなくても、清浄《せいじょう》な力を持った植物があればいい、ってことですよね？　初代聖女様だって突然変異の個体だし、陛下も農園で瘴気耐性《たいせい》の強い作物を探してるところだし——瘴気に強いどころか瘴気を消しちゃう植物もいずれみつかれば……？」

「……それは」

今、二人は同じ未来を描《えが》いただろう。真っ白な花が咲き乱れ、瘴気を恐《おそ》れずに済む世界。

「——それはまるで、天国のようですね」

困ったように彼は苦笑《くしょう》した。

「そうですね！　生態系にさえ気をつけてばらまけば、誰《だれ》も瘴気に困らない世界になる」

「聖女が要《い》らない世界ですね。ああ……ようやく、少し未来が見えました」

「私がお役御免《やくごめん》の世界ですか！」

あはは、とフェニシアは笑う。聖女を辞《や》めろと彼に散々言われて反発してきたが、そん

な世界なら、喜んで辞められるだろう。

「こんなこと思いつくなんて、予想もしてなかった」

彼と出逢《であ》ったからこそ——そして、持っているものを、本心を、すべて打ち明け合ったからこそ、今この瞬間《しゅんかん》があるのだろう。

「ふふ、すごいなぁ。陛下ってやっぱり私が思いつかないことを思いついてくれますね！」

笑顔《えがお》を向ければ、彼は肩《かた》をすくめ、買いかぶりすぎですよと困った顔をする。

「僕も初代聖女様が亜人の一種だと知ったばかりで……そうでなければもっと早く提案できたのですが」

「私なんて聖女の秘密もこの花のことも知ってたのに、いつも現代知識頼《だよ》りの改革ばっかりで……くっ、精進しないと」

唸《うな》っていると、耳の良い彼が入口側を振り返り、

「……今、塔《とう》の入口に来ました」

と呟《つぶや》いた。

はっとしてフェニシアは息を潜《ひそ》める。セト皇子達がやってきたのだ。やがて同じ階に来る音がすると言う。あと八分。——この宝物庫に入ってきた音がすると言う。あと五分。

ばくばくと騒《さわ》ぐ心臓の音は、きっと耳のいいグラシカには聞こえているだろう。どちらからともなく静かに近づけた手を、互《たが》いの感触《かんしょく》を確かめるように強く握《にぎ》った。

（――絶対負けるわけにいかない）

思いつく限りのすべてを、なりふり構わず使い切った。この地下室には窓がない。数々の仕掛《しか》けが看破され、彼らが辿《たど》り着いてしまったら、フェニシアたちは階段を駆《か》け上がって上階へ逃《に》げ込《こ》まねばならない。一発勝負だ。

（でも白百合の浄化の気配が強いから、人狼の傭兵《ようへい》も飛び込んですぐは怯《ひる》むだろうし、とっさの隙《すき》もできるだろうし、天井も落とせるし、それからそれから――）

不安だらけで、めまぐるしく思考が飛び交《か》う。彼が手に力をこめ、静かな金色の瞳《ひとみ》で覗《のぞ》き込んでくる。フェニシアを落ち着かせようとしてくれているのだとわかった。

（この人がいてくれるだけで――）

暗闇《くらやみ》で怖《こわ》がっていた時、見つけてくれたのも彼だった。湖の小舟《こぶね》で落ちかけたのを助けてくれたのも、一緒《いっしょ》に川底へ飛び込んだのも、全部この人だ。

そう思うだけで、気持ちが晴れやかになる。無敵になれた気がする。

陛下、と口だけ動かして音にならない言葉で伝える。彼なら読み取ってくれると信じて。

『私、あなたに、この国の王様でいてほしい。そばにいてほしい』

「………」

『これからも、よろしくおねがいします。一緒にがんばりますから』

彼は、何も言わず、ほんのわずかに微笑《ほほえ》んだ。

皇子たちは難航しているようだった。ダミーの扉《とびら》を叩《たた》いたり、手当たり次第に押そうとしたり、一人は別の部屋を探しに行った。「反則だろ！」と皇子の叫《さけ》ぶ声もするが、「こいつらズルしてたから僕の勝ちだ」と言うにはフェニシアが施錠《せじよう》していたことを立証しなければならない。――そもそも規則を破った場合のペナルティは、『その場で三十分静止』であって、敗北ではない。

懐中時計を見れば、あと四分、三分、と減っていく。息を殺してひたすら耐える。――やがて遠くで鐘《かね》の音が高らかに鳴り響《ひび》いた。試合終了《しゆうりよう》の合図だった。

「陛下……！」

思わず歓喜《かんき》の声をこぼし、彼と見つめ合った直後、正面の壁《かべ》がぶち抜《ぬ》かれた。

「は⁉」

強度が足りなかった。穴を蹴《け》り開けたであろう人狼傭兵と見事に目が合ってしまう。

（私の最高傑作《けつさく》が――――！）

リアル脱出《だつしゆつ》ゲームで一番来てほしくない客である。鉄球でもぶちこんだのかと思うような大穴をまたいで、金茶の髪《かみ》の人狼傭兵が「やっぱりここにいんじゃねえか！」と叫ぶ。

「うっ、なんだこの部屋。ぞわぞわする。密室だから聖女の気がこもったのか？　いやに神々しくて……聖女って最悪だな！」

　白百合《しらゆり》は既《すで》に隠《かく》してあるため、密室に聖女の気が溜《た》まったと勝手に解釈《かいしゃく》したらしい。進むのを躊躇《ちゅうちょ》する付き添《そ》い三名の傭兵をどかしながら、セト皇子が大股《おおまた》で寄ってきた。

「ずるいだろ！　規則違反《いはん》だ！」

「あら、どうして？　鍵《かぎ》は掛けておりませんのに」

「棒を突《つ》っかけて閉じこもったようなものだろ!?　扉が開かなければ施錠と同じだ！」

　本来なら真っ当な指摘《してき》であるが、フェニシアだって当然言い訳を用意している。

「鍵を持つ者しか開けられない錠前や、内側からしか取り除けない閂《かんぬき》を掛けていれば『施錠』になってしまいますが、誰でも方法次第で開けられる扉に文句を言うのは、蟻《あり》さんが『重くてドアノブが回せないよー』と泣くのと同じで——うぎゃっ」

　人狼傭兵に鋭《するど》く睨《にら》まれて、フェニシアは慌《あわ》ててグラシカの背に隠れる。

「……もう武力行使でいいよね」

　皇子の言葉に反応し、傭兵たちが剣《けん》を引き抜く。グラシカもフェニシアを庇《かば》いながら、剣を構えた。一瞬で距離《きょり》が詰《つ》められ、剣戟《けんげき》の音が響く。グラシカに応じる傭兵たちはわずかに分が悪そうだ。聖女の気とやらがよほど煩《わずら》わしいのだろう。しかし具合が悪いのはグラシカも同じ——いや、むしろ長く浴びている分、彼の方が重篤《じゅうとく》だろう。

「ハンデをさしあげますね！」

　先ほど天井《てんじょう》階段を下ろすのに使った金属棒を思い切りぶん投げて、傭兵の向こう脛《ずね》を狙《ねら》った。いかつそうな傭兵の一人に見事ヒットし、「うっ」と呻《うめ》く。

「聖女様！」

グラシカに怒《おこ》られた。「殺されたらどうするんです⁉」と指摘される。慌てて今度は壁に駆け寄り、燭台《しょくだい》風のレバーを引いた。『ドゴッ』と思わずこちらも顔をしかめるほどの勢いで壁から飛び出したハンマーに、いかつい傭兵が顔面から吹《ふ》き飛ばされる。

「その名も撃退《げきたい》ハンマー弐号《にごう》！」

——そう、工夫したのは部屋の入り方だけではない。侵入者《しんにゅうしゃ》撃退用の装置もある。

「えげつな……いや、思い切りの大変よろしい……亜人は頑丈《がんじょう》なので構いませんが」

廊下《ろうか》の壁にもたれて「ぐぬう」と鳴いて気を失った男に、グラシカが憐憫《れんびん》の視線を送る。

「し、しまった、力強すぎたかも！　陛下、今度改良に付き合ってください！」

「僕で試すつもりですか？　さりげなく貴女も僕の命を狙ってますよね。ちょくちょく色仕掛けもしてきますし。僕、貴女に手を出すと死刑《しけい》なんですよ」

「狙ってませんって！　物騒《ぶっそう》な！　というか、皇子と直接対決なんて問題では？」

「わかりやすくて僕は気楽ですが」

ふわっ、と彼が懐《ふところ》から出した小瓶《こびん》を放ると、割れ出た水が床《ゆか》を這《は》い進み、残りの傭兵たち二人の足をもつれさせた。その崩《くず》れた体勢を持ち上げるようにグラシカは高く脚《あし》を蹴り上げ、鳩尾《みぞおち》を殴《なぐ》る。流れるような手並みで、皇子の連れていた傭兵を制圧した。

「超能力《ちょうのうりょく》！　また超能力使った！」

興奮してフェニシアは手を叩く。それを気に留めないグラシカは「さて」とフェニシアの隣《となり》に立ち、前を見据《みす》えた。

あとはセト皇子だけだ。皇子が何か言おうとしたとき――。

「危ない！」

銀色の短剣が投げ込まれ、皇子を狙った。それを弾《はじ》いたのは咄嗟《とっさ》に踏《ふ》み込んだグラシカの剣だった。

(何事……!?)

飛んできた方向を見れば、部屋の入口に、神官服の青年がいる。

「ミハエル……？」

フェニシアは呆然《ぼうぜん》とその姿を凝視《ぎょうし》した。彼の手には短剣が握られている。予想もしない人物の登場に、フェニシアもセト皇子も動揺《どうよう》していた。ただグラシカだけは冷静に言う。

「なるほど、聖女様が内密に大聖堂に来ていることを一体誰《だれ》がセト皇子たちに知らせたのかと思っていましたが……帝国神殿《ていこくしんでん》の職員が帝国に迎合《げいごう》するのは当然ですね」

(そんな……でも、そういえばミハエル、私がすぐに帰るかどうか気にしてた)

――それはつまり、彼が聖女を帝国に売ったということだ。

(でも、それならどうして今、セト皇子に短剣を投げつけたんだろう)

全員の視線を浴びながら、ミハエルは自嘲《じちょう》する。

「俺だってね、剣を扱《あつか》えるんですよ。聖女様はご存じなかったでしょうが、小さい頃《ころ》からこっそり練習してたんです。アルベルトには勝てなかったけど」

ひどく暗い声だった。

「聖職者になろうと思ったこともあったんです。だけど向いていなくて、いくら聖詩をそらんじても瘴気《しょうき》は逃げていかなかった……はは、瘴気にすら軽んじられているんです」

「……ミハエル」

フェニシアは言葉を掛《か》けようとしたが、彼は口を挟《はさ》ませない。

「何にもなれない俺は、神殿に就職できました。そして転機が来た。セト皇子がいらして、聖女様を攫《さら》うのに協力しろと言った。望みを叶《かな》えてくださるというから、俺は帝国に行きたいと望んだ。そしてその少し前にも、帝国から手紙を頂いていました」

「……まさか、兄上たちが？」

セトの目が見開かれる。

「はい。セト皇子に協力し、状況《じょうきょう》を報告し、失敗すればその場で処分するようにと」

冷酷《れいこく》な言葉に、皇子の左右色違《いろちが》いの瞳《ひとみ》が絶望を映す。

グラシカはミハエルに長剣を向けながら、皇子を背に庇《かば》って苦笑《くしょう》する。

「《森》を越《こ》えるためによく知らない傭兵《ようへい》と現地人なんて雇《やと》うからですよ。まあ亜人排除《はいじょ》主義の帝国で、普段《ふだん》から《森》に同行できるような亜人を抱《かか》えておくのは難しいかもしれませんが、できれば変わらぬ忠誠を誓《ちか》ってくれる、互《たが》いに愛着を寄せるような亜人を――」

「……っ、何も知らないくせに‼」

悲鳴のような叫びだった。

「僕が、亜人なんか手元に置いたら、ますます母上の肩身《かたみ》が狭《せま》くなるんだよ！　ただでさえ僕は片目が変異した《亜人かぶれ》なのに、亜人と仲良くなんかしたら――」

「そうですか。では僕とお友達になりましょう。貴方《あなた》の帝国での地位、完膚《かんぷ》なきまでに失墜《しっつい》させてさしあげます」

「な――」

なにを、と彼に食って掛かりそうになったが、また自分に投擲《とうてき》された短刀がグラシカの剣によって叩《たた》き落とされるのを見て、皇子は冷静な顔で彼を仰《あお》ぎ見た。

「なぜ僕を助ける……？」

「子どもが血みどろになるのは、寝覚《ねざ》めが悪い。……自分の番になるとわかるものですね。どうして親が誰なのかわかる前も、何一つ得もないのに周りの皆《みな》が守ってくれたのか」

自嘲のようでいて、どこか誇《ほこ》るような笑みを浮かべる。

「何もしなければ子どもが死ぬ――ただそれだけで、僕もこうして体が動くのだから笑えないことです」

皇子を庇う王を見て、ミハエルは短剣を握《にぎ》る手が震《ふる》えていた。

「俺だって……俺だって、悪者になりたかったわけじゃない……っ、ただ、幸せになりたいだけなのに」

——その嘆《なげ》きに応じるように。

「まったく、度胸のない人だこと」

と突然《とつぜん》、少女の声がした。全員の視線を浴びて廊下から現れたのは、金髪《きんぱつ》の身なりのいい令嬢《れいじょう》だった。背後には制服ではない、見慣れぬ兵を四名ほど連れている。

（あれ？　見覚えがあるような……ええと……名前が思い出せない）

目を彷徨《さまよ》わせるフェニシアに、「……貴女《あなた》は顔を覚えるのが苦手ですね。舞踏会《ぶとうかい》で貴女のドレスを褒《ほ》めていたイレーネ嬢です」とグラシカが教えてくれた。

「あ、そうだ初代聖女様と同じ名前の……でもどうしてこんなところへ？」

「彼女も皇子の協力者なのでしょう」

「えっ」と驚《おどろ》くフェニシアに構わず、グラシカは続けて「貴女も帝国に行きたくて協力を？」と平然と訊《たず》ねる。

イレーネは、あだっぽく口元に指先を添《そ》えた。

「ええ、そうですわ。ミハエルが一人じゃ怖《こわ》いと言って泣きついてきたんですの。これでも親が決めた婚約者《こんやくしゃ》なんですのよ」

変わり身の早い彼女は、女王のように振《ふ》る舞《ま》った。

「うふふ、皆様の兵は遠ざけておきましたわ。勝負は決まらず、武力での決戦になった、と言ってね。今頃、城の前は戦場ですわよ」

「な、なんでそんなことを！」

早く止めに行かなくちゃ、とフェニシアが駆《か》けようとすれば、ミハエルが入口を塞《ふさ》ぐように立つ。フェニシアの首に剣先《けんさき》を向けた。

「通して」

短く睨《にら》む聖女に、ミハエルが怯《ひる》んだ。しかし震えながらも、突《つ》きつけた剣は引かない。

駆け寄ろうとするグラシカの剣を、イレーネの連れてきた兵が受け止めた。

同時に、急ぐような足音がして、入口に現れたのはアメリアとアルベルトだった。試合終了《しゅうりょう》の鐘《かね》が鳴ったので戻《もど》ってきたのだろう。フェニシアに刃《は》が向けられているのを見て、

「フェニシア様……！」とアメリアが声を震わせた。

「聖女様、お願いがありますの」

緊迫《きんぱく》した空気の中、うっとりした顔でイレーネは言う。

「わたくしを、次の聖女にしてくださいな」

「……へ？」

「わたくしに聖女の力を与《あた》えてください。わたくしが帝国に行きますわ！」

フェニシアはぽかん、と間の抜《ぬ》けた顔をしたが、すぐに思考を取り戻す。

（そっか、なにも私を帝国に連れていく必要はないのか！）

しぶる聖女をなんとか連れ帰って言うことを聞かせようとするより、帝国に行きたがっている者に聖女の力を持たせる方がよほど都合がいい。そこでふとフェニシアは思う。

「どっちかが帝国に行って、どっちかがこの国の聖女になればいいんじゃない？」

全員がぎょっと沈黙《ちんもく》した。

「あ、でも待って、そうするとこの国の聖水が買ってもらえなくなって外貨が――いやでも陛下が食料にこれから力を入れて――うーん、でも不作の年とか、聖水のことがなければ帝国は助けてくれないし……やっぱり無しで！　聖女はこの世に一人です！」

自分で提案しておきながら自分で結論づけたフェニシアを見て、「この聖女、本当は結構馬鹿《ばか》なんじゃない？」と皇子が訝《いぶか》しむ。

「少しおしゃべりが下手なだけです」とグラシカがあまり真剣《しんけん》みのない顔で庇《かば》った。そして「勝利報酬《ほうしゅう》は『任意の相手を聖女にする』でなくてよかったんですか」と皇子に囁《ささや》く。

「なんですって？」

耳ざとく聞きつけたイレーネは、協力関係であったはずの皇子をぎっと睨みつけた。

「そうですわ！　どうしてわたくしを聖女にするよう要求しなかったんですの！」

強くなじられて、皇子はわずかに背を後ろに引いた。

「……同じ能力でも、派手な生活に目が眩《くら》んで聖女になりたがる人間より、昔から民《たみ》に慕《した》われてて、父上も才識を認めてる〝本物〟を連れ帰るほうが帝国の為《ため》になると思って――」

「亜人かぶれのくせに!!」

憎悪《ぞうお》の瞳でイレーネは吐《は》き捨てた。

「兄皇子にも始末されそうな身で、わたくしを値踏《ねぶ》みしないでちょうだい！」

毒気にあてられたようにセトは後ずさり、そのまま床《ゆか》に座り込《こ》んでしまう。皇子を見限ったイレーネは、転がっていた人狼傭兵たちを蹴《け》って回った。

「起きてちょうだい！　いつまで寝ているの」

起きたのは一人だけ。因縁《いんねん》の金茶髪の青年だ。がばりとバネのように跳《と》び起きると、グラシカに指を突きつけた。

「水でこけさせるなんざ、卑怯者《ひきょうもの》のやることだ！　何度も恥《は》ずかしくねえのかよ！」

（て、敵が復活しちゃった……！　イレーネ嬢が連れてきた兵もいるのに！）

そしてこの場の支配者は自分だとばかりにイレーネは中央で声を張る。

「さあ聖女様、わたくしに聖女の力を譲《ゆず》ってくださいな！　どう祈《いの》ればよろしいの？」

――継承《けいしょう》方法を秘匿《ひとく》しておいてよかった、とフェニシアは冷や汗《あせ》をかく。間違《まちが》っても階段裏に隠《かく》した《媒体《ばいたい》》に視線など送ってはいけない。いくら箱で遮蔽《しゃへい》したとはいえ聖女がこの場にいなければ「なんだこの神々《こうごう》しい空気は」と気づかれてしまうほどの異物なのだ。

「……早く決めてくださらない？　でないとその陳腐《ちんぷ》なお顔にもっと醜《みにく》い傷がつきますわ」

彼女の命令で、ミハエルはずっとフェニシアの首に剣を突きつけている。グラシカが動《どう》揺《よう》を示すが、当のフェニシアにとっては大した脅《おど》しではなかった。

「私がどうなろうと、国の行く末の方が重要です。母国を売ろうとする方には渡《わた》せません」

「へえ？　試してみようかしら」

「お好きにどうぞ」

フェニシアは刃を手で握り、自分の頬《ほお》に傷をつける。ミハエルの手がちいさく震えた。

「……ふうん、だったらこっちにしましょう」

イレーネの視線はグラシカに向けられる。

「聖女様は慈悲《じひ》深くないといけませんものね。自分の怪我《けが》は厭《いと》わなくとも、別の誰《だれ》かが傷つきそうになったら降伏《こうふく》しなくてはいけませんわよね？　ああ、それとも子どもの皇子のほうがよろしいかしら」

彼女の視線で、金茶髪の人狼傭兵《ようへい》がグラシカに向かって剣を突き立てようとする。

「やめて!!」

フェニシアの悲痛な声に、男は嗤《わら》った。

「いい表情になったな。これでようやく取引ってもんができそうじゃねえか」

「その人は関係ないでしょう！」

制止を聞かず、傭兵はグラシカの腹部を殴《なぐ》った。「さっきのお返しだ」と。

ぐっ、と痛みに耐《た》えようとグラシカの顔が苦痛に歪《ゆが》む。

「ははっ、聖女様。そんな顔して、もう気にしねえとは言わせねぇよ。心配なんだろう？」

「聖女様、安い挑発《ちょうはつ》に乗らないでください。僕に構う必要はない」

「次は口を裂《さ》くか？　それとも腕《うで》をどっちか落とすか？」

彼の右肩《みぎかた》に乱暴に剣が押し当てられ、肌《はだ》に食い込んで赤い血が流れる。

「傷つけないで!!」

グラシカは静かに歯を食いしばっている。

（――この人は）

フェニシアのために、国のために、きっと死ぬまで耐えようとする。

「……わかった、あなたに能力を授《さず》けるわ。だから彼のことは」

「フェニシア様!!」

彼が叫《さけ》ぶ。

「わからないんですか！　能力を渡してしまったら貴女が生かされる保証はない！」

フェニシアはその声を無視して、傭兵の男をまっすぐ見上げた。

「儀式《ぎしき》に必要なものがあるの。運ぶのを手伝っていただける？　ミハエルには重たくて持てそうにないもの」

「はは。俺を王様から離《はな》そうって？　あんたの細腕で俺を取り押さえられっかな」

「別になにもしないし、私に刃を向けていていいわ」

男がそばへ寄ってきて、フェニシアに剣を突《つ》きつける役をミハエルと交代した。

フェニシアは媒体とは違う方へ向かいながら、伝われ、と王やアルベルトたちに視線を送る。勝負は一瞬《いっしゅん》。壁面《へきめん》の一点を叩《たた》き、瞬時にしゃがみ込む。跳《は》ね橋のようにドガッ、と壁の一部が跳ね上がり、男の横っ面《つら》を叩いた。フェニシアの頭上を男の剣が掠《かす》めていく。

「陛下、今です！」

叫ぶより早く、グラシカたちは瞬時に敵に飛び掛《か》かっていた。

「てめぇら……！」

グラシカと人狼傭兵の剣が激突《げきとつ》する。グラシカは余裕《よゆう》そうにみえて、いつもより動きが鈍《にぶ》い。先ほど殴られた腹部が痛み、傷つけられた腕が上がりにくいのだろう。

「どうした魚類、そろそろ水が恋《こい》しいかぁ？」

「そっちこそ仕える主人が替わって大変そうですね、狗《いぬ》っころ」

「てめぇの弱点はわかってんだよ！」

叫ぶなり、人狼が宝物庫の手近な壺《つぼ》をフェニシアに投げつける。とっさにフェニシアは腕で顔を庇ったので怪我はしなかった。だが、グラシカは一瞬の動揺を突かれた。

「……ッ！」

負傷した腕が上がらず、防げなかった腹部に剣が埋《う》まる。しかし彼はその剣柄《けんづか》を抑《おさ》え込んで、一瞬動きの止まった人狼を今度こそ強く打って昏倒《こんとう》させた。

「先ほどは縛《しば》るのを忘れていました……」

彼は懐《ふところ》から縄《なわ》を放り投げ、アルベルトに縛るように命じていた。

（陛下ってば今日も縄を持ち歩いて――いやそれどころじゃない！）

「大丈夫《だいじょうぶ》ですか陛下！」

駆《か》け寄って支えようとすると、逆に肩を強く摑《つか》まれた。

「どうしてあんな無茶を！　一歩間違えば貴女《あなた》の首が――」

「そ、それより陛下の傷が！　ごめんなさい、私が動くのが遅《おそ》かったせいで……」

腕の傷も気になるが、腹部はもっと真っ赤に染まっている。彼は隠すように手で覆《おお》った。

「僕は水を操《あやつ》れると知っているでしょう？　自分の血くらい止められます」

「さ、最強だ……」

「使い勝手がいいだけです。貴女こそ、傷が……」

頰のちいさな傷を痛ましそうに見る。彼が手をかざすと、わずかにひりつくのを感じた。

血を止めてくれたようだった。

「顔で済むなら早いとこ切ってもらおうかなって。さすがに指や腕を切り落とすって言われたら『やってみれば？』なんて虚勢《きょせい》もはりにくいので」

「貴女という人は……一刻も早く安全な場所に閉じ込めておかねば」

アメリアも駆け寄ってきて泣きそうな顔をする。

「ああ、お二人とも早く手当てを!!」

アルベルトは冷静に剣《けん》を構えたまま、出入口を守るようにまっすぐ立っている。

残るはイレーネとミハエルだ。四人から視線を向けられ、イレーネがたじろいだ。

「勝った気にならないでちょうだい！　まだ外にもいるんだから」

「ええ、僕の私兵や騎士《きし》たちが戦ってくれているのでしょう？　勝敗がどちらに転ぶにせよ、その間の貴女達の安全は保証しませんが」

彼女は、ぐっ、と押し黙《だま》ったが、すぐに感情を爆発《ばくはつ》させた。

「どうしてこうなるの！　誰も計算通りに動かないじゃない！　譲渡《じょうと》なんて狙《ねら》わないで、さっさと聖女だけでも消しておくんだったわ！　男をけしかけても失敗するし！」

「男？」と首を傾《かし》げるフェニシアに、イレーネが地団駄《じだんだ》を踏《ふ》む。

「聖女は純潔を失えばお役御免《やくごめん》でしょ！」

グラシカからはお見合い用の釣書《つりがき》を山ほどもらったが、それ以外に誰かを差し向けられた覚えはないような——と首を傾げつつ思い返せば、舞踏会《ぶとうかい》でナンパ男二人に追いかけられて暗い保管庫に逃《に》げて泣いたことを思い出した。

「あっ、まさかあの二人、あなたの計画!?」

「そうよ！　色恋に溺《おぼ》れれば引退すると思ったのに！」

なるほど陛下と思考が一緒《いっしょ》ですね、と言いかけたが、「断られてもせめてはだけているところを誰かに目撃《もくげき》させて、噂《うわさ》の一つでも立てるように言っておいたのに……」と衝撃《しょうげき》的なことを言われて、しんと辺りが静まり返る。

（な、なんてゲスな……あれ？　陛下がいなかったら私、結構危なかった？）

と思い至ったときには──。

「──っが！」

アメリアの飛び蹴《げ》りによって、イレーネが吹《ふ》っ飛ばされていた。一瞬の出来事で、フェニシアは理解するのにしばらく時間がかかったが、明らかに頬《ほお》を殴打《おうだ》、いや蹴り倒《たお》した。

「えっ、アメリア!?　なにしてるの!?」

「……申し訳ありません。すべてお話しした今、もう素性《すじょう》を隠《かく》さなくてもいいのだと思うとついつい足技が。はしたのうございましたね」

と、スカートの裾《すそ》の乱れを直しているが、謝るところは脚《あし》のチラ見せではない。澄《す》まし顔の彼女からは「蹴ったことは謝りません」との強い意志を感じる。

「私より先に怒《おこ》ってくれたのは嬉《うれ》しいけど、暴力はまずいような……それにほら、彼女の家は一応国内の権力者で、陛下の今後に差し障《さわ》りが……」

「でも攻撃《こうげき》を始めたのはあちらが先ですわ」

隣《となり》に立つグラシカが「アメリアがやらなければ僕がやっていましたよ」と平時の調子で微笑《ほほえ》んだ。目は笑っていなかった。

「僕への影響《えいきょう》など心配ありません。聖女への危害は計画するだけでも大罪ですから、もう彼女が表に出てくることはないでしょう。一族郎党《ろうとうばつ》罰せられないだけ感謝すべきですね」

床《ゆか》で気絶しているイレーネのことはあっさりとそう結論づけて、彼はもう一人の裏切り者へと視線を向けた。ミハエルの剣はまだこちらに向けられたままだ。王は静かに問う。

「さて、そちらは？　なにか申し開きがあれば聞きましょう」

一人で勝ち抜《ぬ》く度胸は、ミハエルには無かったようだ。その場に崩《くず》れてしまう。

「な、なにが悪いって言うんですか……俺だって、帝国《ていこく》に生まれたかった。こ、こんな、どこへも逃げられない国で、どう頑張《がんば》れって言うんですか」

彼の声は震《ふる》えていた。

「いつ滅《ほろ》ぶかもしれない、帝国に見捨てられた国で、未来も保証されていないのに、どうやって頑張っていけばいいんですか。どうしてこんな国にしがみつかなきゃいけないんですか……だったら手を離した方がいい、死んだほうがいい……で、でも、怖《こわ》いんです。もう全部、怖いんですよ……！」

（そっか、未来が怖いのか）

この世への不信感。帝国に生まれていれば選択肢《せんたくし》は多かっただろう。新しい可能性に幾《いく》らでも出会うことができた。地平の遥《はる》か遠くまで手に入るような感覚に溢《あふ》れ、未来が狭《せま》くて滅びそうなものだと思わずに済んだ。この国の民《たみ》は、自分の住みたい国すら選べない。

フェニシアは彼の前で膝《ひざ》を折り、静かな眼差《まなざ》しで問うた。

「ねぇ、ミハエル。あなたがそう考えていたなんて知らなかった。そんなに苦しむほどの──強い野望なら、この国の誰《だれ》もが自由に外へ出られる道を一緒に探してみない？」

「野望……？」

弱い自分に向けられた言葉とは信じられないとばかりに聞き返した。

「あなたの心からの叫びでしょう？　滅びそうな国を出たい。自分に未来があると信じたい。だったら絶対叶《かな》えなきゃ。陛下は──グラシカ様は、この国を変えようとしているの」

隣に立つ王を仰《あお》ぎ見れば、呆然《ぼうぜん》とするミハエルに向かって静かに頷《うなず》き、語りかける。

「切り開く者がいなければ、この先の人々も貴方《あなた》と同じように苦しむだけです。三百年間、この国は放棄《ほうき》されたままの形を保ってきましたが、僕はこの国を変えたいと思っています。どんなに悪い王になろうとも。だから手伝ってくれる人を探しています。すでに悪評まみれの簒奪王《さんだつおう》でよければですが」

「悪い王に……」

ミハエルはおずおずと王を見上げる。横からフェニシアは顔を突っ込《こ》んだ。

「あっ、陛下！　ちゃんと民に安心してもらえる王様になってくださいって言ったのに！」

「努力はします」

「もー！」

仕方がないから新王好感度アップ作戦は、自分が率先《そっせん》しようと思うフェニシアであった。

ミハエルは不安ごと守るように胸を押さえながらも、心のうちの正直な言葉をこぼす。

「俺に……俺なんかにできることが、あるんでしょうか……？　貴方についていけば本当に、この国に生まれた人間でも、好きな国に行けるような、好きな国を探せるような、夢のような未来が、あるんでしょうか」

「ええ。僕や君が生きている間に必ず叶うとは約束できませんが、僕は王ですから──いえ、王でなくなった後も、よりよい国にできるように尽力《じんりょく》し続けます」

そこで言葉を切り、静かに頭を下げた。

「君の言葉で、僕はまた王としてすべきことを知りました。この国の王が、僕が至らないばかりに苦しませてごめんなさい」

「……っ、なんで、貴方が謝るんですか……即位《そくい》したばかりの王に、文句を言うのは間違《まちが》ってるって、俺でもわかるのに……」

ミハエルの目には涙《なみだ》が滲《にじ》んでいた。グラシカは優《やさ》しい顔で見つめる。

「……この国も、僕も、敵ではありません。できれば、同じ国に生まれた者同士、未来へ進む苦労をわかちあえればと思います」

彼が差し出した手に、ミハエルはそっと、大きな勇気と共に手を重ねた。

「――アルベルト」

ミハエルの投降を悟《さと》ると、王が初めてその名を呼んだ。「皇子を安全な場所へ。途中《とちゅう》で兵たちの戦闘《せんとう》に出くわすでしょう。決着はついたと伝えてください」と低い声で言う。

「っ！　はい！」

アルベルトは座り込んでいたセトを促《うなが》し、ついでに倒れたままのイレーネを担《かつ》ごうとして、ミハエルがその役を代わり、共に会釈《えしゃく》して出ていった。それを見届けるとグラシカはすたすたと廊下《ろうか》へ出て、聖塔《せいとう》の出口とは逆方向へ消える。

「陛下……？」

どこへ行くんだろうとフェニシアが追いかければ、彼は廊下の一番端《はし》まで逃げ込むように早歩きで進んでいき、ふいに「うっ」とよろめいてしゃがみこんだ。

「陛下⁉　大丈夫《だいじょうぶ》ですか⁉」

「……すみません、急に目の前が暗くなって」

見れば、腹部の赤い染みが面積を増していた。彼の能力でも止血に限界が来たのだ。

「き、傷口を見せてください！」

服をめくろうとすれば弱々しい手で取り押さえられる。

「勝手に脱《ぬ》がそうとしないでください……裸《はだか》を見せるのはあまり――」

「こんなときまで恥《は》ずかしがってる場合⁉　どうして我慢《がまん》しちゃうんですか！」

彼は気まずそうに眼《め》を逸《そ》らす。重傷だとわかっていて逃げようとしたのだ。猫《ねこ》は怪我《けが》をすると本能で隠れるという。彼も子どもの頃《ころ》から体にしみついているのだろう。

「ど、どうしよう……い、医者を……」

「呼んでまいります」

背後に来ていたアメリアが言えば、グラシカが首を横に振《ふ》る。

「いえアメリア、君は聖女様を守って――」

「アメリア、お願い」

フェニシアの言葉に、すっと頭を下げアメリアは駆《か》け出した。その背を見送りすらせず、フェニシアは彼の剣《けん》を借りて聖衣の袖《そで》を裂《さ》き、傷口にあてる。グラシカは不満そうだ。

「……敵に襲《おそ》われたらどうするんですか」

イレーネのせいで大半の兵はまだこちらの状況《じょうきょう》も知らずに傭兵《ようへい》たちと戦っている。

「陛下、これで仲間を呼んでください。水棲族なら聞こえるんでしょう？」

「……全快してから身に着けるように言ったはずですが」

今も首から提《さ》げていた青い石を取り出すと、拗《す》ねたような顔をしつつも、指でつついて振動《しんどう》を起こした。「それより君は安全なところへ」と心配する彼の言葉を無視して、フェニシアは頭を必死で働かせる。

（圧迫《あっぱく》止血はしてるけど、お腹《なか》の傷って、あとは、あとはどうすれば――）

「……フェニシアさま」

ひたすら傷を見つめていれば、ふいに彼に名前を呼ばれた。かすれた声はどこか透明感《とうめいかん》を持っていて、今にも消えてしまいそうだ。フェニシアは、はっと彼の顔を見る。

「だ、大丈夫ですか、陛下。ごめんなさい考え事してて」

「……うまく、君が見えないんです」

彼の顔色は悪い。

（もしかして、自在に血を止められるってことは――）

つまり、切断された血管は、役目を果たしていない。血の供給がとどこおれば、体は死んでいく。前世の自分の最期《さいご》を思い出して、フェニシアはぞっとした。

「き、傷を見せてください」

彼が隠《かく》すままに上から布で圧迫していたが、きちんと傷口を見るべきだと思った。

「陛下、血が、めぐってないと思うんです。お腹には大事な太い血管があって……」

「今は二人きりですよ……名前で呼んでくれないんですか……？」

「グラシカ様！」

「素直《すなお》だなぁ……貴女《あなた》は本当に、かわいい人ですね」

力なく笑う。

「心臓は避《さ》けましたが……結構深くいきましたね」

彼が服をめくる。その位置は肝臓《かんぞう》だ。医者でなくてもわかる。この傷では助からないと。

昔、本で読んだのだ。人は心臓を刺《さ》されれば三秒で死ぬ。肝臓を刺されれば五分で死ぬ。

肝臓には、重要な太い血管が二つもあるのだ。

(どうしたら……五分なんてずっと前で……いや、失血死じゃなくても、このままだと)

「……聖女様？　……そんなにまずいんですか、僕」

硬直《こうちょく》したフェニシアを見て、彼が不安そうに言う。──助ける側が狼狽《うろた》えていたらだめだ。今にもあなたは死んでしまいそうですなんて絶対に伝えたらいけないことだ。泣けば相手に悟らせてしまう。だが待たせたところで何ができるだろう。針なんて裁縫《さいほう》用を取りに行っているだけで終わる。皮膚《ひふ》だけ無理やり縫合《ほうごう》してもその内部の血管も細胞《さいぼう》も、なにひとつ、なにひとつ、救えやしないのに。

(そんなの、いやだ)

喉《のど》からひきつれた声が出そうだった。固く握《にぎ》り続けている手は白くなっていく。

「……そうか、僕、死ぬんですね」

まるで子どものように、ぽつりと呟《つぶや》いた。

「……困りましたね。いろんな人に、立派な王になると宣言したのに……何もできずに終わってしまって恥ずかしいですね……あとは頼《たの》んでいいですか、フェニシア様」

名を呼ばれ、怖々《こわごわ》と顔を上げたフェニシアと目が合うと、安心させるように微笑《ほほえ》んだ。

「ちゃんと、あの世から見てますから」

（——死なせない）

火が付いたように衝動《しょうどう》が湧《わ》いた。

変えなければ。変えたいのなら。頭の片隅《かたすみ》で、白い百合《ゆり》が咲《さ》き誇《ほこ》っていた。

（——二代目聖女にできたことが、私にできなくても）

かつて《死蠟《しろう》の聖女》と呼ばれた二代目聖女は、周囲の人も物も自在に白く硬直させたという。その能力はフェニシアには無いかもしれない。彼の体を変異させる力は無いかもしれない。だが今できることだけでも叶《かな》うことはある。フェニシアは走った。無人になった隠し部屋へと走り、階段裏の花びらを摑《つか》みとって戻《もど》る。

——瘴気《しょうき》はこの世に変容をもたらすもの。

聖女は亜人の一種である。その白い瘴気は身に宿る。媒体《ばいたい》作りだけはフェニシアにもできた。万能でなくとも、聖女の力と最も相性《あいしょう》の良いこの白百合への変異だけなら——。

白い花びらを彼の傷口に押し当て、一心に願う。

（ふさがれふさがれふさがれ——!!）

血にまみれた中に、白い糸が煌《きら》めいて舞《ま》い始めた。彼の傷ついた血管の端と端を繋《つな》ぎとめ、包み込《こ》むように白い繭《まゆ》を生み出し、その血が流れるべき道を作る。

「これは——」

彼の驚愕《きょうがく》の声も、凄《すさ》まじく集中するフェニシアには聞こえない。ひたすらに糸を紡《つむ》ぎ続け——残りの花びらで皮膚まで塞《ふさ》ぎ終えてから、ようやくフェニシアは我に返り、彼の顔を見ることができた。

「勝手なことしてごめんなさい……痛いですよね」

「いえ、感覚は特には」

「下手くそでごめんなさい、無理やりでごめんなさい、でも、お願い、生きてください」

彼は苦笑《くしょう》した。「生きてくれ、とよく言われました」と。

「……何度も言われるたび、幼い僕は考えていました。この世はそんなにいいものだろうかと。父と母のいるあの世の方が幸福なのではないだろうかと。でも僕は……もうみつけた気がします。きっとずっと前に。こんなに厳しい世界なのに」

彼の表情はひどく優《やさ》しかった。けれどフェニシアは涙《なみだ》が止まらない。血管を繋げて失血を止めても、臓器は損傷したままだ。その細胞を生き返らせるわけではない。

「昔、本で読んだんです……どんなに借金しても、肝臓は売っちゃいけないの」

エネルギーを産出する臓器だ。体内でどうしても生まれる有害物質を分解する。人は、肝臓を失っては生きていけない。

「……貴女の前世の世界には、臓器売買の本があるんですか？　面白《おもしろ》そうですね」

来世は僕もそこがいいな、なんて茶化す。

「……っ、う……」

嗚咽《おえつ》が漏《も》れる。悔《くや》しくて、かなしくて、無力だ。その表情から彼も策が尽《つ》きたと察したのだろう、「貴女が嘆《なげ》く必要なんてない」と慰《なぐさ》めてくる。

「せめて、私にできることは、まだありますか？　ほしいものも、私、探してきます」

彼は静かに天井《てんじょう》を見ていたが、「心残りなら」とやがて言った。

「……僕、貴女と結婚《けっこん》したかったんです」

「え……？」

驚《おどろ》いたフェニシアを見て、彼は自嘲《じちょう》するように笑った。

「小さいときに会って、ずっと見てきて……無理だとわかっていても、貴女を隣《となり》で見ていたくて……ねぇ、これも嘘《うそ》だと思いますか？　僕はいつも熱烈《ねつれつ》だそうですから」

フェニシアは返事の代わりに、背を折り、覆《おお》いかぶさるように唇《くちびる》を重ねた。

顔を離《はな》せば、彼の目が瞬《また》き、「……びっくりしすぎて味わいそこねました」と呟いた。

今度はゆっくりと唇を重ねる。熱を分け与《あた》えるように、祈《いの》るようにと。

「……やさしいですね、聖女様。もう死んでもいいかも、って思えてきました」

「死なないで」

自分でも驚くほど切実な声だった。「おねがい、死なないで……」と声がわななないて、手が震《ふる》えて、どうしようもなく怖《こわ》い。彼が手を握ってくれる。

「……そうですね。貴女は優しいから、こうやって死にそうな人間に乞《こ》われたら誰《だれ》にでも唇を許してしまうのではないかと心配になります。この先、誰かが貴女に触《ふ》れるかと思うと全力で阻止《そし》したいという欲《よく》が」

「欲でもなんでもいいから生きて！」

「……じゃあ僕が生き延びたら貴女と結婚――」

「するから！」

「早いなぁ……」

聖女がそんな約束していいんですか、と苦笑される。

「なんでもいい。なんでもするから……だから、おねがい……」

しなないで、と。

ぽろぽろと涙がこぼれる頬《ほお》を、やさしく撫《な》でて、彼はいとおしげに名前を呼ぶ。

「すきですよ、フェニシア様」

とろけそうに、金色の瞳《ひとみ》が見ていた。

「今日のこと、地獄《じごく》へ行っても忘れませんよ。貴女も忘れちゃだめですよ」

そう言って体を起こそうとする。

「！　動いたら駄目《だめ》！」

「そろそろ、来るようですよ。セト皇子がきちんと敗北を宣言してくれたようです」

彼の言葉通り、やがて大勢の兵と従者が駆《か》けつけた。

「……肝心《かんじん》なときに遅《おそ》いんですよ」

彼はふらつきながら、カササギに文句を言った。アメリアの後ろには医官も見える。

「カササギ、あとは全て任せます。アメリア、聖女様を安全なところへ。ひきずってでも泣き喚《わめ》かれてもすべて片付くまで閉じ込めておいてください」

「仰《おお》せのままに」

従者二人の声は重なる。グラシカは側近に身体《からだ》を預けて気を失った。

エピローグ

彼はこんこんと眠《ねむ》り続け、会えたのは五日後だった。

「陛下！　起きていて大丈夫《だいじょうぶ》なんですか!?」

部屋に飛び込むなり叫《さけ》んだフェニシアに苦笑して、彼は上体を寝台《しんだい》の背に預けたまま「おかげさまで」と軽く手を掲《かか》げた。今日は簡素な布の耳隠《みみかく》しは、子犬の低めの耳に似ている。

「聖女様がくっつけてくださったあの白いの、体内に残るとさすがに調子が崩《くず》れそうなので昨日取り出して、今日皮膚もおおよそ塞がりまして」

「え!?」

「見ます？」と服をめくろうとしたので慌《あわ》てて首を横に振《ふ》る。露出嫌《ろしゅつぎら》いの彼が急に大胆《だいたん》だ。

「塞がったって……まだ五日ですよね？」

「はい。無事再生しました。水棲《すいせい》族は治癒《ちゆ》力が高いんですよ」

「は、早い……肝臓《かんぞう》はだいぶダメージを受けてたはずなのに……──あっ」

フェニシアは思い出した。臓器売買で売ってはいけないのは肝臓だが、一部切除されても時間の経過で再生するすごい部位も肝臓だ。

（いやそれは二十一世紀の外科手術が前提であって、あの無理やりの処置でよくぞ……）

水棲族の治癒力がよほど良い仕事をしたのだろうか。そういえばナマコやヒトデは内臓を食べられても再生すると聞いたことがある。

「すごいなー！　陛下が水棲族の血を引いていて本当に良かった！」

「……そんなこと言うの、君くらいのものですよ」

まぁこういう時ばかりは僕も思いますが、とどこか子どもっぽく顔を逸《そ》らす。

彼の体力を奪《うば》わないよう、軽い話をしてから「お大事に」と退室した。

フェニシアが廊下《ろうか》に出ると、オレンジ色の髪《かみ》の少年がいた。セト皇子だ。

「もう大丈夫ですよ。意識もはっきりしていました」

「……そう」

表情の見えない彼に、双子《ふたご》の少年たちが両側からじゃれついた。

「あのね、皇子様、夜中に何度も起きてたの！」「すっごく心配してたみたいです！」

フェニシアは柔《やわ》らかく微笑《ほほえ》んだ。

「よかったですねセト皇子、今夜はたくさん眠れますね」

「お前ら不敬だぞ！」

二日後、フェニシアは彼に呼ばれて執務室《しつむしつ》に行った。重要な話の予感があったため「怪我人《けがにん》なら」と聖兵《せいへい》には廊下で待機してもらい、部屋には彼とフェニシアだけ。アメリアが淹《い》れていった紅茶を飲む彼と、その執務机に積まれている大量の書類を見て、「もうそんなに仕事してるんですか？」とフェニシアは訊《き》く。

グラシカは執務机の椅子《いす》に気だるそうにもたれ、「仕事も溜《た》まりますからね」と言った。

「まあ、少しは叔父《おじ》に手伝わせています。タダ飯を食べさせる理由はないので」

「あ、そういえばアガナ様って結局今どこに？　東の棟《とう》とかに？」

「ご想像にお任せします」

グラシカは書類をじっと眺《なが》めながら、「……あの人」と呟《つぶや》いた。

「……臆病《おくびょう》で陰湿《いんしつ》で僕がらみで亜人《あじん》を毛嫌いしていますけど、馬鹿《ばか》ではないんですよね」

フェニシアは、なにか言葉をかけようとしたが、彼らのことに立ち入るにはまだ時間が足りない気がして、かわりに当たり障《さわ》りのないことを訊く。

「アガナ様、ちゃんとご飯たべてます？」

「むしろ以前より健康体に近づいているそうですよ」

「良かった。昔から少食な方だったので……人前に出るだけで胃が痛くなるらしくて」

「……黙々《もくもく》と書類仕事をこなすほうが性《しょう》に合うんじゃないでしょうかね。向かないから転職したいと言えないのが王のつらいところです」

——昨日、グラシカは今回の件を国民に説明した。グラシカの希望により先王の罪は伏《ふ》せたまま、武力での王位簒奪《さんだつ》は国のためであったこと。叔父には荷が重く、聖女を奪われないために帝国《ていこく》への威圧《いあつ》目的で青狼《せいろう》国の兵を借りて城を制圧したこと。

そして、今回のセト皇子との騒動《そうどう》について。

帝国からの要求を撥《は》ねつけ、むしろ即位《そくい》承認をもぎとったことで、「今まで一方的だった帝国に、初めてこちらの要求を呑《の》ませた」と多くの者が賛嘆《さんたん》し、「しかも身を挺《てい》して聖女様を守ったらしい」と彼の怪我を案じる声が城まで届いていた。そして三賢老《さんけんろう》の勧《すす》めどおりに、「先王は療養《りょうよう》のため引退」と先王の子息二人の後見をすると発表し——グラシカは冷評を予想していたようだが——今回の旅で顔を見せていたおかげか、「あの顔は絶対に王族の血縁《けつえん》」と今までの噂《うわさ》も強化されていたようで、「隠し甥《おい》が叔父の代理で即位」と正しく受け止められつつある。

「……普通《ふつう》、簒奪者が『先王は療養させています。その息子《むすこ》たちの面倒《めんどう》はこちらで見ます』と言ったら絶対殺したと思われるものですが」

「やっぱり身内だから、ってわかるからですね。素性《すじょう》は言った方が強いですよ」

「使えるものは使え、というやつですか。……本当に親戚《しんせき》かどうかなんて確かめようがないのに。顔が似ていなかったら使えない手でした。どうにも腑《ふ》に落ちません」

「そんなに気になりますか？　陛下は頑張《がんば》りやさんだから、ちょっとくらい楽をしたほうがいいよ、っていうご両親からの贈《おく》りものだと思うんですけど」

「…………」

グラシカは長く黙《だま》った後に、「……どうも、ありがとうございます」と言った。

「――そして、これが聖女としての私の答えです」

凛《りん》と聖女らしく見えるように、フェニシアは一枚の紙を悠然《ゆうぜん》と机に置いた。

それは王の即位承認書。この決断は間違《まちが》っていないと、今ならば心から言える。

「帝国、三賢老、聖女――これで承認印が揃《そろ》いましたね。おめでとうございます、陛下」

フェニシアのまっすぐな祝福を受け取って、彼は少し複雑そうな顔だった。

「正式な即位、要《い》りますかね？」

「この人がうちの国の代表だ！　って胸を張って言えるのって、やっぱり有るのと無いのでは民《たみ》の心も違いますよ」

「……そうですか。民の心の安寧《あんねい》に繋《つな》がるなら、まあ……僕のやるべきことなので」

彼は目を逸らして言うと、「それより、お見せしたいものがあります。窓の向こうをご覧ください」と背後を手で示した。

直後、悲鳴が轟《とどろ》いた。

「え、なにごと⁉」

窓に飛びつくフェニシアをよそに、彼は実にのんびりとした口調だった。

「聖女様の棲《す》み家、お借りしていますよ。人を吊《つ》るすのにちょうどいいので」

「なにやってるんですか⁉」

目を凝《こ》らせば、窓の向こう、聖塔《せいとう》のてっぺんから縄《なわ》でセト皇子が吊るされている。

「懲《こ》らしめています。侵略者《しんりゃくしゃ》には罰《ばつ》が必要でしょう？」

「やり方ってものが……！　まだ子どもですよ⁉」

グラシカが目覚めるまで青い顔で心配していた健気《けなげ》なところもあるというのに、本人にはまったく伝わっていない。彼はフェニシアの揚《あ》げ足を取って笑う。

「大人になったら吊るしていいんですか？」

「そうじゃないけど！　トラウマになります！」

「悪いことをしそうになるたびに今日の無様さを思い出してほしいですね」

「意地が悪い！」

ここへ出向かせたのも聖塔を空けさせるため、そしてこの光景を特等席から見せてやろうとの心配りではあるまいな——じとりと疑うフェニシアをよそに彼は書簡を眺めている。

「帝国には承認の御礼のついでに、セト皇子を一年お預かりする旨《むね》をお伝えしました」

「一年？」

「しばらく帰れなければ彼の帝国での立場はなくなるでしょう？　皇位争いから離脱《りだつ》させてあげようかと思いましてね」

「根に持ちすぎでは⁉」

「僕は老婆心《ろうばしん》から言ってるんですよ？」

彼は背もたれに身を預ける。

「帝国はこの国より何十倍も大きな国です。そこの皇帝《こうてい》になるなんて考えるだけで胃が痛そうじゃありませんか。第六皇子で、おまけに亜人かぶれ。皇帝になれるとは思えません」

「……だから目指すだけ無駄《むだ》って？」

二人の瞳《ひとみ》がかち合う。フェニシアは金色の双眸《そうぼう》を、彼は水色の瞳を見つめる。

「途中《とちゅう》で兄皇子たちに始末されるのが目に見えています。見込《みこ》みのある兄の配下に甘んじるなり、出奔《しゅっぽん》して平民に紛《まぎ》れてのどかに暮らすなりできればいいのですが」

「そういう融通《ゆうずう》の利《き》く性格には見えませんけど……」

「だから一年と言わず、あちらの後継《こうけい》が決まるまでうちに閉じ込めておけばいい。明確に憎《にく》む相手がいると楽でしょう？　他人に邪魔《じゃま》されて不戦敗になった試合は、自分の所為《せい》ではないのだから」

「……それって」

ある種の優《やさ》しさなのだろうが、

「これからずっと、陛下を恨《うら》むだけの人生になっちゃいませんか？」

「……」

「人の行く道、歪《ゆが》ませちゃだめです」

「……そうですか」

なげやりに「王様なんて、目指さない方がいいと思いますけどね」と彼は横を向く。

窓の向こうは静かだ。既《すで》に皇子は気絶したようだった。

「ではうちの従弟《いとこ》たちの邸《やしき》にでも半月ほど滞在《たいざい》させて、あとは適当に帰しますかね。せっかくの帝国の皇子様ですし、いい教材にできるかもしれません」

従弟を立派な次期国王にするための教材、もとい手本にするらしい。帝国の様子を皇帝に近い人物から聞けるのも有益かもしれない。

彼が窓に向けてひらひらと手を振《ふ》ると、塔にいる兵に伝わったのか、ずる、ずる、と皇子に括《くく》り付けた縄が引き上げられていく。

（あまりにぞんざいすぎじゃない……？）

「皇子は帝国の名代として僕の即位のお祝いに来てくれた、ということにしました。不法入国だと騒《さわ》ぎ立てるのは、こちらとしても挑発《ちょうはつ》的すぎるので。帝国からも返答が来ましてね、正式にそういうことになりました。ついでに遊学をしてから帰る、と。これで彼は堂々と北の門から帝国に帰れる。道中なぜか母国の手の者に殺されることはないでしょう」

それはつまり、堂々と所在を宣言しなければ密《ひそ》かに始末される境遇《きょうぐう》だということだ。

「怖《こわ》いなぁ」

「大国ともなると、亜人かぶれの第六皇子など使い捨ての駒《こま》なのでしょう。今回の騒動も皇位争いの課題の一歩手前にでもされたのかもしれませんね」

「課題？」とフェニシアは首を傾《かし》げる。

「ええ。叔父《おじ》の時は直接聖女様を要求してきましたが、僕が青狼国の兵を借りてきたことで方針を変えたのでしょう。さすがの帝国も青狼国とはまだ争う気はなく、この国を滅《ほろ》ぼすことにも意味は無い。要は聖女さえ手元にくればいいのですから、皇子たちに任せてみるのも一興でしょう」

「聖女を見事連れ帰った皇子に跡《あと》を継《つ》がせるぞってことですか！　なんだか童話みたい！　うちを試験会場にするなんて、いやぁ宗主国様はさすが、我が国を国とも思わぬ所業！」

「末の弟が真っ先に来て他の皇子は様子見をしているあたり、最終試験でも何でもなさそうですがね」

「重要度低い感じですか⁉　やっぱり、うちって舐《な》められてますね⁉」

「それはもちろん。軍事力は下の下の下、人は少なく国土も狭《せま》い。国境は壁《かべ》と瘴気《しょうき》の森。僕が亜人兵団を加えたことで防衛力が多少上がった程度で、うちの攻略《こうりゃく》難易度など諸外国に比べれば鼻で笑えるくらいですよ。まだ滅びていないのは帝国《ていこく》の従属国だからです」

「うーん……」

どうしたものだろうか、と悩《なや》むフェニシアに彼は苦笑《くしよう》する。

「悩まされていては向こうの思うつぼです。うちはうちで、食料だの兵だの国力を強化しつつ、国の根幹である聖女様を守る。セト皇子の次は他の皇子が来るのか、はたまた帝国が正式に兵を差し向けてくるのか……今回のことはお互《たが》いに〝無かったこと〟になった。腹の探《さぐ》り合いです、この先も」

「……」

まだ浮《う》かない顔のフェニシアを慰《なぐさ》めるように、彼は少し優しい顔をする。

「僕も腹をくくりました。貴女《あなた》を守れないからと言って追い出すのはもうやめます。……強くたくましい国にできるよう、隣《となり》で助けてくれるのでしょう?」

「はい!　もちろん隣で頑張ります!　めざせ独立、めざせ聖女のいらない世界です!」

微笑《ほほえ》みを返す彼の表情には、以前にあった自嘲《じちよう》だとか、いつでも席を譲《ゆず》るような寄る辺の無さは見えず、ただ真摯《しんし》に目の前のことをひとつひとつ見定めていくような清廉《せいれん》さがあって、金色の瞳を、この王家が継ぐ色を、とても綺麗《きれい》だとフェニシアは思った。

「ねえ陛下。さっきの話ですけど」

フェニシアは窓の向こうの青空を見る。今日はいい天気だった。この国が晴れているなら、壁の向こうの帝国も、きっと悪くない空模様だろう。

「亜人嫌《ぎら》いの帝国では、セト皇子はきっと血反吐《ちへど》を吐《は》くくらい努力しなくちゃいけなくて、理不尽《りふじん》な思いもするでしょう。……でも、彼が逆風にも負けず皇帝になれたら、彼の治世は、亜人にとっても住みやすい世界に近づくと思いませんか？」

「……貴女という人は」とグラシカが目をすがめて笑う。

「いっそ怖いくらい、前向きな展望ですね」

「だって自分が亜人化してるなら亜人を怖がることもないですし、うちとも青狼国とも上《う》手《ま》くやれるかも。今のうちに好感度あげときましょうよ。誰《だれ》だってお友達がいる国には攻《せ》め込みたくないものでしょう？」

「まあ僕は死ぬほど恨まれてそうですけどね」

「んも〜、吊るしたりするから〜」

さてグラシカの体調も確認できたし、退室しようかな、とフェニシアが後方を気にしたところで、「ああ、聖女様」と彼が引き止める。お茶のおかわりでも淹《い》れましょうか、と彼が言うので怪我《けが》人を制してフェニシアがティーポットから注いだ。

「まだ何かお話があるんですか？」

「ええ。僕たちの具体的な結婚《けっこん》生活についてですけど」

「……え？」

ポットを持ったまま固まったフェニシアの手をおろさせ、適量注《そそ》がれた紅茶を優雅《ゆうが》に楽しむグラシカ。

（……ん⁉）

「け、結婚ってまさか――」

「お約束しましたよね？」

にっこりと念を押してくる。

「もし僕が生き延びたら結婚、してくださるんですよね？」

「え、いや、あれはその……」

死にかけて「結婚したかった」と言った彼に、「結婚でもなんでもするから生きて」と返した覚えはある。だがそれは――。

距離《きょり》を取ろうとするフェニシアの手を、彼はそっと手のひらで覆《おお》って机に押さえ込む。

「おや、どうせ死ぬだろうから承諾《しょうだく》したと？　僕が生き延びるとは思わなかったと？」

「そ、そういうわけじゃ……！　もちろん生きててほしいって思いましたし、何でも叶《かな》えたいって思ったけど！」

「では結婚しましょう」

「……いや、あの、でも」

視線を彷徨《さまよ》わせた後、なんとなく小声になって申告《しんこく》する。

「聖女って結婚できないんですよ……」

「ああ、ルドー老から聞きました。血筋を管理できないと困るからですよね」

聖女の力が遺伝するとなると、一人でも子孫を攫《さら》われれば敗北する。聖女の後継《こうけい》を決める際に女児のみが対象なのも、男児だと将来「こっそり付き合っていたメイドが知らないうちに俺の子を生んでいた」では困るからだ。女性であれば子を宿せば見た目でわかる。

「昨日ルドー老が見舞《みま》い品がわりに面白《おもしろ》い話をしてくれたのですが、聞きますか？」

「？」

首を傾げるフェニシアの返事を待たず、彼は話し出す。

「ここに二つの法則があります。一つ、聖女の能力は遺伝する。二つ、亜人の血を引く者は瘴気を血に宿すため、聖詩をどれほど唱えても聖水を生み出すことができない」

指を一本ずつ立てた彼が得意げに笑う。

「さて、相反する自然律に従う二人が結ばれた場合、どうなるでしょう？　僕の予想では特に能力のない子どもが――おや聖女様、どちらに？」

「すみませんちょっと急用を思い出して逃《に》げないといけないので」

がしっと手首を掴《つか》まれて、うっかり本音と建て前が両方飛び出た。

「そっ、そもそも真逆の瘴気が拮抗《きっこう》して子どもができない可能性だってありますし！　王様なのに跡継《あとつ》ぎに恵《めぐ》まれなかったら困るでしょう!?」

「王位ならもとより従弟《いとこ》たちに返す予定ですし、僕は隣に貴女さえいてくれれば幸せです」

「で、でも、やっぱり聖女の血を引くとなると子孫が大変かもしれないし」

「心配なら清い結婚でも構いませんよ。口づけ、抱擁《ほうよう》、視線、言葉、愛を確かめ合うすべなどいくらでもありますし。ねぇ？」

「しまったこの人、服を脱《ぬ》ぎたがらないんだった」

まさかのプラトニック路線に「本気ですか」とフェニシアはおののく。

「それとも聖女様ともあろうお方が、一度交《か》わした約束を反故《ほご》になさると？」

煮《に》え切らないフェニシアに、彼が最後の追い打ちをかける予感がする。

「いや、ほら、あれは励《はげ》ましの類《たぐい》であって」

「では貴女は、死にかけなら名も知らない男に求婚されても承諾すると？　どうせ死ぬからと冥土《めいど》の土産《みやげ》に頷《うなず》いてさしあげるのですか、誰とでも、幾人《いくにん》とでも？　ああ、あの世で重婚とは業《ごう》が深い。聖女様は本当にお優《やさ》しい人ですね」

(お、怒《おこ》ってる……！　ものすごくいい笑顔で怒ってる！)

物腰《ものごし》は静かだが、紅茶の水面が触《ふ》れてもいないのにびりびりと揺《ゆ》れていた。

「だ、誰とでも約束するわけじゃ……いや何でもないです墓穴《ぼけつ》掘りそう」

「そんなことを言って、結局貴女は優しいから死にかけの人間を見ればどんなことでもしてあげるのでしょう。どこの誰に唇《くちびる》を許すかと思うとおちおち死んでもいられません」

（……うーん？　それは買い被《かぶ》りすぎだけど）

キスなんて誰とでもするわけではない。彼となら嫌《いや》ではなかったが。

（でもこれが恋《こい》かと言うとまだわからなくて……いや、危ない、これ以上考えると戻《もど》れなくなる気がする！　やめよう！　結婚なんて聖女には無理だし——あれ？　でも将来陛下と目指す世界になって、本当に聖女がいらなくなったら……）

その時は、もう断る理由もないわけで。というより、断りたいわけでも彼を傷つけたいわけでもなくて。

（というか陛下もどこまで本気⁉　求婚されるほど好かれる覚えはないんですが⁉）

頭を抱《かか》え込《こ》むフェニシアを見て、眦《まなじり》をゆるめて下から窺《うかが》ってくる彼は少し寂《さび》しげだ。

「……まあ、結婚が実現するにせよしないにせよ、僕と結婚すると約束したからには、他の誰かと恋をしてはだめですからね。……でないと、困ります」

思わず彼を凝視《ぎょうし》してしまった。グラシカは気まずそうに視線を逸《そ》らす。彼自身、そんな言葉に拘束《こうそく》力などないとわかっていて、それでも口にせずにはいられなかったのだろう。

（——ああ、この人、本当に私のことが好きなんだ）

遅《おそ》まきながらフェニシアは、彼の向ける想《おも》いを受け取った。好き、だから他の人のところへ行かないで、と。それが言えなくて、約束を残したかったのだ。

急に心臓が先ほどまでとは違《ちが》う理由で騒《さわ》ぎはじめたような気がして、落ち着いていられなくなる。いま自分はどんな顔をしているだろうか、頬《ほお》が赤くはないだろうかと、さりげなく聖衣の長い袖《そで》を持ち上げて、顔の下半分を隠《かく》した。

「？　聖女様、どうかなさいましたか？」

「いいえ、あの、陛下ってやっぱり情熱的というか、なんというか……」

「知らないんですか。魚は嫉妬《しっと》深《ぶか》いんですよ」

「初耳です」

「僕は覚悟《かくご》を決めました。貴女《あなた》に想いを告げずに死ぬのはやめようと。秘めたまま生きてはいけないと。だから聖女様も頑張《がんば》ってくださいね。他の誰かと恋をしたら刺《さ》しますから」

「えっ、私を⁉　相手を⁉」

どっちも駄目《だめ》です、と慌《あわ》てるフェニシアを、意地悪く、しかし存外健康的な調子で見つめながらくすくすと脅《おど》かしてくる。

「死にたくないなら頑張ってくださいね、聖女様」

でないと水に引きずり込む、と楽しげに笑った最後の一言は冗談《じょうだん》だと思っておこう。

あとがき

　この度はデビュー作『転生聖女のサバイバル　水属性の亜人陛下に目ざとく命を狙われています』をお手に取っていただき、誠にありがとうございます。猪谷《いがや》かなめと申します。

本作品は第二十回角川ビーンズ小説大賞にて奨励《しょうれい》賞を頂いた作品を、改題・改稿《かいこう》したものになります。

　とにかく楽しく、「なんだこの二人は。どうなるんだ」「この二人が一緒《いっしょ》にいるだけで面白い」と笑いながら読んでいただければと思ってお届けした本作ですが、いかがでしたでしょうか。シリアスな部分と漫才《まんざい》ラブコメをサンドウィッチにして進みましたが、最後のページを読み終えた時に、「ああ、面白かった」と読んだ方が笑顔でいてくだされば、作者冥利《みょうり》に尽《つ》きる思いです。

　いつか誰《だれ》かに読んでもらうための小説を書き始めて数年、なかなかWEB上で公開する機会と勇気を作れず、読んでいただくのは選考に携《たずさ》わる方々だけでした。ならばせめて、この世でたった数人の読んでくれる人たちがしばらくは忘れられない作品にしよう、私が好きな要素を全部詰《つ》め込もう、とりあえず喧嘩《けんか》コンビだ——と、好き放題に書いた本作が賞を頂き、想像もつかないほど多くの方々の目に触《ふ》れる機会を頂いたことには今も本当に驚《おどろ》いています。未来の読者の方々を想像し、真剣《しんけん》に刊行作業に挑《いど》ませていただきました。改めまして、刊行するにあたってお力添《ちからぞ》えいただいた方々に、この場を借りてお礼を申し上げます。

素敵なイラストで彩《いろど》ってくださった山下《やました》ナナオ先生。挿絵《さしえ》ラフを拝見した時、「登場人物のみんなが生きている！」と叫《さけ》ぶほど感動しました。どの絵も美しくて最高です。賞の選考に携わられた編集部の皆《みな》さま、読者審査員《しんさいん》の皆さま。この作品を「良い」と言ってくださった方が既《すで》にいらっしゃるという事実が、刊行作業中の励《はげ》みになりました。担当様。迷走する私の手綱《たづな》を握《にぎ》りつつ、私が気づかない視点で楽しくお打ち合わせをしてくださってありがとうございます。今後ともご指導のほどよろしくお願いいたします。

そしてこうして読んでくださった皆さまへ。貴重なお時間を本作と共に過ごしてくださりありがとうございます。一人でも多くの方にとって、「出会えてよかったよ」と思っていただける作品になっていますように。

それでは、またお会いできることを願って。

猪谷かなめ

「転生聖女のサバイバル 水属性の亜人陛下に目ざとく命を狙われています」の感想をお寄せください。
おたよりのあて先
〒102-8177 東京都千代田区富士見2-13-3
株式会社KADOKAWA 角川ビーンズ文庫編集部気付
「猪谷かなめ」先生・「山下ナナオ」先生
また、編集部へのご意見ご希望は、同じ住所で「ビーンズ文庫編集部」
までお寄せください。

転生聖女《てんせいせいじょ》のサバイバル
水属性《みずぞくせい》の亜人陛下《あじんへいか》に目《め》ざとく命《いのち》を狙《ねら》われています

猪谷《いがや》かなめ

角川ビーンズ文庫 23451

令和4年12月1日 初版発行

発行者――山下直久
発 行――株式会社KADOKAWA
〒102-8177 東京都千代田区富士見2-13-3
電話 0570-002-301(ナビダイヤル)
印刷所――株式会社暁印刷
製本所――本間製本株式会社
装幀者――micro fish

ISBN978-4-04-113126-8 C0193 定価はカバーに表示してあります。
◇◇◇

毒殺される悪役令嬢ですが、いつの間にか溺愛ルートに入っていたようで
タテスク
コミックにて
コミカライズ
連載中!!!
著◆糸四季
イラスト◆茲助
私は毒で死にたくないだけなのに……
なぜかヒロインそっちのけで愛されて!?
侯爵令嬢オリヴィアは聖女殺害未遂で投獄、
毒を盛られて生涯を終えたはずだった……。
しかし前世の記憶と特殊スキルを与えられ、3年前に時を戻される!
第一王子ノアを救いシナリオ改変を狙うが、
なぜか王子に愛されてしまい!?
シリーズ好評発売中！

「死んでみろ」
と言われたので
死にました。
悲劇の逆行令嬢、大好きな家族のために
未来を変えてみせます!
著／江東《えとう》しろ　イラスト／whimhalooo《ウィムハルー》

角川ビーンズ小説大賞
原稿募集中！
君の〝物語〟がここから始まる！
角川ビーンズ小説大賞がパワーアップ！
https://beans.kadokawa.co.jp
詳細は公式サイトでチェック!!!
【一般部門】&【WEBテーマ部門】
賞金 大賞 100万円
優秀賞 30万円
他副賞
締切 3月31日
発表 9月発表（予定）
イラスト／紫　真依